A COSTELA DE ADÃO

Livros do mesmo autor publicados pela **L&PM** EDITORES:

A costela de Adão
Pista negra

ANTONIO MANZINI

A COSTELA DE ADÃO

Tradução do italiano de
MAURÍCIO SANTANA DIAS e SOLANGE PINHEIRO

Texto de acordo com a nova ortografia.
Título original: *La costola di Adamo*

Tradução: Maurício Santana Dias e Solange Pinheiro
Capa: Jarrod Taylor. *Ilustração*: Yuko Shimizu
Preparação: Mariana Donner da Costa
Revisão: Jó Saldanha

CIP-Brasil. Catalogação na publicação
Sindicato Nacional dos Editores de Livros, RJ.

M252c

Manzini, Antonio, 1964-
    A costela de Adão / Antonio Manzini; tradução Maurício Santana Dias, Solange Pinheiro. – 1. ed. – Porto Alegre [RS]: L&PM, 2020.
    272 p. ; 21 cm.

    Tradução de: *La costola di Adamo*
    ISBN 978-85-254-3936-9

    1. Ficção italiana. I. Dias, Maurício Santana. II. Pinheiro, Solange. III. Título.

20-64204   CDD: 853
                     CDU: 82-3(450)

Leandra Felix da Cruz Candido - Bibliotecária - CRB-7/6135

© 2014, Sellerio Editore, Palermo
Published by special arrangement with Sellerio Editore S.L. in conjunction with their duly appointed agent The Ella Sher Literary Agency.

Todos os direitos desta edição reservados a L&PM Editores
Rua Comendador Coruja, 314, loja 9 – Floresta – 90.220-180
Porto Alegre – RS – Brasil / Fone: 51.3225.5777

Pedidos & Depto. Comercial: vendas@lpm.com.br
Fale conosco: info@lpm.com.br
www.lpm.com.br

Impresso no Brasil
Outono de 2020

Para o tio Vincenzo

Um homem tem todas as estações, ao passo que
uma mulher só tem direito à primavera.

Jane Fonda

Sexta-feira

Eram dias de março, dias que oferecem lampejos de sol e promessas da primavera vindoura. Raios ainda mornos, talvez fugazes, mas que colorem o mundo e se abrem para a esperança.

Porém, não em Aosta.

Havia chovido a noite toda, e gotas de água misturadas à neve haviam martelado a cidade até as duas horas da manhã. Depois a temperatura, que tinha caído vários graus, fora derrotada pela neve, e esta caíra em flocos até as seis horas, enchendo as ruas e as calçadas. Ao amanhecer, a luz surgira diáfana e febril, descortinando a cidade embranquecida, enquanto os últimos flocos retardatários esvoaçavam caindo em espirais nas calçadas. As montanhas se encontravam cobertas de nuvens e a temperatura estava alguns graus abaixo de zero. Em seguida, um repentino vento maligno começara a soprar, invadindo as ruas da cidade como uma horda de cossacos embriagados, estapeando homens e coisas.

Na Via Brocherel, apenas coisas, pois a rua ainda estava deserta. A placa de proibido estacionar balançava, e os ramos das arvorezinhas plantadas na calçada rangiam como os ossos de uma pessoa com artrose. A neve que ainda não se compactara se erguia em pequenos turbilhões, e uma persiana aberta batia constantemente. Dos tetos dos prédios caíam jatos de poeira gelada soprados pelo vento.

Irina dobrou a esquina entre a Via Monte Emilius e a Via Brocherel e levou um tabefe de ar em pleno rosto.

Os cabelos presos num rabo de cavalo voaram para trás, e seus olhos azuis se semicerraram. Se tirassem uma foto dela em primeiro plano e fora de contexto, ela pareceria uma louca sem capacete em uma moto a 120 quilômetros por hora.

Porém, aquele tabefe gelado e imprevisto lhe causou o efeito de uma carícia. Ela nem sequer ergueu a gola do casaquinho de lã cinzenta. Para alguém nascido em Lida, a poucos quilômetros da Lituânia, aquele vento não era muito mais que uma agradável brisa primaveril. Se em março Aosta ainda estava mergulhada no inverno, em sua casa na Bielorrússia as pessoas andavam afundando no gelo a dez graus abaixo de zero.

Irina caminhava rapidamente com seus tênis Hogan piratas que brilhavam a cada passo e chupava uma bala de mel que comprara no bar depois de tomar o café da manhã. Se havia uma coisa que ela adorava na Itália era o café da manhã. Cappuccino e croissants. O barulho da máquina que esquenta o leite e forma a espuma branca, que então se mistura ao negro do café, e por fim o chocolate polvilhado. E o croissant, quente, crocante e doce, que derrete na boca. Só se lembrava do café da manhã que tomava em Lida. Com os mingaus de cevada ou de aveia que ninguém conseguia engolir, o café com gosto de terra. E ainda por cima os pepinos, logo de manhã aquele gosto azedo, que ela nunca suportara. Seu avô os engolia com aguardente, ao passo que seu pai comia a manteiga diretamente do pires, como se fosse um doce caramelizado. E quando ela contara isso para Ahmed, ele por pouco não vomitou de tanto dar risada. "Manteiga? Às colheradas?", perguntara. E ria, mostrando os dentes branquíssimos que Irina invejava. Os dela eram acinzentados. "É o clima", Ahmed lhe explicara. "No Egito faz calor, e os dentes são mais brancos. Quanto mais faz frio, mais eles são escuros. É o contrário da pele. É culpa do sol, que não brilha. E ainda por cima vocês comem manteiga de colher!", e continuava rindo. Irina o amava. Amava o cheiro dele quando voltava do mercado. Tinha cheiro de maçã e de plantas. Amava quando ele rezava voltado para Meca, quando preparava os doces com mel, quando faziam amor. Ahmed era gentil e atencioso, nunca ficava bêbado, e o hálito dele tinha cheiro de menta. Só bebia cerveja de vez em quando, embora dissesse "o Profeta não permitiria". Mas ele gostava de cerveja. Irina o olhava e pensava nos homens de seu país, no álcool que eles bebiam, vorazes, no hálito forte e no mau cheiro da pele deles. Uma mistura de suor, grapa e cigarros. Porém, Ahmed também tinha uma resposta para essa diferença substancial. "No Egito, a gente se lava mais porque, para rezar para Alá, você tem de estar limpo. E, como faz calor, a gente se enxuga rápido. Lá na sua terra faz frio, e vocês nunca se enxugam. Isso também é culpa do sol", lhe dizia. "Além do mais, nós não comemos manteiga de colher", e mais risadas. Agora o relacionamento dela com Ahmed havia chegado a uma encruzilhada. Ele a pedira em casamento.

Casar.

Havia um problema de ordem técnica. Para se casar, Irina deveria adotar a religião islâmica, ou então ele a ortodoxa. E a coisa não se sustentava. Ela não podia se tornar muçulmana. Não por uma questão religiosa; Irina acreditava em um deus tanto quanto na possibilidade de ganhar na loteria, mas era a lembrança de sua família que a impedia de se converter. Lá na Bielorrússia, sua família era ortodoxa e praticante. Papai Aleksei e mamãe Ruslava, seus cinco irmãos, as tias e, acima de tudo, o primo Fiódor, que se casara com a filha de um metropolita. Como iria ela lhes dizer: "Oi. A partir de amanhã, chamo Deus de Alá"? E o próprio Ahmed não podia telefonar para o pai lá em Fayum e dizer: "Sabe, pai, a partir de amanhã eu sou ortodoxo!". Sem contar que Ahmed tinha lá suas dúvidas se o pai sabia o que era um ortodoxo; ele teria pensado numa doença contagiosa. E assim Irina e Ahmed estavam pensando em um casamento civil. Eles mentiriam e seguiriam em frente. Pelo menos enquanto Aosta fosse um lar para eles. Depois Deus, Alá ou quem quer que fosse cuidaria do assunto.

Ela chegara em frente ao número 22 da rua. Pegou as chaves e abriu o portão. Que lindo era aquele prédio! Com as escadas de mármore e o corrimão de madeira. Não como o dela, que tinha as lajotas lascadas e manchas de umidade no teto. Tinha até elevador. No prediozinho dela, não. Era preciso subir os quatro andares a pé. E a cada três degraus, um estava quebrado, um solto, e o outro nem existia. Sem falar no aquecimento, com a estufa que assobiava e só voltava a funcionar depois de uma boa batida na porta. Irina sonhava em morar em um lugar como este. Com Ahmed e o filho Helmi, que já estava com dezoito anos e não sabia uma palavra de árabe. Helmi. Irina tinha tentado gostar dele. Mas ele pouco se importava. "Você não é minha mãe! Vá cuidar da sua vida!", gritava para ela. Irina engolia e não revidava. E pensava na mãe do menino. Que havia voltado para o Egito, a Alexandria, para trabalhar na loja dos parentes e que não quisera mais saber daquele filho e daquele marido. *Helmi* significa calma e tranquilidade. Irina sorria com a ideia: nunca um nome foi menos adequado que esse. Helmi parecia uma bateria sempre ligada. Saía, não voltava para dormir; na escola era um desastre, e em casa cuspia no prato em que comia. "Morto de fome!", dizia para o pai, "nunca vou acabar como você, vendendo frutas na banquinha! Melhor trepar com velhos!" "Ah, é? E o que você vai fazer?", Ahmed gritava de volta, "vai receber o Nobel?", ironizando os catastróficos resultados escolares do filho. "Você vai ser um desempregado, é o que vai ser. Mas isso não é profissão, sabe?" "Melhor que vender maçãs no meio da rua ou limpar a casa dos outros, como esta empregada que você botou em casa", e indicava Irina, cheio de desprezo. "Vou ganhar dinheiro e vou vir te dizer oi no dia em que botarem você no hospital! Mas não se preocupe. O caixão eu pago."

Normalmente, essas discussões entre Ahmed e Helmi acabavam com um tabefe do pai, o filho batendo a porta de casa, com o consequente aumento da rachadura na parede, que agora já estava chegando ao teto. Irina tinha certeza de que na próxima briga parede e teto viriam abaixo, pior que o terremoto de Vilnius, em 2004.

As portas do elevador se escancararam e Irina virou para a esquerda, rumo ao apartamento 11, nos fundos do prédio.

A fechadura se abriu na primeira virada. "Estranho, muito estranho", pensou Irina. A fechadura sempre estava fechada com três voltas. Ela ia três vezes por semana à casa dos Baudo e, no último ano, nunca os encontrara em casa. O marido, às dez da manhã, já estava trabalhando fazia um tempo; na sexta-feira ele até saía ao amanhecer porque treinava de bicicleta; a esposa, por sua vez, voltava pontualmente do supermercado às onze, Irina poderia acertar o relógio por ela. Talvez dona Ester tivesse contraído a gastroenterite que estava fazendo vítimas em Aosta, pior que a epidemia de peste medieval. Irina entrou no apartamento, levando junto um sopro de ar gélido. "Dona Ester, sou eu, Irina! Está fazendo tanto frio lá fora... A senhora está em casa?", gritou, enquanto guardava as chaves na bolsa. "Não foi fazer as compras?" Sua voz rouca, herança dos 22 cigarros por dia, ecoava nos vidros fumês da porta de entrada.

– Senhora?

Fez deslizar uma das folhas da porta e entrou na sala.

Desordem. Na mesinha baixa diante da televisão, ainda estava a bandeja com os restos do jantar. Ossos de frango, um limão espremido e alguma coisa verde. Talvez espinafre. Embolada no sofá, uma manta verde-esmeralda, e no cinzeiro umas dez bitucas. Irina pensou que, muito provavelmente, a mulher estivesse no quarto com febre, e que na frente da televisão, na noite anterior, só estivesse Patrizio, o marido, assistindo ao jogo. De outra forma as bandejas seriam duas, a dele e a de dona Ester. As páginas do *Corriere dello Sport* estavam uniformemente espalhadas sobre o tapete, e um copo deixara dois belos círculos sobre a antiga mesinha clara. Balançando a cabeça, Irina se aproximou para ajeitar as coisas e com um pé chutou uma garrafa de vinho vazia que começou a girar. Irina a pegou e a colocou na mesinha. Depois recolheu o cinzeiro e despejou as bitucas no prato com as sobras de comida.

– Dona Ester? A senhora está aí? Está na cama?

Nenhuma resposta.

Com as mãos ocupadas segurando a bandeja, na qual mantinha em equilíbrio precário a garrafa de merlot, abriu a porta da cozinha com um movimento do quadril. Mas não entrou. Ficou parada na soleira da porta, olhando.

– Mas o que é isso...? – disse a meia-voz.

As portas dos armários estavam escancaradas. Pratos, tigelas e copos estavam no chão, ao lado de pacotes de macarrão e tomates enlatados. Panos de cozinha, talheres e guardanapos de papel espalhados pelo piso. Laranjas haviam rolado até embaixo da geladeira, meio aberta. As cadeiras estavam reviradas, a mesa empurrada quase junto da parede e o processador de alimentos quebrado no chão cuspia de suas entranhas fios e partes elétricas.

– O que foi que aconteceu aqui? – gritou Irina. Colocou a bandeja na mesa e se virou para o corredor. – Dona Ester! – chamou de novo. Nenhuma resposta. – Dona Ester, o que foi que aconteceu aqui?

Entrou no quarto esperando encontrar a mulher. A cama estava desarrumada. Lençóis e edredom amontoados em um canto. O guarda-roupa aberto. Voltou em direção à cozinha.

– Mas o que...? – seu pé bateu em um objeto. Olhou para o chão. Um celular despedaçado.

– Ladrões! – gritou e, como se alguém lhe tivesse posto uma lâmina fria e ameaçadora nas costas, se retesou e saiu correndo. O velho tapete afegão enrolado nos cantos a fez tropeçar. Irina caiu, batendo o joelho no assoalho.

Tac!

Um barulho surdo da rótula, seguido de uma dor lancinante que lhe chegou diretamente no cérebro.

– Aaaai! – gritou trincando os dentes e, segurando o joelho, se levantou.

Foi direto para a porta de correr da entrada, na certeza de que atrás dela já havia dois homens ameaçadores com os rostos cobertos por balaclavas pretas, com os dentes afiados de um animal feroz. Bateu as costas na porta de correr, que vibrou fazendo balançar os vidros fumês, e outra pontada de dor lhe percorreu a clavícula. Mas esta dor ela sentiu menos. Irina juntou toda a adrenalina que tinha no corpo e saiu mancando do apartamento do casal Baudo. Fechou a porta às suas costas rapidamente. Ofegava. Agora, no patamar da escada, se sentia segura. Olhou o joelho. A meia estava rasgada, e gotas de sangue manchavam sua pele branca. Lambeu dois dedos e os passou na ferida. De aguda, a dor havia passado a ser surda e insistente, mas era mais suportável. Depois percebeu que, ali no patamar, não estava nem um pouco segura. Se os ladrões estivessem dentro do apartamento, o que lhes custaria abrir a porta e massacrá-la com uma faca ou um pé de cabra? Começou a descer as escadas do prédio, mancando e gritando:

– Socorro! Ladrões! Ladrões!

Bateu às portas do segundo andar, mas ninguém veio abrir.

– Socorro! Ladrões! Abram! Abram!

Continuou descendo. Teria preferido descer os degraus de dois em dois, mas o joelho não lhe permitia. Se agarrava ao belo corrimão de madeira, agradecendo a Deus por ter calçado os Hogan piratas comprados no mercadinho embaixo do apartamento dela, os quais, pelo menos, tinham a sola de borracha. Com solas de couro, era capaz que tivesse descido aquelas escadas de mármore escorregando com a bunda nos degraus. Ainda bateu às portas do primeiro andar. Com os punhos, tocando as campainhas, com pontapés, mas ninguém estava em casa. Ninguém abria. Só de um apartamento lhe respondeu o latido histérico de um cachorrinho.

"Um prédio de mortos", pensou.

Finalmente chegou ao térreo. Abriu o portão e foi cambaleando para a rua. Deserta. Nem uma loja ou bar onde pudesse entrar para chamar alguém. Olhou os prédios da Via Brocherel. Ninguém nas janelas, ninguém entrando ou saindo. O céu estava cinza-chumbo e não havia nem um carro. Às dez da manhã, parecia que o mundo parara naquela rua, paralisado, e que, com exceção dela, nenhuma outra criatura viva morava naquele local.

– Ajuda! – berrou com todas as forças.

Então, como por milagre, na esquina da rua apareceu um velho enrolado num cachecol imenso com um vira-lata na coleira. Irina correu ao encontro dele.

O suboficial aposentado do exército, Paolo Rastelli, nascido em 1939, se deteve no meio da calçada. Uma mulher sem casaco, com os cabelos em pé, mancando, com um bocado de sangue no joelho, vinha correndo na direção dele, arquejando como um peixe recém-pescado. Ela berrava alguma coisa. Porém, o suboficial não a escutava. Só via a boca escancarada, que parecia mastigar o ar. Resolveu ligar o aparelho auditivo Maico que usava no ouvido direito e que sempre mantinha desligado quando saía para dar sua voltinha com Flipper. Flipper, um cruzamento de yorkshire e de outras 32 raças, era pior que um tubo de nitroglicerina. Uma folha agitada pelo vento, o gorgolejar de um cano ou simplesmente sua imaginação de velho vira-lata de quatorze anos era suficiente para fazê-lo latir com a vozinha estridente e irritante que causava mais arrepios ao ex-suboficial Rastelli do que unhas riscando uma lousa. Mal foi ligado, o aparelho auditivo lhe disparou uma descarga eletrostática no cérebro. Depois, como era de se esperar, o ruído branco se transformou no ladrar agudo de Flipper, que estava agitado, até que finalmente conseguiu compreender da boca escancarada da mulher palavras de sentido completo:

– Socorro! Me ajude! Ladrões!

Flipper, que perdera quase toda a visão do olho direito – o esquerdo já estava cego havia anos –, não ladrava para a mulher, mas para uma placa agitada pelo vento do outro lado da rua. Paolo Rastelli tinha poucos segundos para decidir. Olhou para trás, mas não havia ninguém. Não teria tempo para pegar o celular e chamar a polícia, agora a mulher estava a poucos metros dele e corria feito uma louca, continuando a gritar:

– Socorro! Me ajude, senhor!

Dava para fugir daquela espécie de Fúria com os cabelos loiros cor de palha, mas primeiro teria de convencer o parafuso que tinha no fêmur e os pulmões à beira de um enfisema. Por isso, assim como quando montava guarda no depósito de munição quando era um simples soldado, permaneceu parado, atento, esperando que os problemas o atingissem com a inevitabilidade de um destino maldoso, maldizendo Flipper e suas mijadinhas no meio da manhã que o afastaram da revista de palavras cruzadas.

Eram 10h10 de sexta-feira, 16 de março.

Quando o despertador tocou, faltavam vinte minutos para as oito horas. O subchefe de polícia Rocco Schiavone, a serviço em Aosta havia alguns meses, tinha se levantado e, como fazia todas as manhãs, foi à janela do quarto. Com a lentidão e a tensão de um jogador de pôquer que abre as cartas com as quais irá à rodada final, puxou as cortinas pesadas para espreitar o céu na vã esperança de ver um raio de sol.

– Merda – resmungou. Também naquela sexta-feira o céu estava fechado como a tampa de uma panela de pressão, a calçada branca de neve e os nativos caminhando apressados cobertos de cachecóis e chapéus. "Eles também sentem frio", pensou Rocco, "quem diria."

As habituais ações quotidianas: banho, uma cápsula de café expresso na maquininha, barba. De frente para o guarda-roupa, não tinha dúvidas sobre como se vestir. Como ontem e anteontem e o dia anterior e sabe-se lá por quantos dias futuros. Calças de veludo marrom, camiseta de algodão por dentro e lã por fora, meias de lã mista, camisa de flanela xadrez, malha de cashmere com decote em *v*, casaco de veludo verde e os inseparáveis Clarks. Tinha feito um rápido cálculo mental: seis meses em Aosta lhe tinham custado nove pares de sapatos. Talvez fosse mesmo o caso de encontrar uma alternativa válida, mas não conseguia. Tinha comprado dois meses antes as botas Teva, quando teve de andar nas pistas de Champoluc; porém, caminhar na cidade com aquelas betoneiras estava fora de questão. Vestiu o *loden** e saiu para trabalhar. Como todas as manhãs, levava o celular desligado. Porque o ritual quotidiano não se encerrava com o ato de se vestir e sair de casa. Faltavam-lhe dois outros passos fundamentais antes de começar a jornada. Ir ao bar na piazza para tomar o café da manhã e, finalmente, sentar-se à escrivaninha e enrolar seu baseado matutino.

A entrada na delegacia era o momento mais delicado. Ainda mergulhado nos pensamentos noturnos e com o humor cinzento como o céu daquela cidade, Rocco entrava na surdina, veloz e esquivo como uma cobra no meio da grama. Era imperativo evitar o encontro com o agente D'Intino. Não às oito e meia, não logo cedo. D'Intino: o agente oriundo da

---

* Tipo de sobretudo impermeável usado em lugares muito frios. (N.E.)

província de Chieti, que o subchefe odiava talvez mais do que o clima inóspito valdostano. Um homem que, com sua inépcia, era capaz de provocar incidentes letais aos colegas, mas nunca a si próprio. Que tinha mandado o agente Casella para o hospital, uma semana antes, atropelando-o com o carro em uma inútil marcha a ré no estacionamento da delegacia. Que havia quebrado uma unha do pé de Rocco com uma gaveta de ferro do arquivo. E que, com sua mania de arrumar as coisas, por pouco não envenenara Deruta, colocando água sanitária na garrafa d'água Uliveto. Rocco jurara que arruinaria D'Intino e começara a pressionar o chefe de polícia para que encontrasse um posto para o agente em qualquer delegacia em Abruzzo, onde ele seria muito mais útil. Naquela manhã, por sorte não topara com ninguém. O único que o havia cumprimentado era Scipioni, que estava na entrada. Ele se limitara a um sorriso amargo e voltara a olhar os papéis que estava examinando. Rocco chegou à sua sala, se sentou à escrivaninha e fumou um baseado bem fornido e saudável. Quando o apagou no cinzeiro, mal passava das nove horas. Era o momento de ligar o celular e começar a jornada. Logo uma notificação o avisou que havia uma mensagem de texto.

Você vai decidir se dorme na minha casa pelo menos uma noite?

Era Nora. A mulher com quem trocava fluídos corporais desde que o transferiram de Roma para Aosta. Um relacionamento superficial e de socorro mútuo que ela, no entanto, estava conduzindo rumo ao ponto crítico, a demanda de estabilidade. Coisa que Rocco não podia nem queria enfrentar. Para ele, as coisas estavam bem assim. Não precisava de companhia. Sua companhia era e seria para sempre sua esposa, Marina. Não tinha lugar para outra. Nora era bonita e aliviava a solidão. Mas não seria capaz de resolver seus problemas psicológicos. Quem vai a um analista faz isso porque quer se curar. E Rocco nunca botaria os pés no consultório de um analista. Ninguém vai ao altar com uma mulher como se fosse fazer uma salutar caminhada. Se o faz, é porque quer passar a vida ao lado da outra pessoa. Rocco já havia dado esse passo anos antes, e suas intenções eram mesmo as melhores. Teria passado a vida toda com Marina, e ponto final. Mas às vezes acontece que as coisas não andam pelo caminho certo, se quebram, se partem e não se consertam mais. Porém, este era um problema secundário. Rocco era de Marina, e Marina era de Rocco. O resto eram apêndices, ramos que poderiam ser podados, folhas de outono.

Enquanto Rocco pensava no rosto de Nora, em suas curvas, em seus tornozelos, um golpe o atingiu em cheio no rosto. Tinha se lembrado do que ela lhe dissera na noite anterior enquanto estavam abraçados na cama.

– Amanhã faço 43 anos, e eu sou a rainha. Então, você tem de se comportar bem – e sorriu com seus dentes brancos e perfeitos.

Rocco continuou beijando e apertando os seios grandes e carnudos, sem responder. Mas, enquanto desfrutava do corpo de Nora, sabia que no dia seguinte teria de comprar-lhe um presente, talvez até levá-la para jantar fora e perder o jogo Roma e Inter, pela rodada antecipada da sexta-feira.

– Nada de perfumes – ela o advertira –, e odeio todos os tipos de cachecóis e de plantas. Brincos, braceletes e colares eu compro para mim, e livros também. Nem vamos falar em CDs. Então, agora você pelo menos sabe que tipo de presente não deve me dar, a não ser que queira estragar meu aniversário.

E o que sobrava para lhe dar de presente? Nora o fizera entrar em crise. Ou melhor, o obrigava a pensar, a refletir sobre o que fazer. Presentes, de Natal ou de aniversário, estavam entre as coisas que Rocco mais detestava. Teria de perder tempo com isso, pensar em alguma coisa, andar pelas lojas como um imbecil, sem vontade nenhuma. Porém, se ele quisesse se enfiar debaixo dos lençóis e continuar se banqueteando com aquele corpo, precisava ter uma ideia. E teria de inventá-la hoje mesmo, porque era o aniversário de Nora.

– Que saco – disse em voz baixa bem na hora em que alguém bateu à porta. Rocco se apressou em abrir a janela para o ar entrar, deu umas fungadas, igual a um cão de caça, para garantir que não dava mais para perceber o cheiro de cannabis, e depois berrou "entre!", e a inspetora Caterina Rispoli entrou. A primeira coisa que ela fez foi aspirar o ar fazendo uma cara estranha.

– Que cheiro é esse?
– Estou fazendo emplastros de alecrim para o resfriado! – respondeu Rocco.
– Mas o senhor não está resfriado.
– Porque faço os emplastros de alecrim. Então, por isso não fico resfriado.
– Emplastro de alecrim? Nunca ouvi falar.
– Homeopatia, Caterina, coisa séria.
– Minha avó me ensinou a fazer com bolotas de eucalipto.
– O quê?
– Os emplastros.

— A minha avó também me ensinou a fazer emplastros.
— De alecrim?
— Não. Do que me der na telha. Agora quer me dizer por que está nesta sala?

Os longos cílios de Caterina se agitaram, e depois de se recompor ela disse:
— Temos uma denúncia que talvez mereça um olhar atento... — e mostrou o papel para Rocco. — Um sujeito disse que todas as noites, no jardim da estação, há um vaivém sem parar até as três da manhã.
— Prostitutas? — perguntou Rocco.
— Não.
— Drogas?
— Acho que sim.

Rocco deu uma olhada na denúncia.
— Precisaríamos investigar... — e aí lhe passou pela cabeça uma ideia esplêndida que, por si só, dava ao dia inteiro outro sentido. — Chame os dois idiotas agora mesmo.
— Os... quem? — perguntou Caterina.
— D'Intino e Michele Deruta.

Assentindo, a inspetora saiu às pressas da sala. Rocco aproveitou a ocasião para fechar a janela. Estava ficando gelado. Mas a excitação com a ideia que lhe ocorrera não o deixava perceber o frio que entrara na sala. Não se passaram nem cinco minutos e D'Intino e Deruta, acompanhados por Caterina Rispoli, entraram na sala.
— D'Intino e Deruta — disse Rocco, sério —, tenho uma coisa importante para vocês fazerem. É preciso atenção e senso de responsabilidade. Acham que dão conta?

Deruta sorriu e cambaleou, fazendo oscilar os seus 110 quilos sobre os pezinhos número 37.

– Claro, doutor!

– Certeza absoluta! – reforçou D'Intino.

– Então prestem atenção. O que estou pedindo a vocês é uma tocaia. Noturna. – Os dois agentes eram todos ouvidos. – Nos canteiros da estação. Suspeitamos de um comércio de drogas. Heroína ou coca, não sabemos.

Deruta olhou D'Intino, empolgado. Finalmente uma tarefa à altura da capacidade deles.

– Arrumem um local onde vocês não chamem a atenção. Peçam uma máquina fotográfica para tirar fotos e registrem tudo. Quero saber o que eles estão fazendo, quanta mercadoria vendem, quem está fazendo as transações e, acima de tudo, quero nomes. Vocês acham que dão conta?

– Claro – disse D'Intino.

– Mas eu tenho a padaria da minha esposa – objetou Deruta. – O senhor sabe que muitas vezes eu dou uma mão para ela até de madrugada. Ontem à noite mesmo, eu...

Bufando, Rocco se levantou, interrompendo o agente.

– Michele! É uma coisa linda você dar uma mão para sua esposa no forno, estragando sua coluna com a jornada dupla. Mas, em primeiro lugar, você é um policial, caramba! Não um padeiro!

Deruta concordou.

– A inspetora Rispoli coordena.

Deruta e D'Intino engoliram a notícia a contragosto.

– Mas por que ela? Sempre ela coordena! – D'Intino teve coragem de dizer.

– Em primeiro lugar, Rispoli é inspetora, e vocês, não. Em segundo lugar, ela é mulher; e eu não a coloco para fazer um trabalho de campo duro como esse que deleguei a vocês.

Em terceiro lugar, e este é o ponto fundamental, vocês fazem o que eu digo, D'Intino, ou então eu te mando com um pontapé na bunda até Chieti. Ficou claro?

D'Intino e Deruta assentiram em uníssono.

– E quando começamos?

– Hoje à noite. Agora saiam, porque preciso conversar algumas coisas com Rispoli.

A inspetora havia ficado em silêncio, um pouco de lado. Quando os dois agentes saíram da sala, lançaram um olhar furioso para ela.

– Doutor, assim o senhor me deixa constrangida com esses dois.

– Fique tranquila, Rispoli, ao menos param de encher nosso saco. Na verdade, estou precisando de um conselho. Sente-se.

Caterina obedeceu.

– Preciso dar um presente.

– De aniversário?

– Isso mesmo. Eu te dou as coordenadas. Mulher, 43 anos, em boa forma, vende vestidos de noiva, é de Aosta, tem bom gosto e também uma boa situação financeira.

A inspetora havia refletido por alguns minutos.

– Amiga íntima?

– Isso é problema meu.

– Entendido.

– Exclua flores, cachecóis, plantas, bijuterias, livros, perfumes e CDs.

– Preciso de mais detalhes. É Nora Tardioli? Aquela da loja no centro?

Rocco assentiu em silêncio.

– Parabéns, doutor, bela conquista.

– Obrigado, mas ainda é problema meu, como disse antes.

– Quanto o senhor quer avançar na relação?

– Pouco. Pense, mais do que outra coisa, na manutenção de um status. Por quê?

– Porque, de outra forma, o presente poderia ser um anel de brilhantes.

– Isso não é avançar na relação. Isso é se entregar de mãos e pés amarrados ao inimigo.

Caterina sorriu.

– Me deixe pensar. Ela tem algum hobby?

– Que eu saiba? Ela gosta de ir ao cinema, mas eu evitaria os DVDs. Ela nada duas vezes por semana e vai três vezes à academia. Pratica esqui cross-country. E acho que também anda de bicicleta.

– Mas ela é a Josefa Idem?

– Agora são... – Rocco olhou o relógio – dez e quinze. Você acha que até o meio-dia me dá uma ideia?

– Vou tentar!

Nesse instante, entrou escancarando a porta o agente Italo Pierron, o único, junto com Rispoli, que Rocco considerava digno de estar na polícia. Ele tinha permissão para entrar na sala do subchefe sem bater à porta e para chamá-lo de você fora das quatro paredes da delegacia. Trocou um olhar de saudação com Caterina.

– Doutor?

– O que foi, Italo? – o jovem agente estava com o rosto pálido e assustado.

— Uma coisa urgente.
— Diga.
— Um telefonema. Parece que na Via Brocherel uns ladrões de apartamento se trancaram na residência de Patrizio e Ester Baudo.
— Trancados?
— Foi o que disse Paolo Rastelli, ex-suboficial aposentado, meio surdo. E foi isso o que eu entendi enquanto ouvia uma mulher gritando, no fundo, "Estão lá dentro! Estão lá dentro! Eles destruíram tudo!".
Rocco assentiu.
— Vamos lá...
— Eu também vou? – perguntou Caterina.
— Deixe pra lá. Você é útil aqui. Fique perto do telefone.
— Entendido.

Enquanto eles passavam pelas esquinas da cidade com a sirene desligada, Rocco pegou um cigarro do maço de Italo, olhando as ruas perfeitamente limpas depois da neve.
— A prefeitura funciona nestas bandas, não é? Em Roma, bastam dois flocos, e tem mais mortos que num êxodo de começo de férias de verão. – E aí acendeu o cigarro. – Por que você não compra Camel? Eu tenho nojo dos Chesterfield.
Italo assentiu em silêncio.
— Eu sei, Rocco; mas prefiro esses.
— Preste atenção para não bater contra uma parede ou atropelar uma velhinha.
Italo entrou na avenida Battaglione Aosta, trocou de marcha, passou por um furgão e seguiu velozmente.
— Se você não fosse um policial, seria perfeito para roubo a carro-forte.

– Por que, Rocco? Está pensando em dar um golpe desse tipo?

Os dois riram juntos.

– Sabe de uma coisa, Italo? Acho que você deveria deixar crescer o cavanhaque ou a barba.

– Acha? Sabe, eu já tinha pensado nisso. Não tenho lábios.

– Exato. Você se pareceria menos com uma doninha.

– Eu me pareço com uma doninha?

– Eu nunca te disse? Já encontrei muitas pessoas que se parecem com uma doninha. No entanto, não na polícia.

Agora, depois de seis meses de convivência, os dois se conheciam e se entendiam. Rocco gostava de Italo, confiava nele depois do que tinham feito tempos atrás, quando interceptaram aquele carregamento de marijuana de um caminhão holandês e dividiram um belo pezinho de meia de uns milhares de euros. Italo era jovem, e Rocco via nele as mesmas motivações que o levaram a seguir carreira na polícia: o acaso. No momento fatídico em que seus companheiros de escola acabaram nas ruas trabalhando com armas e projéteis, ele casualmente se flagrara com o distintivo no peito. Simples assim. Para quem no início da década de 1960 nascia em Trastevere, numa família de operários, e tinha como vizinhos gente que conhecia intimamente a prisão, esses eram os dois únicos caminhos a seguir. Como quando na infância, ao lado da paróquia, brincavam de um pega-pega que se chamava polícia e ladrão. Exatamente isso. Rocco se tornara polícia; Furio, Brizio, Sebastiano, Stampella e outros, ladrões. Mas continuavam amigos.

– Como é que ladrões de apartamento conseguem se trancar em casa, Italo? Não é um banco com reféns e o escambau.

— Isso nem eu entendo.

— Estou querendo dizer: se quem fez a denúncia foi um velho meio surdo e uma mulher, os ladrões podem sair, descer o sarrafo neles e levantar acampamento em menos de um minuto.

— Talvez o velho esteja armado. É um ex-suboficial do exército.

— Coisa de louco – disse Rocco, olhando as ruas e os carros que estacavam e buzinavam freneticamente à passagem da BMW guiada por Italo.

— Escute, Rocco, não seria o caso de colocar a sirene? Assim eles ficam sabendo que somos da polícia e não batemos em ninguém!

— Eu odeio essa sirene.

E assim, correndo a 120 quilômetros por hora, chegaram ao edifício da Via Brocherel.

Rocco abotoou o *loden* e, seguido por Italo, se aproximou da dupla que acenava na frente do portão. Um homem idoso e uma mulher de uns quarenta anos, cabelos loiros cor de palha, com a meia desfiada e sangue no joelho.

— Polícia, polícia! – berrava a mulher, fazendo ressoar seu sotaque eslavo na rua deserta. Deserta, mas por trás dos vidros das janelas apareceram alguns rostos curiosos. O outro, o velho, detéve na hora a mulher com um gesto da mão, interrompendo-a, como se dissesse, "deixe que eu falo, isso é assunto de homem". Aos seus pés, um vira-latinha furioso, com os olhos saltando das órbitas, latia para uma placa de proibido estacionar.

— Polícia? – perguntou o homem, olhando Rocco e Italo.

— O que o senhor acha?

– Normalmente, a polícia tem uma sirene no teto.

– Normalmente, as pessoas cuidam mais da própria vida – respondeu Rocco, sério. – Foi o senhor quem chamou?

– Sim. Sou o suboficial Paolo Rastelli. A moça tem certeza de que ladrões estão trancados no apartamento.

– A casa é sua? – perguntou o subchefe.

– Não – respondeu o suboficial.

– Então é sua? – e Rocco olhou para Irina.

– Não, eu faço a limpeza lá segundas e quartas e também às sextas – respondeu a mulher.

– Cale a boca! – berrou o homem para o cachorro, puxando a coleira com força, tanto que os olhos já cegos do bichinho pareciam querer saltar ainda mais das órbitas. – Me desculpe, comissário, mas ele continua latindo e isso acaba com o meu sistema nervoso.

– É típico dos cachorros, sabe? – disse, calmo, o subchefe.

– O quê?

– Latir. É parte da natureza deles. – Se agachou e com uma única carícia silenciou Flipper, que, balançando a cauda, lhe lambeu a mão. – E, de qualquer jeito, não sou comissário. Não existem mais comissários de polícia. Subchefe Schiavone. – E então olhou a mulher, que ainda estava com ar assustado e os cabelos eriçados por alguma força eletrostática, provavelmente emitida por sua malha de nylon azul.

– Me dê as chaves! – disse Rocco para a mulher.

– Do apartamento? – perguntou, ingênua, a russa.

– Não, da cidade. Mas é claro que é do apartamento, Deus do céu! – berrou o suboficial aposentado. – Senão, como eles vão entrar?

Irina abaixou os olhos.

– Eu esqueci lá dentro quando fugi.

– Que saco – disse Rocco em voz baixa. – Tá bom, vamos fazer o seguinte, em que andar é?

– Aquele... o terceiro! – e Irina indicou o prédio. – Está vendo? Aquela janela ali com cortinas é a sala; depois aquela ao lado, com persianas fechadas, escritório. Depois tem a última à esquerda, banheirinho, e depois...

– Senhora, não vou comprar o apartamento. Basta saber onde é – o subchefe a interrompeu, brusco. Então, com o queixo, indicou a Pierron o apartamento no terceiro andar. – Italo, o que é que você acha?

– E como é que eu vou entrar, doutor? Precisamos de um serralheiro.

Rocco suspirou e então olhou para mulher que, nesse meio de tempo, parecia ter se acalmado.

– Que tipo de fechadura é?

– Tem dois buracos – respondeu Irina.

Rocco ergueu os olhos para o céu.

– Tá, mas o que é que é? Blindada, Yale, multiponto?

– Não... eu não sei. Porta de casa.

Rocco abriu o portão.

– O número do apartamento a senhora sabe, ou nem isso?

– Onze – respondeu Irina, sorridente, orgulhosa por finalmente poder dar uma ajuda válida às forças da ordem.

Italo seguiu o subchefe.

– O que é que eu faço? – perguntou o suboficial aposentado.

– Fique aqui e espere os reforços – gritou Rocco. E quase teve a sensação de que o outro tivesse prontamente se postado em posição de sentido.

Mal as portas de ferro do elevador se abriram, Rocco virou para a direita, e Italo, para a esquerda.

– O apartamento 11 é aqui – disse Italo. O subchefe foi ao encontro dele. – É uma fechadura Cisa antiga. Ótimo.

Rocco enfiou a mão no bolso e pegou as chaves do seu apartamento.

– O que é que você está fazendo? – perguntou Italo.

– Espere. – Junto com as chaves, Rocco tinha um pequeno canivete suíço, desses com doze mil lâminas e tesourinhas. Escolheu com cuidado a pequena chave de fenda. Se inclinou e começou a lidar com a fechadura. Tirou os dois parafusos, depois pegou a lixa de unhas. – Tá vendo? A gente abre um espacinho entre a madeira e a fechadura... – enfiou a lima na fresta. Forçou algumas vezes. – É uma porta de estrutura oca. Em Roma, ninguém mais tem porta de entrada deste tipo.

– Por quê?

– Porque elas abrem que é uma beleza – e, dizendo isso, o subchefe fez saltar a fechadura.

Italo sorriu:

– Você errou mesmo de profissão!

– Você não é o primeiro a me dizer isso. – E Rocco abriu a porta.

Italo o deteve com um braço.

– Eu vou na frente? – disse, enquanto sacava a pistola. – Já pensou se tem mesmo ladrões trancados aqui dentro?

– Mas que ladrão trancado, Italo. Não fale merda. – E entrou rapidamente.

Passaram pela porta de correr e se viram na sala. Italo foi para a cozinha. O subchefe seguiu pelo corredor e deu uma olhada no quarto. Cama desfeita. Seguiu em frente. No fundo do corredor, havia outro quarto. Porta fechada. Italo se aproximou enquanto ele colocava a mão na maçaneta.

– Ninguém na cozinha. Uma bela de uma confusão, mas não tem ninguém. Parece que passou um ciclone por lá.

Rocco assentiu, então escancarou a porta.

Escuro.

Persianas abaixadas, não se via nada. Mas o subchefe sentia um cheiro horrível. Adocicado, com nuanças de vômito e de urina. Encontrou o interruptor e o apertou. Um raio de luz iluminou por um instante o quarto. Depois, um curto-circuito danificou a corrente, enquanto do teto algumas fagulhas parecidas com estrelinhas cadentes brilharam na escuridão. O quarto tornara a ficar escuro. Porém, aquele raio de luz elétrica, como o flash de um fotógrafo, tinha fixado na retina do subchefe algo de deixar os cabelos em pé.

– Merda! Italo, chame a central. E faça o Fumagalli vir aqui.

– Fumagalli? O médico? O que foi? O que você viu, Rocco?

– Faça o que eu estou dizendo!

Italo saiu para o corredor e, pegando o celular, tentou digitar o número do hospital; só que com a Beretta na mão era uma tarefa bastante complicada.

Rocco avançou às apalpadelas e entrou, seguindo o perímetro do quarto.

Seus dedos tocaram uma estante de livros, depois de novo a parede, depois a quina. Passou a mão pelo papel de parede, afastou a cortina e finalmente encontrou a fita da persiana. Ele a agarrou e deu um primeiro puxão. Lentamente, a luz cinzenta do dia entrou no cômodo. Por baixo. Primeiro o piso com um banquinho caído, virado. No segundo puxão a luz iluminou dois pés nus pendurados; no terceiro, as pernas, os braços abandonados ao longo do corpo e por fim, quando a persiana estava totalmente enrolada, a cena se apresentou em toda a sua sordidez macabra. A mulher estava pendurada no gancho do lustre por uma corda fina. A cabeça estava inclinada para frente, o queixo apoiado no peito, e os cabelos castanhos e encaracolados na frente do rosto. No chão, uma mancha sobre o assoalho.

– Santa Mãe de Deus! – saiu como um silvo da boca de Italo, que estava com o celular colado no ouvido.

– Chame o Fumagalli, já falei – disse Rocco. Ele se afastou da janela e se aproximou do corpo da mulher.

Os pés, magros e ossudos, lhe recordavam os de um Cristo na cruz. Pálidos, quase verdes. Faltavam os buracos dos pregos; de resto, poderiam parecer saídos de um quadro de Grünewald. Os joelhos estavam ralados, como os de uma menina que volta do primeiro passeio de bicicleta. Ela estava de camisola. Verde-água. Uma das alças havia caído. Estava descosturada sob a axila, e um pequeno buraco mostrava um pedacinho de pele das costas. Rocco não olhou o rosto dela. Virou-se e saiu do quarto. Ao passar, pegou o maço de Chesterfield do bolso do agente Pierron e tirou um cigarro, enquanto Italo finalmente conseguia falar com o hospital.

– Agente Pierron... chamem o Fumagalli. É urgente.

– Vem fumar um cigarro, Italo, senão isso se imprime na sua retina e você não vai ver outra coisa nas próximas duas semanas.

Italo seguiu Rocco como um robô, na mão esquerda o celular e na direita a pistola.

— E guarda o ferro no coldre. Em que porra você quer atirar?

Ester Baudo e o marido estavam em todas as fotografias emolduradas colocadas no tampo de um piano de armário. Havia a foto do casamento, outras na praia, debaixo de uma palmeira; tinha até uma foto na frente do Coliseu. Para Rocco, uma olhada foi suficiente para entender que havia sido tirada do ângulo da Via Capo d'Africa, a rua do restaurante sardo de frutos do mar em que ele e Marina iam quando havia algo para comemorar. Da última vez, agora já há mais de cinco anos, tinha sido pela compra da cobertura em Monteverde Vecchio. Ester Baudo sorria em todas as fotos. Porém, apenas com a boca. Os olhos, não. Eram sem vida, profundos e negros, e não riam. Nem no dia do casamento.

O marido era exatamente o oposto. Sempre sorrindo para a câmera. Feliz. Os cabelos sumidos do alto do crânio adornavam apenas os lados da cabeça. Da boquinha em forma de coração surgiam os dentes brancos e regulares. As orelhas pequenas e de abano.

Rocco saiu da sala para dar uma olhada na cozinha. Na soleira da porta havia um celular quebrado. Ele o pegou. A tela estava trincada, a bateria descarregada e o chip sabe-se lá onde tinha ido parar. Então, olhou o aposento. Italo tinha razão. Um verdadeiro caos. Parecia que uma manada de búfalos tinha passado por ali. No chão, uma bagunça de caixinhas, pacotes de macarrão, talheres e até uma faca de pão. Colocou o celular estraçalhado no tampo de mármore, ao lado de uma balança de plástico.

Tornou a olhar o quarto dos fundos. E, lenta e inexoravelmente atraído como por um ímã, voltou para lá. A mulher continuava ali. Rocco gostaria de colocá-la no chão. Vê-la pendurada como um animal abatido era insuportável. Mordeu os lábios e se aproximou. A primeira coisa que saltava aos olhos era o rosto tumefato. Inchado, com um corte no lábio, do qual sangue havia escorrido. Um olho estava aberto; o outro mais fechado e grande como uma ameixa. A corda ao redor do pescoço era daquelas usadas em varais. A mulher a havia passado pelo gancho que sustentava o lustre e depois a prendera junto ao chão, nos pés de um armário. Como um cabo com três metros de comprimento, para garantir que aguentaria o peso. E, na verdade, um pouco o lustre havia cedido, pois arrancara os fios elétricos, causando um curto-circuito. No chão, havia um banquinho. De três pés, daqueles usados para tocar piano. Na queda, tinha perdido a almofada. Talvez Ester o tivesse chutado nos últimos momentos, quando havia decidido que sua visita a esta terra chegara ao ponto final. O pescoço era branco, mas não ao redor da garganta. Lá, havia uma marca roxa com uns dois dedos de largura. Roxa como a marca no assoalho.

– É o terceiro suicídio este mês – disse, bufando, o legista atrás dele.

Rocco nem se virou e, fiéis ao costume que haviam adotado fazia meses, evitaram se cumprimentar.

– Você a encontrou?

Schiavone fez que sim. Alberto se aproximou e começou a olhar o corpo. Pareciam dois turistas no MoMA diante de uma instalação.

– Mulher, 35 anos, provável causa da morte, asfixia – disse o médico.

Rocco concordou:

— E lhe deram um diploma pra isso?
— Estou brincando.
— Como consegue?
— Na minha profissão, se você não brinca, se acaba – e Alberto indicou o cadáver com a cabeça.
— Vai tirá-la daí?
— Eu diria que sim... estou esperando seus ajudantes e já a coloco no chão.
— Quem está subindo?
— A moça e um gordão.

Ou seja, o agente Deruta e a inspetora Caterina Rispoli. Rocco saiu do cômodo para ir se encontrar com os dois.

Deruta já estava na entrada, suado e ofegante. Caterina Rispoli, por sua vez, ainda estava no patamar da escada e falava com Italo Pierron, retorcendo as luvas de couro do uniforme.

— Você subiu pelas escadas, Deruta?
— Não, subi de elevador.
— E por que está ofegante?

Deruta não respondeu à pergunta.

— Doutor, eu estava pensando...
— Essa é uma boa notícia, Deruta.
— Estava pensando... o espetáculo não é um pouco forte demais?
— Para quem?
— Para a Rispoli?
— Que espetáculo, Deruta? Ver você trabalhando?

Deruta, um pouco aborrecido, fez uma careta.

— Ora! O morto ali dentro!

Rocco olhou para ele.

– Deruta, a inspetora Rispoli é uma policial.

– Rispoli é uma mulher!

– E isso não é culpa dela – disse o subchefe, indo para o patamar.

Mal saiu, Caterina o olhou.

– Subchefe...

– Entre, Rispoli. Não me deixe o Deruta sozinho, é capaz que ele também se enforque.

Caterina sorriu e entrou no apartamento.

– Ah, doutor?

– Diga, Rispoli.

– O presente, acho que tive uma ideia.

– Perfeito. A gente se vê em dez minutos.

Enquanto Caterina desaparecia na sala, Rocco se voltou na direção de Italo.

– Vamos tomar um café.

– Se não se importa, doutor – disse Italo, passando a um tratamento mais oficial –, eu fico por aqui. Estou com o estômago um pouco embrulhado.

Balançando a cabeça, Rocco Schiavone desceu as escadas.

A Via Brocherel estava cheia de gente. Uns à janela, outros na frente do portão de casa. Das cabeças dos curiosos se erguia um murmúrio como o de uma panela de pressão fervendo. "Um cadáver?..." "Nada de ladrão?" "E quem é?" "Na casa dos Baudo..."

Houve só um momento de silêncio quando o portão se abriu e Rocco Schiavone, envolto em seu *loden* verde, saiu do prédio. O agente Casella era o único a garantir que os curiosos ficassem de fora.

– Comissário... – disse este, cumprimentando-o.

– Subchefe, Casella, subchefe, que bosta! Pelo menos você, que é da polícia, aprenda essas coisas, sim?

Olhou ao redor, mas não viu sinal de bar ou lojas. Aproximou-se do suboficial aposentado.

– Me diga uma coisa. Tem um bar por estes lados?

– Como? – disse o velho, ajustando o aparelho de surdez.

– Bar. Por aqui. Onde.

– Vire a esquina. Siga pela Via Monte Emilius e depois de uns cem metros tem o Bar Alpi. Mas e então, doutor? É verdade que encontraram a mulher enforcada?

Irina também o fitava com olhos apreensivos.

– Os dois sabem guardar um segredo? – disse Rocco, em voz baixa.

– Claro! – respondeu, estufando o peito de orgulho, Paolo Rastelli.

– Eu também! – disse Irina.

– E por acaso eu não? – Rocco disse e se afastou, deixando-os de mãos abanando.

Como era de se esperar, Flipper, o cachorro do suboficial aposentado, voltou a latir para a placa de proibido estacionar. O ex-oficial olhou o vira-latinha com raiva e depois, com um gesto brusco da mão, desligou o aparelho auditivo. Finalmente, tudo tornou a ficar silencioso, tênue. Um grande aquário para se observar sem ter de fazer parte dele. Com um sorriso e um leve aceno, cumprimentou Irina e retomou o passeio diário direto para casa e para a revista de palavras cruzadas.

Com o vento que soprava ar frio por baixo do *loden*, Rocco pensava que, tudo considerado, poderia ser pior. Um suicídio era só uma série de tarefas a desempenhar, uma coisa que se encerra em uma tarde de trabalho. O plano era simples: deixar as incumbências burocráticas nas mãos de Casella; falar com Rispoli e perguntar que ideia tivera para o presente de Nora, voltar para casa, uma meia horinha de sono, banho, sair para comprar o presente, ir jantar com Nora às oito; depois de uma hora e meia, fingir que estava com uma dor de cabeça alucinante, acompanhar Nora e voltar correndo pra casa e ver o segundo tempo de Roma e Inter. Podia dar certo.

Bem no instante em que o vento se acalmou e uma chuvinha leve e fria como a mão de um morto começava a pinicar o asfalto, Rocco entrou no Bar Alpi. Na mesma hora foi assaltado por um cheiro de álcool e de açúcar de confeiteiro. Agradável como o abraço de um amigo.

– Bom dia.

O homem por trás do balcão sorriu para ele.

– Salve. Quer beber alguma coisa?

– Um belo café com uma espuminha de leite... e queria um doce, vocês têm?

– Claro... Pegue o senhor mesmo, ali... – e indicou uma estufa de acrílico com aquecimento elétrico, onde os doces faziam uma bela figura. Rocco pegou um strudel enquanto o barista já começava a preparar o café. Ouviu um barulho de bolas de bilhar vindo da outra saleta do bar. Só então se deu conta de que as paredes do local eram cobertas de fotos da Juventus e faixas alvinegras. Rocco se aproximou do balcão e colocou meio envelopinho de açúcar no café. Levou um bom tempo para beber o líquido espesso. Sinal de que era um bom café. Ele o degustou. Estava mesmo bom.

— O senhor faz um café ótimo – disse ao barman, que estava ocupado, enxugando copos.

— Minha mulher me ensinou.

— Napolitana?

— Não. De Milão. Napolitano sou eu.

— Quer dizer que o senhor é um napolitano que torce para a Juve e aprende a fazer café com uma mulher de Milão?

— E também sou desafinado – ele disse. Começaram a rir. Outro barulho na sala ao lado. Rocco se voltou.

— Quer jogar uma partida?

— Por que não?

— Cuidado que aqueles dois lá são profissionais.

Rocco acabou o café de um gole e foi para a sala ao lado dando uma última mordida no strudel e cobrindo o *loden* de migalhas.

Havia dois homens. Um com macacão de operário e o outro de paletó e gravata. Tinham colocado a bola branca na mesa e se preparavam para uma partida de carambola. Mal viram Rocco, sorriram.

— Quer jogar também? – perguntou o operário.

— Não, joguem vocês. Posso olhar?

— Claro – disse o homem que tinha toda a cara de ser um agente imobiliário. – Veja como eu destruo este aqui, o Nino. Nino, hoje não estou pra brincadeira!

— Dez euros para o melhor de três? – disse o operário.

— Não; dez euros a partida!

Nino sorriu.

— Então vou ganhar meu décimo terceiro agora – e piscou para o subchefe.

O agente imobiliário tirou o paletó enquanto o operário passava o giz na ponta do taco com um sorriso maldoso.

Tac! E as três luzes do teto que iluminavam o pano verde da mesa de bilhar se apagaram na mesma hora.

– Puta que... Gennaro! – berrou o agente imobiliário.

Do bar, respondeu o dono do local:

– Com esse vento, a energia cai sempre! – berrou.

– Pague a conta, e vai ver que não acontece mais! – disse o operário, e deu uma boa risada com o amigo.

Rocco, ao contrário, ficara sério, encostado à parede, mergulhado em pensamentos.

– Puta que pariu! – murmurou entredentes. – Sou um imbecil! Mas como não pensei nisso antes? Profissão de merda! – e, xingando, saiu da sala sob o olhar surpreso e um tanto assustado dos dois jogadores.

– Albe, me diga que o que estou pensando está errado!

– Repita, Rocco – disse o legista, inclinado sobre o corpo da sra. Baudo.

– Quando eu entrei, acendi a luz. E a energia caiu. Sinal de que, antes, ela estava apagada, está me entendendo?

– Continue, Rocco, estou ouvindo.

– É claro que, ao cair, a pobrezinha puxou dois fios. Eu, apertando o interruptor, provoquei um curto-circuito. O que isso quer dizer? Que ela se enforcou no escuro. Como ela fez isso? Abaixou as persianas, apertou o nó e se deixou cair?

– Não faz o menor sentido – disse Fumagalli –, e então?

– Então alguém fez companhia a ela. As persianas alguém abaixou depois que ela se enforcou, puta que pariu! – xingou Rocco, entredentes.

— Escute, já que você está aqui, eu tenho mais uma coisinha pra lhe dizer. Olhe isto – e indicou a pele branca da vítima.

Eles se aproximaram do cadáver que Deruta e Rispoli haviam colocado sobre o assoalho.

— A corda é fina demais para deixar uma contusão assim. Está vendo? – e Alberto Fumagalli indicou a marca roxa no pescoço de Ester. Tinha quase dois dedos de largura. – A corda, penetrando na carne, deixou só uma marca fina, está vendo? Resumindo, ela não morreu estrangulada por este fio. Isso está claro. Além do mais, você olhou bem o rosto?

Rocco se afundou na poltroninha de couro do cômodo.
— Certo. Ela foi agredida. Sabe o que isso significa?
Fumagalli não respondeu.

O subchefe continuou com um ronco baixo, um gorgolejar sinistro e distante como um trovão que anuncia a tempestade.

— Significa que não foi um suicídio. Significa que cabe a mim enfrentar a coisa, e também significa uma série de encheções de saco estratosféricas que você nem imagina!

Fumagalli concordou.

— Agora vou levar a coitada para a sala de autópsias. Você faria melhor chamando o juiz e a polícia científica.

Rocco se levantou da cadeira de um salto. Seu humor havia mudado rápido como o vento de altitude, que de repente leva nuvens negras e cheias de água aonde pouco antes havia sol.

Saindo da sala, olhou para Deruta e Caterina.

— Rispoli, chame a polícia científica de Turim. Deruta, vá fazer o que eu tinha mandado você fazer hoje de manhã com D'Intino.

— Mas as tocaias são noturnas — contestou o agente.

— Então vá descansar, vá fazer o pão de sua mulher; resumindo, não encha meu saco!

Como um cachorro espancado, Deruta escapuliu do apartamento. Caterina não fez perguntas. Ao contrário do agente Deruta, ela havia aprendido que, quando o humor do subchefe enegrecia de repente, a melhor coisa a fazer era ficar quieta e obedecer.

— Pierron! — berrou Rocco, e na mesma hora Italo apareceu no salão.

— Diga, doutor.

— Mande embora as pessoas que estão lá embaixo na rua. Quero os nomes daquela russa que entrou primeiro no apartamento e daquele suboficial meio surdo. Diga pro Casella se mexer e manter os jornais à distância. Faça perguntas a todos os vizinhos, e alguém telefone para a procuradoria. Esta é mais uma encheção de saco grau dez, Rispoli, está entendendo? — Ele não se dirigia à pobre coitada, que tentava falar com Turim ao telefone. Falava com todos e com ninguém, e agitava as mãos como se estivesse à beira de um abismo e houvesse perdido o equilíbrio de repente. — É mesmo uma encheção de saco grau dez!

Italo assentiu, concordando totalmente com a opinião de seu superior. Na verdade, sabia que o subchefe de polícia catalogava por graus os aborrecimentos ou encheções de saco da vida. Do sexto para cima.

Em sua personalíssima escala de valores, no sexto grau se encontravam crianças que gritam em restaurantes; crianças que gritam em piscinas; crianças que gritam em lojas; de modo geral, crianças que gritam. Em seguida, telefonemas

que oferecem impossíveis contratos de combos luz-água-gás-
-celular; cobertores que escapam do colchão e deixam os pés
descobertos numa noite fria de inverno e *apericenas*, a última
moda na Itália: misto de aperitivo e jantar. No sétimo grau,
se encontravam os restaurantes com serviço lento; as pessoas
entendedoras de vinho e o colega que tinha comido alho na
noite anterior. No oitavo, os shows que ultrapassassem uma
hora e quinze minutos; dar ou receber presentes; as maquininhas de videopôquer e a rádio católica Maria. No nono grau se
encontravam convites para casamentos, batismos, comunhões
ou simplesmente para festas. Maridos que reclamavam das
esposas, esposas que reclamavam dos maridos. E, no décimo
grau, no pódio mais elevado das encheções de saco, o máximo
que a vida desgraçada poderia lhe proporcionar para acabar
com os seus dias, reinava soberano o caso de homicídio que
lhe jogavam nas costas. E esse de Ester Baudo se transformara
nisso em poucos minutos, diante de seus olhos. Daí a repentina
mudança de estado de espírito. Para quem o conhecia, uma
virada emocional bem previsível; uma reação desproposidada
para quem não convivesse com ele. O caso implacável e inútil
estava ali pedindo tacitamente para ser solucionado, pedido
que ele não poderia evitar e para o qual, aliás, teria de encontrar
uma resposta. Resposta que estava em algum lugar no poço de
lama daqueles horrores, lá embaixo, nos abismos da idiotia humana, na sordidez de uma mente mórbida. Nesses momentos,
quando o caso em questão mal havia se esboçado como uma
flor enferma no mato rasteiro da sua vida, exatamente nesses
primeiros minutos, se Rocco tivesse tido nas mãos o culpado,
o teria apagado para sempre da face da terra.

 Ele se viu sentado no centro da sala. No aposento ao
lado estava Alberto Fumagalli, que trabalhava em silêncio na

vítima. Os agentes haviam desaparecido como a neve ao sol, cada qual cumprindo as ordens recebidas. Ele esfregou o rosto e se levantou.

– Vamos lá, Rocco – disse em voz baixa –, vamos dar uma olhadinha no que temos.

Calçou as luvas de couro que trazia no bolso e olhou a casa com outros olhos. Frios e distantes.

A desordem da sala era, no fim das contas, uma desordem quotidiana. Revistas espalhadas, almofadas dos sofás fora de lugar, uma mesinha na frente da televisão cheia de tranqueiras, isqueiros, contas a pagar e até duas girafinhas africanas de madeira. O que não se encaixava era a bagunça que havia na cozinha. Se ladrões haviam mesmo entrado no apartamento, o que eles procuravam ali? O que se guarda na cozinha que possa ter valor? Os armários estavam escancarados. Tudo, exceto o móvel embaixo da pia. O subchefe o abriu. Havia três cestos de lixo: orgânico, metal e papel. Espiou lá dentro. O de lixo orgânico estava cheio, assim como o de metal. Por outro lado, o cesto para colocar papel estava quase vazio. Com exceção de uma caixa de ovos, um anúncio de viagem a Medjugorje com uma propaganda de panelas anexada, e uma sacolinha preta e elegante, com alças de corda. No centro, havia uma espécie de brasão. Ramos de louro e no meio um sobrenome, "Tomei". Rocco teve a impressão de que era o nome de uma loja no centro. No interior da sacolinha, um pequeno cartão. "Felicidades, Ester."

Na parede ao lado da geladeira havia um documento da prefeitura. Uma tabela com os dias de coleta de lixo. Rocco deu uma olhada. Naquela rua, o papel era recolhido às quintas-feiras. O dia anterior. Eis por que o cesto estava quase vazio.

O subchefe voltou a atenção para o celular que ele próprio havia posto sobre o mármore. Eis outro ponto de interrogação. De quem era? Da vítima? E por que fora destruído? Onde estava o chip?

O dormitório dava toda a impressão de ter sido revistado habilmente. Os ladrões de apartamento se aplicaram e agiram ali com minúcia. Se na cozinha parecia ter havido um terremoto, no quarto se via, pelo contrário, a mão precisa de alguém que procurava alguma coisa cirurgicamente. Apenas os lençóis haviam sido jogados no chão, e, observando bem, o colchão fora afastado alguns centímetros em relação ao estrado. Somente as portas do armário estavam abertas; a cômoda e os criados-mudos não haviam sido tocados. Embaixo da janela, parcialmente escondida pela persiana, havia uma caixa de veludo azul. Rocco a pegou nas mãos. Estava vazia. Deixou-a sobre a cômoda onde, emoldurada, havia outra foto do casal. Estavam sentados a uma mesa e se abraçavam. Rocco se deteve olhando o rosto da mulher. E, em silêncio, prometeu a ela que encontraria o filho da puta. Ela por sua vez lhe agradeceu com um sorriso sem vida.

O subchefe de polícia decidira voltar a pé, desafiando o vento que recomeçara a soprar a poeira de neve dos tetos e dos ramos das árvores, fazendo com que ela subisse em pequenos turbilhões do asfalto das ruas. Caminhava a passos largos com as mãos enfiadas nos bolsos de seu *loden*, que pouco ou nada o protegia daquela temperatura. Ergueu os olhos, mas as nuvens espessas e pesadas tinham tapado o céu e as montanhas. Tudo o que ele conseguia ver além dos pequenos prédios eram prados embranquecidos ou escuros por causa da lama. Não queria voltar logo para a delegacia, não estava com vontade de falar com o chefe de polícia, e muito menos explicar ao juiz no que eles estavam metidos, ainda mais porque nem ele mesmo sabia. Pessoas nas calçadas passavam por ele sem nem o olhar, cada qual cuidando da própria vida. Ele era o único que não usava chapéu. Os dedos gelados do vento lhe friccionavam os cabelos. Com certeza pagaria isso com uma sinusite e uma dor na cervical. O ar era uma mistura de cheiro de lenha queimada e gás carbônico dos automóveis. Se lançou pela faixa de pedestres, desafiando a sorte. Em Roma, já estaria amassado no asfalto. Em Aosta, ao contrário, os carros se detinham sem protestar. Pensava no que estaria à sua espera, o que teria pela frente. Com exceção do Fiat 500 que aguardava que ele atravessasse, apenas o trabalho. E uma vida em uma cidade que, para ele, era estranha e distante. Nada tinha ali, e nada teria, nem que ficasse dez anos por lá. Não podia se reduzir a conversar com os velhos nos bares sobre as maravilhosas vinícolas locais, ou sobre o mercado futebolístico. E até a tentativa incerta e trôpega de arrumar para si uma história de amor era mais frágil que um papel de seda. Precisava de seus amigos. Que, em um momento como aquele, estariam ali para aliviar aquela encheção de saco intolerável. Pensava em Seba, que pelo menos tinha vindo encontrá-lo. Furio, Brizio. Onde estavam? Ainda estariam soltos nas ruas, ou seus colegas de profissão os teriam mandado para o hotel Roma?* Daria um dedo da mão congelada por uma simples pizza em Trastevere, fumar um bom cigarro à noite no Janículo, um jogo de pôquer

---

* Hotel Roma: apelido dado ao cárcere Regina Coeli, localizado no bairro romano de Trastevere. (N.T.)

em Stampella. De repente, viu que estava na Porta Pretoria. Pelo menos o vento não penetrava por entre aquelas quatro paredes antigas. Como tinha ido parar ali? A delegacia ficava do outro lado da cidade. Agora teria de voltar pela rua até a Piazza Chanoux e seguir reto. Resolveu que daria uma parada no bar da praça. Voltou a caminhar ainda mais devagar; agora tinha uma meta, quando no bolso do casaco soou a "Ode à Alegria" de Beethoven. Era seu toque pessoal do celular.

– Quem é?

– Amor, sou eu, Nora. Pode falar?

– Não.

– Estou te atrapalhando agora?

– Por que você faz perguntas que pedem uma resposta grossa? – respondeu.

– O que houve? Qual é o problema?

– Quer saber? Eu te digo. Estou com um homicídio no meio dos colhões. Pra você chega?

Nora fez uma ligeira pausa.

– Mas por que você desconta em mim?

– Eu desconto em todo mundo. Em primeiro lugar, em mim. Estou voltando para a delegacia. Espere meia hora, eu te telefono de lá.

– Não, depois você esquece. Só queria dizer que, esta noite, eu organizei tudo em casa. Uns amigos vão vir.

– Por quê? – perguntou Rocco. Os últimos acontecimentos da Via Brocherel haviam passado como um apagador na lousa em sua memória.

– Como assim, por quê? – disse Nora, elevando o tom de voz.

O subchefe de polícia não conseguia se lembrar.

– Hoje é o meu aniversário, Rocco!

Merda, o presente, foi o pensamento fulminante que lhe passou pela cabeça.

– A que horas? – disse.

– Às sete e meia. Você pode?

– Vou fazer o possível. Juro.

– Faça o que achar melhor. Até mais. Se você puder. – Nora desligou o telefone. As últimas palavras dela estavam mais frias que a calçada da Piazza Chanoux.

Como cansa manter relacionamentos humanos. É preciso empenho, dedicação, você tem de estar disponível e, acima de tudo, sorrir para a vida. Todas as qualidades que Rocco Schiavone não possuía. Na vida, ele era arrastado pelos cabelos, qualquer coisa o levava a colocar um dia depois do outro, um pouco como seus Clarks naquele momento. Mais um passo, mais um passo, diziam os soldados do Corpo Alpino para resistir aos quarenta graus abaixo de zero na Ucrânia no inverno de 1943. Mais um passo, mais um passo, o subchefe de polícia Rocco Schiavone repetia para si mesmo desde aquele longínquo dia 7 de julho de 2007, quando sua vida se despedaçara definitivamente, o barco naufragara e ele precisara mudar de rota.

Um 7 de julho romano quente e pegajoso. Que lhe levou embora Marina. E, com ela, tudo o que havia de bom em Rocco Schiavone. Seguir adiante na vida era apenas um instinto de sobrevivência.

O homem se aproximava do portão da Via Brocherel. Capacete e óculos de sol aerodinâmicos, camiseta e bermuda de lycra power azul e rosa coladas ao corpo e cheias de publicidade, meias brancas até os joelhos e sapatilhas com a ponta mais alta que os saltos, que o faziam andar como um palhaço do circo Togni.

Tric trac tric trac, faziam as placas de metal das sapatilhas, enquanto Patrizio Baudo, empurrando a bicicleta, desajeitado por causa do reforço na bermuda, prosseguia a passos largos. Ele observava a cena apocalíptica na frente de seu prédio. Polícia, curiosos e até um sujeito com uma câmera de televisão.

"O que aconteceu?", ele pensou, continuando a andar.

Se aproximou de uma policial loirinha, de rosto terno e olhos profundos e bonitos, dando voz a seu pensamento:

– O que aconteceu?

A policial bufou:

– Houve um homicídio.

– Um... o quê?

– Quem é o senhor? – perguntou a policial.

– Patrizio Baudo. Moro aqui – e ergueu a mão com uma luva sem dedos para indicar as janelas de seu apartamento.

A inspetora Rispoli fixou o olhar no rosto do homem, a ponto de se ver refletida nos óculos escuros dele.

– Patrizio Baudo? Acho que... venha comigo.

Não tinha tido tempo de trocar de roupa. Sentado de camiseta e bermuda na frente do subchefe de polícia, Patrizio Baudo havia tirado os óculos escuros e o capacete. A bicicleta ele havia deixado nas mãos de um agente, um equipamento de seis mil euros não se deixa largado na rua, mesmo que você viva em Aosta. Ele estava com o rosto pálido e duas marcas vermelhas sob os olhos. Parecia que o tinham surrado por uma hora e meia. Aturdido, com a boca aberta, olhava Rocco sentado do outro lado da escrivaninha. Tremia, talvez de medo, talvez de frio, e estava com as mãos protegidas por luvas de couro entrelaçadas no meio das pernas. De vez em quando, erguia a mão direita e tocava o crucifixo de ouro que trazia ao pescoço.

– Vou mandar trazer algo para o senhor se cobrir – disse o subchefe, pegando o telefone.

Phascolarctos cinereus. Comumente chamado de coala. Patrizio Baudo parecia esse ursinho australiano, e fora esse o primeiro pensamento de Rocco quando o homem entrou na sala e estendeu a mão para cumprimentá-lo. O segundo fora se perguntar como não havia percebido a semelhança já nas fotos espalhadas pelo apartamento. As proporções, foi a resposta. Pessoalmente a gente as aprecia melhor. Os olhos, muito mais que uma objetiva, definem os espaços e a unidade de medida. Bastava um olhar para as orelhas de abano, para os olhinhos separados e para o nariz grande bem no meio do rosto que quase cobria a boca pequena e sem lábios. Isso para não falar do queixo retraído. Tudo naquele rosto trazia à mente o coala. Mas é claro que havia diferenças. Além dos alimentos e do habitat, o que diferenciava o animal de Patrizio Baudo eram os pelos. Os do ursinho são lindos, e em quantidade; Patrizio, por sua vez, era careca como um joelho. Era um vício de Rocco, esse de comparar os rostos das pessoas às caras de alguns animais. Algo que remontava à sua infância. Ao presente que o pai lhe dera no aniversário de oito anos: uma enciclopédia dos animais que tinha uma parte constituída de esplêndidas ilustrações desenhadas no fim do século XIX e que retratavam inúmeros passarinhos, peixes e mamíferos. Rocco, sentado no tapete da pequena sala de Trastevere, passava horas olhando aqueles desenhos, conservando na memória os nomes e se divertindo ao procurar as semelhanças com os professores na escola, com os colegas e com as pessoas do bairro.

Casella entrou com um casaco preto, que Patrizio Baudo colocou na mesma hora sobre os ombros.

– Como... como aconteceu? – perguntou, com um fio de voz.

– Ainda não sabemos.

– O que o senhor quer dizer? – e os olhinhos negros e apagados de Patrizio se iluminaram na hora, como se alguém tivesse acendido um fósforo por trás da íris.

– Que nós a encontramos naquele cômodo, enforcada.

Patrizio colocou as mãos enluvadas na frente do rosto. Rocco prosseguiu:

– Porém, a situação ainda não está clara.

O homem respirou profundamente e, com os olhos cheios de lágrimas, fitou o policial.

– O que isso significa? O que não está claro?

– Não está claro se sua esposa se suicidou ou se alguém a matou.

Balançou a cabeça, passou a mão no queixo retraído.

– Não... não compreendo. Se ela se enforcou... como é possível que a tenham matado? Alguém a enforcou? Por favor, eu não entendo...

Caterina Rispoli entrou com um copinho de chá. Ela o estendeu a Patrizio Baudo, que agradeceu com um meio sorriso, mas não o bebeu.

– Me explique, doutor. Eu não entendo...

– Há detalhes na morte de sua esposa que não batem. Detalhes que nos levam a pensar em algo diferente de um suicídio.

– Quais detalhes?

– Estamos muito inclinados a pensar em uma encenação.

Só então Patrizio Baudo tomou um gole de chá, que foi logo seguido por um arrepio. Ele tocou de novo o crucifixo com a mão enluvada. Rocco deu uma olhada para o agente Casella.

– Vou mandar alguém acompanhar o senhor até sua casa. Peço que pegue todas as coisas que lhe são necessárias. Infelizmente, o senhor não pode ficar no apartamento. A polícia científica está procurando pistas. O senhor tem onde ficar?

Patrizio Baudo deu de ombros.

– Eu? Não... na minha mãe?

– Ok. O agente Casella vai acompanhar o senhor até a casa de sua mãe. É aqui em Aosta?

– Perto. Em Charvensod.

Rocco se levantou.

– Manteremos o senhor informado, não se preocupe.

– Mas quem foi? – disse de repente Baudo. – Quem fez uma coisa dessas? Com Ester... minha Ester...

– Prometo que farei de tudo para descobrir, sr. Baudo. Eu lhe dou minha palavra.

– Não estou acreditando. Não posso acreditar. Assim? De uma hora para a outra? O que está acontecendo? O que está acontecendo?

Ele olhava ao redor, com um olhar perdido. Caterina havia abaixado a vista; Casella estava fixando um ponto vago no teto da sala; Rocco, por outro lado, estava ali, em pé, frio e distante. Por dentro, nutria uma raiva muito parecida com a do infeliz. Que, finalmente, começou a chorar.

– Não consigo... – murmurou, encolhido na cadeira como um trapo esquecido.

Rocco pôs a mão no ombro dele.

– Amanhã, com calma, precisarei do senhor, dr. Baudo. Suspeitamos de que houve um roubo no apartamento.

Patrizio continuava a soluçar. Depois, a tormenta emotiva acabou, assim como havia começado. Ele fungou e assentiu para o subchefe.

– Amanhã não. Agora.

– Agora o senhor está...

– Agora! – disse Patrizio, se levantando de um salto. – Quero ver a minha casa. Quero voltar para a minha casa.

– Pelo menos, dá pra trocar de roupa, não é? – disse Casella, inconveniente. Rocco o fulminou com uma mirada. – Não dá para ficar andando por aí feito um palhaço – acrescentou Casella em voz baixa, se justificando para Rispoli.

– Tudo bem, dr. Baudo, vamos – disse Rocco, pegando o copinho ainda cheio de chá e o colocando na escrivaninha.

– Não me chame de doutor. Não sou formado. – A passos rápidos, saiu da sala, seguido por Rocco e pela inspetora Rispoli.

Italo dirigia a BMW da delegacia sem forçar a marcha, suavemente, evitando os buracos maiores. Era fácil, em Aosta, evitar os buracos grandes. Não havia nenhum. Nada a ver com as ruas da capital, onde os romanos davam um nome para cada cratera e onde acelerar sobre as pedras romanas era um ótimo modo de abortar. Patrizio Baudo olhava pela janela.

– Começo a odiar esta cidade – disse.

– Entendo o senhor – respondeu o subchefe, do banco traseiro.

– Sou de Ivrea. Sozinho, sabe como é? Tinha trabalho aqui, e então... Ester, por outro lado, é daqui, de Aosta. Éramos muito amigos, sabe? Quero dizer, antes do casamento. Nem sei como aconteceu. Éramos amigos, nos apaixonamos. E depois todo o resto.

As pernas brancas de Patrizio tremiam um pouco. Estava com as mãos apoiadas nas coxas, apertando-as. Tinha soltado o velcro dos punhos das luvas, mas não as havia tirado.

– Sr. Baudo, hoje de manhã, como sua esposa estava?

– Não a vi. Sexta-feira eu trabalho só à tarde, e acordo às seis horas para dar uma pedalada. O senhor anda de bicicleta, doutor?

– Não. Eu não. Jogava futebol.

– Aos vinte anos, eu fazia parte de uma equipe, queria ser ciclista profissional. Mas este mundo é muito sujo e duro. Você corre o risco de ser o segundo a vida toda e se conforma a ter uma função de apoio. Talvez eu não fosse assim tão forte. De vez em quando, participo de competições amadoras.

Italo parou no semáforo. Patrizio fungava, mas com o rosto sempre virado para a rua, e por isso Rocco não sabia se ele estava chorando ou se era só um começo de resfriado.

– O senhor foi a última pessoa a ver Ester. Ontem à noite, então...

– Isso, ontem à noite. Como sempre. Ela foi dormir às dez, dez e meia. Eu fiquei vendo um pouco a televisão. Era um filme de alguém que levava salmão para o Iêmen. Para fazer pesca esportiva. O senhor assistiu? – Rocco não respondeu. Patrizio só estava manifestando pensamentos desorganizados. Escondia por trás das palavras a dor que ainda não surgira com clareza em seu coração e em sua mente. – Não era ruim. Quero dizer, o filme. O que eu não entendo é por que alguém fica na frente da televisão pulando de um canal para outro sem assistir a nada específico. Acontece isso com o senhor?

Patrizio fungou de novo. Mas dessa vez os ombros tremiam. E Rocco compreendeu que ele estava chorando.

O furgão da polícia científica já estava na Via Brocherel. Dois agentes descarregavam os equipamentos. Um terceiro, loiro e baixinho, estava vestindo um macacão branco. Italo havia estacionado o carro em fila dupla, e o subchefe, seguido por Patrizio Baudo, se encaminhava para o portão. Os jornalistas ainda não estavam lá, o que era bem estranho. Mas era claro que a reunião na administração regional para decidir uma competição esportiva chamava muito mais a atenção da imprensa. "Uma encheção de saco a menos", pensou Rocco.

O agente loiro se aproximou de Rocco.

– Doutor! Agente Carini, da científica...

– Bem-vindos. O chefe está aqui?

– Não, o dr. Farinelli vem para cá mais tarde. Estava trabalhando em um homicídio lá embaixo, em Turim.

Era a primeira vez que Rocco ouvia a expressão "lá embaixo, em Turim". Pelo que ele sabia, Turim sempre tinha ficado "lá no alto". "Vou subir pra Turim." Mas em Aosta as coisas eram assim. Mais ou menos como ao sul do Equador, onde a água desce no ralo da pia fazendo rodamoinho no sentido anti-horário.

– Temos de entrar no apartamento, Carini. Este é o marido da vítima.

O agente olhou Patrizio Baudo, ainda vestido de ciclista.

– Eu precisava mesmo falar com o chefe... Vou ligar agora para ele e...

– Não precisa falar com ninguém. Dê as pantufas e as luvas pra nós e não encha o saco.

O agente assentiu.

– Certo. Esperem aqui, já trago o necessário. – E foi até o furgão, onde o colega estava pronto com o macacão e a maleta.

Patrizio olhava o prédio como se fosse a primeira vez que o visse.

– Minha... minha esposa ainda está lá em cima?

– Acho que não, sr. Baudo. – Rocco se virou para um agente jovem que estava de sentinela no portão. – O serviço funerário já chegou?

Ele fez que sim.

– Quem está lá no apartamento?

– Acho que é o Scipioni.

Rocco encarou Patrizio:

– Tem certeza de que vai conseguir?

– Claro. É a minha casa.

Patrizio não se resolvia a entrar no apartamento. Estava ali, com a touquinha de papel na cabeça, as luvas de látex e as pantufas de plástico olhando a porta de entrada desde o hall, enquanto os policiais organizavam suas maletas. O agente Scipioni, que fazia a guarda do apartamento, estava ocupado conversando com uma senhora bem idosa, uma vizinha, pálida, com os cabelos azuis combinando com o roupão. "Os punks da King's Road no fim da década de 70 não seriam tão ousados", pensou Rocco, olhando os cabelos dela. A senhora balançava a cabeça afirmativamente, com as mãos na frente do rosto.

– Entramos? – perguntou Rocco.

Patrizio abriu a porta e as dobradiças rangeram.

– Houve um arrombamento! – disse o agente Carini, observando a fechadura.

– Não. Fui eu, quando entrei – respondeu Rocco. E depois seguiu o dono da casa.

Baudo se mexia de modo lento e silencioso, os olhos tristes e concentrados. Lançou um olhar para a porta que se abria para uma varandinha. Alguém colocara sua bicicleta ali fora. A primeira coisa que ele fez foi trazê-la para dentro e apoiá-la ao lado do armário da sala. Sob o olhar atento de Rocco, o homem parecia acariciar uma filha, não um equipamento esportivo.

– É uma Colnago... mais de seis mil euros – disse, quase se justificando. – Onde... onde vocês a encontraram?

Rocco indicou o estúdio. Patrizio, silencioso como uma sombra, se aproximou. Abriu a porta. A corda balançava no gancho do lustre. Ele ficou na soleira, observando em silêncio. Parecia que estava farejando o ar. Então, respirou profundamente e voltou para o quarto.

– Só temos uma coisa de valor nesta casa – disse, passando na frente do subchefe.

Mal viu o quarto, estremeceu.

– Estiveram aqui também... – foi abrir a gaveta de uma pequena cômoda embaixo da janela. Mas os olhos se detiveram na caixa de veludo azul que Rocco deixara ali em cima. Olhou dentro e sorriu, amargo. – Eles acharam.

– O que havia na caixa?

– A gente guardava as joias.

– Joias?

– É. Pouca coisa. Um relógio, umas pulseiras, as minhas abotoaduras e o broche que minha mãe tinha dado para Ester. Um lindo broche com um pavão. Com pedras verdes e azuis. Era da minha avó, imagine. – Sentou-se na cama. As lágrimas

corriam de seus olhos como se saíssem de uma torneira aberta.
— A vida de minha esposa valia tão pouco?

"Até que não foi tão mau assim: a da minha, nem um euro. O preço de uma bala 9 mm", Rocco teve vontade de lhe responder, mas não disse nada.

— Ela nunca teve sorte, a Ester — disse, olhando para o chão e acariciando a cama como se a esposa estivesse ali, adormecida. — Sempre tinha dores abdominais. Sabe como eu a chamava? *Esterichia coli* — e começou a dar uma risadinha fraca. — *Esterichia coli*... mas bastava um pouquinho de massagem e passava. Era uma dor causada pelos nervos, acho. — Enxugou as lágrimas. E então olhou para Rocco. — Eu sou uma pessoa de fé, senhor, mas juro que neste momento já não sei mais. Onde Deus estava enquanto matavam minha mulher? O senhor sabe dizer onde estava?

Pergunta a que Rocco Schiavone era a pessoa menos indicada para responder.

— Por favor, me leve para a casa de minha mãe. Não aguento... não aguento mais.

Fazia mais de meia hora que o subchefe de polícia estava sentado na sala de espera da procuradoria olhando os veios da porta de madeira do juiz Baldi. Era estranho como a cada vez sempre via formas diferentes. Naquele dia frio de março, apareceu um golfinho; e uma rosa que, no entanto, tendia mais para uma alcachofra. Se ele a olhasse ao contrário, então ela se tornava um elefante com uma orelha só. A porta se abriu, e o afresco lenhoso imaginário desapareceu para se transformar no rosto do juiz Baldi.

— Ora viva, Schiavone! Faz tempo que está esperando?

Rocco se levantou e apertou a mão dele.

– Venha, fique à vontade.

Em pé, ao lado da estante de livros, um jovem de paletó e gravata estava recolhendo imensas pastas cheias de documentos.

– Eu lhe apresento o juiz Messina. Aldo, este é o subchefe de polícia Schiavone, trabalha conosco há poucos meses, e já com um brilhante resultado nas mãos. Estou sendo exato?

O juiz Messina teve de deixar de lado todas as pastas para apertar a mão de Rocco.

– Ouvi muito falar do senhor – disse, com grande ênfase.

– E ainda assim me estende a mão?

Messina sorriu.

– Isso não se nega a ninguém. Com licença – tornou a pegar seus calhamaços e saiu da sala. A primeira coisa que Rocco Schiavone notou foi a falta da fotografia da esposa do juiz em cima da escrivaninha. Da última vez, estava virada para baixo. Agora com certeza mofava numa gaveta. Mau sinal. O casamento do magistrado estava na fase mais negra. À véspera do rompimento. Baldi ajustou o topete loiro com um gesto rápido da mão e se sentou à escrivaninha.

– Então, o que é que me conta dessa história da Via Brocherel?

– Trata-se de um homicídio. Tenho certeza. Ester Baudo, é o nome da vítima, foi espancada, estrangulada. O enforcamento me parece uma encenação. Além do mais, o quarto onde encontramos o cadáver estava escuro, com as persianas abaixadas. Mas, quando entrei e acendi as luzes, aconteceu um curto-circuito. Sinal de que a mulher se enforcou no escuro...

– Ou então, depois de ela ter se enforcado, alguém abaixou as persianas. Estou sendo exato?
– Perfeito.
– E o que o senhor está pensando?
– Nada, doutor. Só estou dando uma farejada.
Baldi esticou os braços.
– E sente um cheiro bom?
– De merda, como sempre.
– E o marido?
– É representante de equipamentos esportivos. Está limpo, nunca houve uma denúncia, no máximo umas multas. Mas na casa houve um furto.
O juiz assentiu, pensativo.
– Ladrões pegos de surpresa, que depois fizeram a encenação toda?
Rocco deu de ombros.
– Por que não? Pode ser que tenham pensado em fazer aquela bagunça toda para desviar as suspeitas. Mas fiquei pensando numa coisa.
– Diga.
– Na verdade, em duas. A primeira, veja: temos a cozinha que parece ter sido varrida por um tornado. Uma bagunça geral. Por outro lado, o dormitório, onde estava o tesouro, uma caixinha de veludo contendo as joias da família, foi examinado de modo científico. Eles abriram uma ou duas gavetas, e pronto.
– Como se soubessem. E a cozinha, então?
– Exato. Não me convence. Além disso, suspeito que os ladrões sejam frequentadores da casa.
– Em que sentido?

— A porta não tinha marcas de arrombamento, nem as janelas. Se eles entraram, ou entraram porque a sra. Baudo os conhecia, ou então...

— Tinham as chaves — concluiu o juiz Baldi, levantando-se da cadeira. Era um hiperativo, não conseguia ficar mais de cinco minutos sentado escutando. Aproximou-se da janela e começou a tamborilar no vidro. — Acho que vai ter de agir sozinho, Schiavone. Eu estou com alguns problemas. — Na mesma hora, materializou-se na mente de Rocco a foto da esposa do magistrado jogada numa gaveta, isso se não estivesse na lata de lixo. Baldi parou de tamborilar e começou a assobiar. Rocco reconheceu a ária "Toreador!", da *Carmen* de Bizet. — Junto com a receita e os *carabinieri*, estamos atrás de uma das mais extraordinárias sonegações do fisco que já me caíram nas mãos. É um contínuo de sonegações, sabe?

— Imagino. Eu, com o que ganho, posso sonegar pouco.

Baldi se voltou e sorriu.

— Se todos nós pagássemos todos os impostos, sofreríamos menor pressão do fisco. O senhor sabe, eu sei. Parece que os italianos não querem entender isso. Porém, este é um país estranho, não é?

Rocco se preparou para escutar uma pérola de sabedoria do juiz Baldi, que parecia ter sempre em mãos as soluções para as crises político-econômicas do país. Suas ideias iam da aquisição de ministros e secretários no estrangeiro, mais ou menos como fazem os times de futebol, para ter gente preparada, séria e honesta no governo, até a eliminação de papel-moeda para que todos os pagamentos fossem feitos com cartão de crédito, permitindo assim o rastreamento das despesas e impedindo a não declaração de ganhos ao fisco.

— É um país estranho e esbanjador — Rocco o provocou.

Baldi não se fez de rogado.

— Isso. Eu lhe dou um exemplo. A verba para os partidos. Agora eles a pegam de um fundo eleitoral, não é?

— Correto.

— Estou de acordo com isso. É melhor dinheiro público do que algum lobby poderoso e chantagista. No entanto, acompanhe meu raciocínio. — Se afastou da janela e voltou para o seu lugar atrás da escrivaninha. — Digo que parlamentares, ministros e vice-secretários não mais devem ser remunerados pelo Estado, com evidente desperdício de dinheiro público. Não. Deputados, senadores e os demais devem ser pagos diretamente pelos partidos aos quais pertencem. Aí sim teríamos políticos remunerados de forma justa. E pense no dinheiro economizado pelos cofres do Estado. O que me diz? Não seria uma bela ideia?

— Mas isso seria ficar definitivamente com as calças na mão e admitir que o país é presa dos partidos.

— E por acaso não é assim? Deputados e senadores, assessores e consultores não são funcionários do Estado, Schiavone. E sim dos partidos a que pertencem. E então, que eles os paguem!

Rocco ergueu as sobrancelhas.

— Eu precisaria pensar no assunto.

— Faça isso, Schiavone. Faça. E, por favor, me ajude a ver as coisas claras nessa história de Ester Baudo. Eu a deixo em suas mãos. Já vi que posso confiar no senhor.

A expressão de Baldi havia se alterado. Agora uma luz sinistra brilhava no fundo de suas pupilas:

— Claro que posso confiar.

A boca do magistrado se estendeu num sorriso falso e ameaçador.

– E como quero confiar, veja bem, gostaria de saber a sua versão.

– Sobre o quê?

– Aquilo que aconteceu em Roma.

"Que saco", pensou Rocco, mas não falou.

– O senhor sabe tudo, há denúncias e documentação que, com certeza, o senhor leu. Por que desenterrar essa história?

– Deformação profissional. Gostaria de ouvir a sua versão. Depois de seis meses de permanência aqui, pode me contar, não pode?

– Tudo bem. – Rocco inspirou profundamente, arrumou uma posição melhor e começou. – Giorgio Borghetti Ansaldo, 29 anos, tem um vício horrível, o de violentar garotinhas. Eu o sigo e o prendo; porém, não há o que fazer contra ele. Acontece que o pai dele, Fernando Borghetti Ansaldo, é o subsecretário de Relações Exteriores. Talvez o senhor o tenha visto em algum jornal.

Concentrado, Baldi assentiu.

– Bom. Giorgio não perde o vício e continua, a ponto de deixar quase morta Marta de Cesaris, de dezesseis anos, que perdeu a visão do olho esquerdo e que nem cem anos de terapia vão conseguir fazer com que volte a ser a menina bonita e despreocupada do Liceu Virgilio, de Roma. Eu fico de saco cheio, vou até Giorgio e dou-lhe uma bela tunda.

– Traduza tunda.

– Encho ele de porrada. Eu o deixo de um jeito tal que a criatura agora anda de bengala. Mas ele continua sendo o filho do subsecretário. E este me faz pagar caro. Bem, é essa a história.

Baldi assentiu de novo. Depois olhou Rocco Schiavone nos olhos.

– Não é isso o que se espera de um mantenedor da ordem.

– Eu sei. Mas minha resposta é que se lixe.

– O senhor não compreende a sutil, porém inegável, diferença que existe entre o policial e o juiz.

– Minha resposta é igual à anterior.

– Bom. Eu lhe agradeço a sinceridade. Mas agora lhe digo uma coisa. E apure bem os ouvidos, porque vou dizê-la uma vez só. Se o senhor continuar a ser um bom policial, não terá nada a temer, nem de minha parte, nem da administração regional. Se entrar em minha esfera de decisão sua vida se tornará um pesadelo, até mesmo aqui, no meio das montanhas. Eu farei o senhor ter hemorroidas de tantos chutes na bunda. Até logo. – E enfiou o rosto na papelada.

Rocco o cumprimentou e saiu da sala pensando que o lugar de um ciclotímico não deveria ser a procuradoria, mas uma casa tranquila, onde ele pudesse se encher de medicamentos e se tratar com longos passeios meditativos.

Lá fora, a noite estava caindo. E Rocco caminhava com a nítida sensação de ter se esquecido de alguma coisa. Alguma coisa importante, fundamental. Acendeu um cigarro e repassou os acontecimentos do dia. Pensou em Ester Baudo, no marido dela, na casa revirada, em Irina, no suboficial aposentado. Nada. Estava torrando os neurônios em vão. Resolveu parar no bar da Piazza Chanoux para tomar um café. Talvez ajudasse.

Estava gostoso lá dentro. Estava quente, e um monte de gente conversava sentada nas mesinhas. Conversas em uma língua que Rocco não conseguia entender. Este lançou um olhar para Ugo, que estava ocupado colocando água tônica no gim de um cliente. Ele respondeu indicando com o nariz que o lugar na frente da janela, o de Rocco, estava desocupado.

O subchefe se sentou e Ugo apareceu em seguida.

– Me desculpe, mas tem muito movimento esta noite. As sextas-feiras são sempre assim. O que lhe trago?

– Um café longo.

– Se quiser, trago para o senhor provar um Blanc de Morgex que é coisa do outro mundo.

Rocco pensou. Olhando os lábios de Ugo, e sentindo o perfume etílico que se espalhava pelo bar, resolveu que era o caso de experimentar. Ugo, feliz como se lhe tivessem feito um favor, voltou ao balcão. O subchefe olhou ao redor. Havia dois estudantes perto dele, ocupados com uma conversa animada e em voz baixa. Eles estavam com as mãos nos copos de cerveja e se olhavam nos olhos. À direita dele havia duas mulheres. Loiras, cabelos curtos recém-arrumados no cabeleireiro, já no terceiro copo de vinho tinto. Riam, elegantes e despreocupadas. Tinham passado dos cinquenta anos. Falavam em italiano, e Rocco pegou um trechinho da conversa delas.

Uma de olhos azuis falou:

– Vou lhe dizer uma coisa. Você faz bem. Ele é bonito, e te ama. – E, dizendo isso, ergueu o copo e bebeu um gole de vinho. – Além do mais, uma coisa fundamental, é rico. Sabe o que minha mãe sempre dizia?

– Não, o quê?

A mulher baixou o tom da voz, mas Rocco ouviu do mesmo jeito.

– Dizia que quando o peito não está mais apontando para as estrelas, mas para o pé, é bom que os pés calcem sapatos bem caros!

Caíram na risada e beberam de novo. Até Rocco se uniu à risada, e nesse exato instante surgiu em sua mente aquele detalhe que ele sentia ter deixado de lado e que tentara perseguir tão inutilmente pela rua: Nora!

Escancarou a porta da sala da inspetora Rispoli.
— Me dê uma notícia boa!
Caterina estava no computador. Se levantou de um salto.
— Doutor, em relação a quê?
— Ao presente.
Caterina sorriu, abriu uma gaveta da escrivaninha e tirou dali uma revista.
— Dê uma olhada.
Rocco agarrou o semanário. Havia o logo de um hotel em Chamonix, na França. As fotografias de uma piscina e de uma moça seminua deitada em uma pequena maca, sendo massageada por uma mulher asiática.
— O que é isto?
— Três dias de relax total no Romantic Hotel Aguille du Midi... tratamentos de beleza ayurvédicos, massagem shiatsu, três piscinas aquecidas, cromoterapia, tudo isso mergulhado na paisagem estonteante dos Alpes.
— Você está falando igual a um vendedor. — O subchefe colocou a revista na mesa. — Eu preciso dar isso de presente?
— É um Romantic Hotel. Serão três dias maravilhosos, doutor. E, certamente, o senhor a deixará feliz.
— Não tenho três dias.
— Um fim de semana prolongado.
— Obrigado, Caterina, mas é se comprometer demais. Acredite em mim. Demais. Merda, são seis horas e continuo de mãos abanando.

Caterina balançou a cabeça, entendendo.
– O que acha de um par de sapatos?
Caterina fez uma careta:
– Falando assim, parece prêmio de consolação.
– Mas não uma coisa qualquer. Você que é mulher, me diga: quais são os sapatos que uma mulher gostaria de ter a qualquer custo?
– Pessoalmente? Prada. Mas também Jimmy Choo. Não dá pra esquecer Manolo Blahnik. Mas eles precisam ser experimentados. O senhor pelo menos sabe quanto a senhora calça?
– Trinta e sete – disse Rocco.
– Tem certeza? Veja bem, em relação a esses sapatos não é fácil, tem a meia medida, sola larga e sola estreita, resumindo...
– Na pior das hipóteses ela troca. Então, me indique uma loja aqui em Aosta.
– No centro, caso contrário o senhor não chega a tempo.
– Não chegamos a tempo. Vamos lá, coloque o casaco e venha comigo.
Caterina contornou a escrivaninha.
– Na verdade, daqui a pouco D'Intino e Deruta vão fazer a vigia e eu precisaria...
– Eles vão se arranjar sozinhos.
– Ah, e tem também todos os interrogatórios que Scipioni e Pierron fizeram com os vizinhos da sra. Baudo.
– Agora não, Caterì; não agora, que já estão fechando as lojas!

A agente Caterina Rispoli e o subchefe Rocco Schiavone atravessaram a passos largos a Via de Tillier, a bela rua central de Aosta, cheia de lojas e de restaurantes. Alguns transeuntes os olhavam assustados, certos de que estavam ocupados com um caso extremamente urgente.

— Onde fica essa loja, Caterì?

— Estamos quase chegando!

Desviaram de um casal saindo de um pub que tinha a bandeira tricolor irlandesa em exposição, outras bandeiras verdes com o trevo de três folhas e a harpa celta. Ao passar, os dois policiais fizeram latir um yorkshire protegido por um casaquinho escocês.

— Mas não dava para vir aqui de carro?

— É zona de pedestres, doutor.

— Mas nós somos da polícia, isso deve servir pra alguma coisa, não?

E então Rocco empacou feito uma mula na frente de uma loja.

— Não é essa, doutor!

Porém, Rocco não a escutava mais.

— Me espere, já volto — e se dirigiu a passos rápidos para uma loja de artigos masculinos chamada Tomei.

Era uma loja English Style, com quadros, fingindo ser antigos, de jogadores de golfe, de cavalheiros prontos para a caça à raposa, equipamentos de críquete pendurados nas paredes e a onipresente bandeira do Reino Unido de tecido por trás do caixa. Eles vendiam roupas de tweed e xadrez Príncipe de Gales, muitos cashmeres coloridos enfileirados em prateleiras de madeira. As paredes eram revestidas por um papel que lembrava o *tartan* escocês. No chão, sobre o tapete verde-azulado, sapatos Church's, e pendurados em cabides na parede mais longa da loja estavam os casacos Burberry. Um homem de paletó e gravata se aproximou do subchefe. Andava como quem tem a certeza de se parecer com um membro da família Spencer. A Rocco, por sua vez, ele fazia pensar no porteiro noturno de um hotelzinho duas estrelas.

– Posso ajudá-lo? – perguntou o falso lorde, esfregando as mãos.

– Talvez sim. Quero ver as suas sacolas.

O homem pareceu não entender.

– Como, as sacolas?

– Aquelas que vocês usam para colocar a mercadoria e entregá-la aos clientes.

– Ah, os saquinhos. Mas esses nós não vendemos.

– E eu não quero comprar. Só quero vê-los.

– É um pedido curioso, não acha?

– Claro que sim, mister, mas acontece que eu sou o subchefe da brigada de Aosta e estou conduzindo uma investigação.

– Polícia?

– Se preferirmos, sim; um subchefe é alguém que trabalha na polícia.

O proprietário ficou perturbado.

– Caramba... Mas claro, claro... Venha comigo, me acompanhe.

E, rapidíssimo, se dirigiu ao caixa. Abaixou-se e finalmente pegou duas belas sacolas de papel vermelho, grandes o suficiente para se colocar nelas uma malha.

– Não, pequena. A menor que vocês tiverem.

O homem sorriu, se abaixou de novo, vasculhou um pouco, depois pegou outra. Preta, com alças de corda e o logo Tomei circundado por ramos de louro.

– Assim?

– Isso mesmo! Esta. Agora peço que o senhor se concentre um pouco. O senhor poderia me ajudar muito.

– Certo. Diga-me. – O sr. Tomei fixou os olhos de um azul desbotado nos de Rocco.

– Ontem, ou anteontem, veio aqui uma senhora, talvez o senhor a conheça, Ester Baudo? Uns 35 anos, cabelos encaracolados?

O homem ergueu os olhos para o alto.

– Não... Não me lembro. Uma mulher, o senhor disse?

– Sim.

– Claro, se tivesse uma foto...

– Tente lembrar.

– Olhe, assim de repente não me vem à memória. Além do mais, não estou sempre na loja. De vez em quando minha esposa ou meu filho me substituem... E de manhã tem uma vendedora... *part time* – e disse *part time* enrolando o *r* e fazendo explodir o *t*, destacando a sua esplêndida e refinada pronúncia anglo-saxã.

– Posso deixar o número do meu "mobail" com o senhor? – disse Rocco, erguendo uma sobrancelha.

– Claro.

– Eu anoto aqui. – E se aproximou da mesa de madeira de urze na qual estava o caixa, a maquininha de cartão e duas cestas cheias de meias de fio de escócia. Rocco quase foi tentado a comprar um par, mas 23 euros lhe pareceram um preço excessivo. Qualquer banquinha vendia três pares por dez euros. Claro, não eram de fio de escócia ou cashmere, mas com seus Clarks durariam muito pouco, de todo jeito. Escrito o número, se voltou para o proprietário da loja. – Vou mandar trazer uma foto da pessoa que deve ter vindo aqui.

– De acordo. Eu a mostro também para minha esposa e meu filho e para a vendedora *part time* – de novo a pronúncia impecável.

– Só para ter uma ideia, o que dá para colocar em uma sacolinha assim pequena?

O sr. Tomei a revirou de novo nas mãos.

– Veja, eu diria uma gravata, ou então um par de suspensórios. Talvez no máximo umas meias. E, se alguém tiver um par de Church's, o cadarço para trocar. Não me vem outra coisa em mente. Ah, sim, as abotoaduras. As abotoaduras em metal, está vendo? São aquelas na vitrine – e indicou uma pequena prateleira de madeira cheia de botões reluzentes. – Reproduzem todas as bandeiras da marinha inglesa. São de latão esmaltado, quer vê-las?

– Não. Por favor, me telefone se alguma coisa lhe passar pela cabeça.

– Agora estamos para fechar. E amanhã só trabalhamos meio período. É dia de festa, sabe?

– Festa?

– Sim, é festa porque minha esposa é irlandesa e nós festejamos. Amanhã é 17 de março.

– Ainda não estou entendendo.

– É o Saint Patrick's Day! – e também no nome do santo exibiu sua dicção perfeita.

– Ah. Por isso o pub no centro está com os trevos – disse Rocco.

– Isso, também na Itália agora se tornou uma festa. Mas sabe por quê? Porque é uma desculpa para beber, nada mais... – e deu uma boa risada. Sozinho.

– Só para saber, vocês vendem sapatos de mulher?

– Não, nós só trabalhamos com artigos masculinos, rigorosamente *Made in England*.

– Elementar, eu diria. Obrigado.

E saiu da loja.

Caterina estava ali fora, controlando o relógio.

– O senhor ficou lá dentro uma eternidade.

– Eu sei – respondeu Rocco, retomando a marcha forçada com Caterina. – Mas você sabe que eu tenho o vício de misturar dever e prazer.

– Qual é o dever e qual é o prazer?

– O dever é fazer meu serviço e comprar o presente para Nora.

– E o prazer?

– Fazer isso com você.

Caterina enrubesceu, mas Rocco não percebeu porque estava meio metro atrás dela.

Bateu à porta de Nora com a caixa de sapatos envolta em um laço debaixo do braço direito e duas garrafas de Blanc de Morgex compradas de Ugo no esquerdo. O vinho tinha custado uma ninharia; os sapatos, uma fortuna. Nora abriu a porta. Sorridente.

– Amor... – e o beijou na boca. Tinha gosto de cigarros e açúcar. – Você veio...

– Você tem certo espírito de observação – e colocou na hora o presente nas mãos dela. – Pra você. Parabéns. – Finalmente tinha se livrado do peso de uma vez por todas.

Os grandes olhos de Nora brilharam. Era uma linda caixa, grande, sabe-se lá o que continha.

– O que é? Um aspirador de pó? – perguntou, rindo.
– Ferro de passar.
– Leve demais.
– De liga de carbono. Posso entrar, ou a gente faz a festa aqui mesmo?

Nora ficou de lado, deu outro beijo em Rocco e o subchefe finalmente entrou no apartamento. Enquanto ela abria o pacote, ansiosa, Rocco colocou as garrafas na mesa e estava tirando o *loden.*

– Sabe, Rocco? Tem também uma pessoa que você conhece. Achei que você gostaria de vê-la.
– E quem é?
– O chefe de polícia.

Rocco arregalou os olhos.

– Você convidou o Costa?
– Sim. Comprou o vestido para o casamento da filha dele na minha loja. Achei que seria... oh, Deus do céu! Jimmy Choo? – disse, com um gritinho. Sentou-se imediatamente na cadeira da entrada e abriu a caixa.

Caterina havia escolhido um par de sapatos cor de ameixa, elegantes, salto doze que, na opinião dela, eram o máximo da sensualidade e da elegância.

– Meu Deus, mas são lindos demais!

Nora não perdeu tempo. Tirou os sapatos velhos e calçou na hora os novos. Olhou-os, observou-os ao espelho, deu dois passos.

– Amor, são maravilhosos.

Caíam-lhe bem. Afinavam as pernas dela, salientando os tornozelos finos e, olhando bem, até os glúteos eram beneficiados por aqueles sapatos.

– Como estão?

– Perfeitos, exatamente o meu número. Posso te dizer a verdade? Apostei com uma amiga minha. E ganhei. Venha, os outros estão ali.

E, fazendo ressoar o parquet com seus sapatos novos, abriu caminho para Rocco na direção da sala.

Tinha preparado um aperitivo. Dois baldes de gelo, dos quais apareciam as rolhas do champanhe, garrafas de Aperol e água tônica do lado, canapés de caviar, salmão e um pata negra em uma mesinha, para irem beliscando. No ar, uma música lounge, daquelas boas também para elevador, ou para a sala de espera da primeira classe no aeroporto.

– Gente, este é o Rocco.

Rocco olhou os convidados. Contou-os na mesma hora. Três homens e quatro mulheres. O chefe de polícia Costa não estava entre eles. Enquanto trocava cumprimentos, esquecendo-se na mesma hora do nome de quem lhe era apresentado, Nora se aproximou mostrando os sapatos para Anna, uma mulher de uns quarenta anos bem-arrumada, com olhos de lobo, pernas magras e musculosas e seios brancos e carnudos que apareciam sob o decote da malha preta.

– O que você acha?

– Oh, oh! – disse a amiga. – Esplêndidos.

– Venci a aposta! – e então se voltou para Rocco. – Anna tinha apostado que você me daria um fim de semana de massagens. Eu disse a ela que, ao contrário, você faria algo melhor.

Rocco sorriu, malicioso.

– Massagem? Bem, não seria uma má ideia... – disse, irônico. – Sua amiga não tem uma boa opinião ao meu respeito.

— Estou errada? – respondeu Anna, piscando para ele e cruzando as pernas cobertas por um par de meias pretas. O sorriso desafiador e as pálpebras ligeiramente caídas, marcadas por uma sombra escura que alongava ainda mais os olhos assassinos, excitaram demais o policial. Ele a teria jogado ali mesmo sobre o parquet e a lambido por umas duas horas seguidas. Porém, essa imagem de sexo decadente e vulgar foi destruída pelo toque de uma mão que se apoiara delicadamente sobre seu ombro.

— Schiavone.

Voltou-se. Era o chefe de polícia Andrea Costa. Ele o olhava sorridente através de seus óculos de titânio.

— Que prazer vê-lo aqui.

Trocaram um aperto de mãos.

— Sei que é uma noite de festa, mas depois quem sabe no jantar o senhor me informa o que aconteceu? Assim eu evito ir atrás do senhor todo o dia de amanhã.

— Certo. – E o subchefe lançou um olhar fulminante para Nora que, por sua vez, lhe sorriu com seus dentes brancos e brilhantes como pérolas.

— Depois vamos jantar em um restaurante novo que abriram aqui no centro. Todos juntos. Feliz, Rocco?

— Feliz da vida, Nora – respondeu, rígido, o subchefe.

Tinha acabado de perceber que até mesmo o segundo tempo de Roma e Inter, na rodada antecipada da sexta-feira, tinha ido pelo ralo. No máximo poderia esperar pelos melhores momentos no fim da partida.

Ficar sentado por mais de uma hora o deixava nervoso, lhe causava pequenos arrepios misturados com ondas de calor. Rocco catalogava os restaurantes vagarosos como uma encheção de saco de sétimo grau. E aquela nova trattoria, com o imaginativo nome La Grolla*, não era vagarosa: estava praticamente parada. Já mais de dez e meia, depois de duas horas e quinze minutos extenuantes, ainda estavam todos ali, terminando o segundo prato.

Anna estava do outro lado da mesa e durante toda a noite não lhe lançara nem um olhar. Só uma vez, de esguelha, enquanto ele conversava amavelmente com o chefe de polícia, lhe explicando o triste caso da pobre Ester Baudo, Rocco se virara de repente e ela na mesma hora desviou o olhar, fingindo se interessar por aquilo que Pietro Bucci-qualquercoisa, arquiteto de interiores, estava dizendo. "Te peguei!", Rocco pensou. Ainda tinha de esperar o café, e o bolo seria o último ato. O garçom se aproximou, prestimoso, para tirar a mesa, e Rocco o segurou pelo braço.

– Escute, quanto tempo ainda falta para o café?

– Está saindo – o garçom o tranquilizou.

– Precisa ver é a que horas ele volta – disse Rocco, soltando o braço. Não aguentava mais. Estava esgotado. Tinha ânsias de vômito e sentia as nádegas adormecidas e formigando. O chefe de polícia já estava preocupado com o que diria aos jornalecos, ele chamava assim as odiadas criaturas da imprensa escrita, e havia começado a cantilena habitual.

– Me diga mais, Schiavone, eu preciso contar alguma coisa para aquela gente amanhã, não?

Rocco sorriu.

---

* Cálice típico do Vale de Aosta, utilizado para beber o café à valdostana, feito com grapa e raspas de limão. (N.T.)

– Dr. Costa, aquela gente, os jornalistas, o senhor leva pela mão como e quando quiser.

E, enquanto seu chefe começava a esboçar alguns pontos para uma possível coletiva de imprensa a ser realizada no sábado na delegacia, Rocco havia decidido que enfrentaria o gelo da noite por um cigarro, uma pausa da qual precisava.

– Vou fumar – disse, em voz baixa, para Nora. Depois, enquanto se levantava, teve a ideia genial, a ideia que o teria livrado daquela encheção de saco e daria um bom rumo para a noitada. Bateu a mão no bolso. O celular estava ali.

– Por falar nisso – o chefe de polícia o deteve. – O presidente da administração regional precisa muito de nós. Está organizando uma competição amadora de ciclismo, beneficente, lá pelo fim de abril. Uma competição que se chama... não me lembro... tipo Aosta–Saint-Vincent–Aosta. Depois lhe passo todos os detalhes. Devemos ficar à disposição.

– Mas é claro, doutor, claro. – E, com um sorriso e o maço de cigarros nas mãos, se afastou da mesa.

Tornou a entrar no restaurante e, mal havia ocupado seu lugar, as luzes se apagaram. Era o momento da sobremesa que Anna havia escolhido, tiramisù, a preferida de Nora. Um bloco de mascarpone, creme de leite, chocolate e biscoitos que teria derrubado um búfalo. Rocco havia dado uma beliscadinha; porém, de qualquer modo, lugar para aquela bomba calórica ele não tinha. E se espantava como os amigos de Nora, magros, esbeltos e musculosos, mesmo tendo devorado primeiro prato, segundo prato, acompanhamento, queijo e frutas, ainda estavam prontos a devorar mais comida. Devia ser o costume com o frio e com aquelas temperaturas que modelavam o estômago dos valdostanos, que evidentemente queimava calorias como uma lareira queima lenha. Nora apagou as velinhas. Aplausos e uma pequena canção. E então o celular do subchefe tocou.

– Desculpem – disse, enquanto em seu íntimo se congratulava com a sincronia perfeita do agente Italo Pierron, o seu preferido na delegacia, a quem havia telefonado dez minutos antes enquanto, ao ar livre, esbofeteado pelo costumeiro vento de inverno, aspirava tragadas rápidas do seu Camel. "Italo", ele lhe dissera, "em dez minutos, me chame com urgência!"

– Que saco, é da delegacia – disse, olhando a tela. Nora o fitou com a colherinha enfiada na boca. – Diga, Italo.

Mas não era Italo. Era Caterina.

– Doutor, me desculpe por interromper a festa... mas o Deruta e o D'Intino...

– O que eles aprontaram?

– D'Intino está no hospital. O Deruta está aqui na delegacia.

– Mas dá pra saber o que aconteceu?

– Eles tiveram um confronto.

Rocco assentiu e desligou o celular. Abriu os braços.

– Sinto muito... – disse, olhando para Nora, e a mesa toda se calou. – Tenho um agente seriamente ferido e outro muito abalado...

O chefe de polícia olhou para ele na hora.

– De que se trata?

– Dois dos meus melhores agentes. Estavam em uma tocaia por tráfico de heroína... é claro que houve algum problema.

– Mas não é possível – disse Nora, com uma voz lamurienta. Costa deu uma palmadinha na coxa dela, como para lhe dar coragem e dizer: "Infelizmente, é a vida dura dos policiais, cara senhora". Mas, para um olhar atento, a mão do chefe de polícia se demorara no joelho de Nora muito mais do que seria necessário para uma palmadinha de consolo.

Os demais convidados também olhavam para Rocco balançando a cabeça, mas sem deixar de mastigar o doce. Todos, com exceção de Anna, que mantinha o sorrisinho de canto de boca e parecia dizer, "Não me venha com merda. Eu te conheço". Rocco tornou a se prometer que com ela a história não terminaria ali.

– Me desculpem, preciso ir.

– Rocco, você vai lá em casa depois? – disse Nora em voz baixa.

– Não sei o que aconteceu. Acredite, vou fazer o possível.

– Não acredito em você.

– Eu fui ao aperitivo, não?

– Me telefone. Mesmo tarde. Lembre-se de que hoje todos os meus desejos são uma ordem; sou a rainha e você me deve obediência.

– E você se lembre de que eu sou um subchefe de polícia da república e desconheço a hierarquia monárquica. – E então cumprimentou a todos com um sorriso.

– Schiavone, não se esqueça – disse o chefe.

– De quê?

– Da competição. Aosta–Saint-Vincent–Aosta. O presidente está empenhado.

– Anotado, doutor, pode contar comigo. – Se virou para sair e trombou com o garçom, que finalmente estava trazendo o café. A bandeja e as xícaras caíram com estrondo pelo chão.

O garçom sorriu.

– Não faz mal, senhor. Eu vou agora mesmo tornar a fazer o café.
– Tente cappuccino e croissants. Talvez dessa vez chegue a tempo.

Eram mais de onze horas. Na frente da sua escrivaninha estava um rapaz de uns vinte anos, com o rosto cheio de espinhas, que continuava mascando chiclete. Era o que Deruta havia conseguido deter durante a tocaia noturna. O outro, o cúmplice, depois de ter quebrado o septo nasal de D'Intino, desaparecera pelas ruelas ao lado da estação. O jovem tinha o rosto sem vida, um ruminante que continuava a mastigar. Rocco o observava em silêncio. O barulho dos maxilares e do ranger dos dentes e da saliva lhe repercutiam no sistema nervoso, já posto a duras provas por aquele dia de merda que parecia não querer terminar.

Tchoc tchoc, tchoc tchoc, tchoc tchoc, faziam as mandíbulas do delinquentezinho. Ele tinha os cabelos raspados, exceto por uma crista mantida em pé com gel, segundo as regras da moda entre os jogadores de futebol. O silêncio irreal foi quebrado pela passagem solitária de um carro na rua. Rocco se distraíra observando os lábios vermelhos do rapaz. Forçou os nós dos dedos da mão, que mantinha sobre a escrivaninha.

– Me faça uma gentileza – disse o subchefe ao rapaz, finalmente rompendo aquele silêncio –, cuspa esse chiclete, ou eu faço você engoli-lo.

O rapaz, indolente, o olhou e continuou mascando, desdenhoso, apesar de Italo Pierron ter tirado o lenço do bolso, pronto para recolher a bolota borrachenta. Rocco se levantou da cadeira e se dirigiu à janela de sua sala. Flocos de neve caíam devagar. Tocou o vidro. Estava gelado. Soltou uma respiração baixa e rouca, virando-se de novo para o jovem traficante. O barulho dos dentes e da língua continuava a encher a sala. Italo abriu a boca, estava a ponto de dizer alguma coisa, mas Rocco o impediu com um gesto da mão. Com dois passos, se aproximou do rapaz.

– Tudo bem, Righetti, levante-se.

Sem entender, ele se levantou da cadeira. Rocco o olhava diretamente nos olhos.

– Vamos ver se reconduzimos esta conversa a um caminho de respeito recíproco, ok?

E então, veloz, deu um soco forte no estômago do rapaz, que se curvou. Teve de voltar a se sentar para tornar a respirar. Os olhos brilhavam de dor e de raiva. Fabio Righetti engolira o chiclete.

– Viu só? Não foi tão difícil – disse o subchefe, voltando para a escrivaninha. – Então. Fabio Righetti, nascido em Aosta no dia 24 de julho de 1993... você é um cara durão, não é?

O rapaz não dizia nada. Segurava a barriga com as mãos, tentando respirar.

– Vamos recapitular. Meus agentes prenderam você com o seu amigo enquanto vocês vendiam uns envelopinhos. Coca.

Fabio Righetti não respondeu.

Rocco prosseguiu.

– Seu amigo deu uma cabeçada no agente D'Intino, quebrando o septo nasal dele, e fugiu. Você, grandão e pateta que é, ao contrário, se deixou prender pelo Deruta, um agente de 130 quilos e com um sério princípio de enfisema. E isso, pode acreditar em mim, não é nenhuma distinção.

Um sorrisinho cúmplice apareceu no rosto do agente Pierron.

– E você tinha outros quatro envelopes de coca "cortada". E isso manda você direto pra cela. – Nada feito, o rapazinho era duro na queda. Não falava. – Você não tem nenhuma vontade de me dizer onde e quem lhe deu isso, certo?

Pierron se aproximou do rapaz.

– Escute, Fabio, se você contar algumas coisas para o subchefe, depois nós damos uma mão, você sabe.

Finalmente o rapaz falou.

– Vão tomar no cu!

A alternativa paternal não funcionava. Rocco já sabia, mas mentalmente louvou a tentativa de Italo.

– Tudo bem, Italo, Righetti é um durão e não diz nada pra gente. Certo?

O traficante estava ali, sentado e mudo como uma estátua de sal. Rocco olhou a mão que havia batido no abdômen do rapaz, depois abriu uma gaveta. Dentro dela, havia seis baseados fornidos, prontos para o uso. Precisava de um, ou então as coisas não se encaminhariam no rumo certo.

– Você me permite, Pierron?

Pierron assentiu, e o subchefe acendeu um. Fabio Righetti arregalou os olhos e esboçou um sorrisinho enquanto Schiavone dava uma bela tragada, segurava a fumaça nos pulmões por alguns segundos, então finalmente a soltava, com os olhos fechados.

– Faço primeiro com a maquininha. Nunca fui bom de enrolar...

O traficante sorriu.

– Você fuma baseado?

– Mas que que é isso? Me chamando de você?

– O senhor fuma baseado? – Righetti se corrigiu.

Por baixo do ar de gângster de bairro, por trás do cabelo moicano e da cobra tatuada que aparecia no pescoço, o rapaz era um bom menino de família. Rocco sabia disso.

Colocou o baseado na boca e voltou a olhar as anotações que tinha na mesa.

– Até que ano você frequentou a escola?

Righetti não entendia.

– Segundo ano... – respondeu, inseguro, sem saber aonde o policial queria chegar.

– Então você não o estudou. Quero dizer, você já ouviu falar de Hegel?

– É um meio-campista, né?

– Não, esse é o Hagen, e é um zagueiro que também jogou na seleção norueguesa. Não, eu estou falando de Hegel, o filósofo. Mas o que você sabe dele? Tudo bem, resumindo, esse cara dizia que o jornal era a prece laica matutina. Tá entendendo a ideia? Um religioso, de manhã, reza pra Deus; quem não acredita em Deus lê o jornal. Pra mim, pelo contrário, é isto – e levou o baseado à boca, dando outra tragada. – Antes de cada dia de trabalho, se não fumo um, fico nervoso, não penso e fico de saco cheio. E até de noite às vezes me faz bem.

Fabio assentiu com um sorrisinho idiota no rosto.

– Você tem uma prece laica matutina, Fabio?

O rapaz refletiu.

– Francesca.

– Quem é?

– Minha namorada.

– Muito bom. Já ficou atrás das grades?

Fabio se limitou a responder que não com a cabeça.

– Então vou lhe dar umas informações. Na cadeia tem gente ruim, e um cara como você poderia se tornar a prece laica matutina de alguém com uns dois metros de altura e que pesa uns cem quilos. Mas não como o Deruta, aquele que te prendeu. Estou falando de uns cem quilos de músculos, uns vinte anos nas costas por homicídio e que não vê uma mulher há no mínimo uns três anos. Sabe? Não é uma coisa legal. Você é até bonitinho, tirando essas porras dessas espinhas, seria melhor parar de comer as porcarias que come. Mas atrás das grades você é a Miss Itália, pode acreditar em mim. Não é uma coisa legal, não mesmo. Pode acreditar. – E apagou o baseado no cinzeiro. – Agora, eu sei que você não pode me dar nomes. Ou então você acaba numa vala qualquer, aberto como um cabrito na Páscoa. E eu, bem, de você não quero os nomes de quem te dá a mercadoria. Mas o daquele seu amigo que agrediu meu agente, esse sim. Vamos entrar num acordo. Nós vamos trazê-lo à delegacia, damos umas porradas em vocês dois e, se não fizerem mais merda nos próximos anos, é capaz até que vocês voltem a ter uma vida tranquila.

– Eu não conheço o cara que estava comigo. Era a primeira vez.

– E eu sou um veterano da Primeira Guerra Mundial.

– É mesmo? – perguntou, sério, o traficante.

Rocco olhou para Italo, que abriu os braços.

– Está tarde, estou de saco cheio e agora vou dormir. Pierron, coloque ele atrás das grades e amanhã chamamos a procuradoria. Com um flagrante você vai parar direto lá dentro. Tchau, Righetti, lembranças pra Francesca quando ela te levar laranjas. Aliás, já que você está por aqui, diz pra ela te trazer vaselina. Ajuda.

Saindo da delegacia, cruzou com o agente Scipioni na porta.

– O que o senhor vai fazer, doutor? Vai ao hospital ver o D'Intino?

– Nem me passa pela cabeça. Vou dormir. Que horas são?

– Quase meia-noite.

– Porra – disse. Até os melhores momentos de Roma e Inter tinham acabado. – Sabe me dizer como terminou a partida?

– Dois a zero pra Inter.

– Que alegria. Se cuide, até amanhã.

– O senhor se cuide, doutor. E, se quiser um conselho, troque de time. Pelo menos, alguma satisfação se tem na vida.

– Faço como você e torço pela Juve?

– Mas que Juve, eu torço pelo Palermo.

– Nesse caso, eu precisaria de um analista. Boa noite, Scipio.

– *Sabe o que estou pensando?* – *digo a Marina, assim que entro. Não sei onde ela está. Em algum canto da casa, com certeza.* – *E se saio do apartamento e vou para um hotel? Não é melhor?*

– *Você nunca gostou de hotéis* – *me diz.* – *Nunca os suportou.*

É verdade. Não sei o motivo, mas sempre tenho medo de que entre alguém com o aspirador enquanto estou nu ou de cuecas. Não há privacidade nos hotéis. Eles sabem tudo sobre você. A que horas você acorda, como toma o café, e até quem telefona para você.

Estou congelado. Tiro o casaco, a malha, a camisa de flanela e tremo de frio. Esse frio de merda entrou em mim, não o tiro mais dos ossos. Não se pode estar em março e ainda com neve.

– Não se pode estar em março e ainda com neve – digo para Marina, que aparece na soleira da porta.

– Em Aosta é assim. E eu acho que até em maio corre-se o risco de encontrá-la.

Ela está com o seu caderninho na mão. Sempre procurando palavras novas. Procura por elas em um dicionário, ou então as leu em um livro, as sublinha e decora. Uma vez dei uma olhada naquele caderninho. Está pela metade. Acho que a cada dia ela arranca as páginas, como um calendário.

– Quer saber a palavra de hoje? – me pergunta.

– Me diga aí.

Corre para a cama com os pés descalços. Faz sempre assim, a Marina. Anda rápido pela casa, fica com frio e depois se enfia debaixo das cobertas. Diz que assim aproveita mais.

– Então, a palavra de hoje é: hemiplegia. Paralisia da parte direita ou esquerda.

– Uma paralisia?

– Sim. Física. Ou então emocional.

– Sou hemiplégico?

Ela não me responde. Coloca o caderninho sobre o criado-mudo, puxa as cobertas até o queixo e faz "brrrr" com olhos risonhos. Essa é a minha deixa, agora é minha vez. Sei que vai ficar irritada, mas sei que o faz de brincadeira. Me enfio debaixo das cobertas.

E, de fato, ela se irrita.

– Fedor de cigarro! – e tenta me afastar. Mas eu me aproximo ainda mais.

– Poxa, pelo menos tome um banho primeiro!

Nada a fazer, quem ela se acha? Fico ali. E a abraço. É sempre assim. À noite, quando nos deitamos, ela está fria, e eu estou quente. Depois, durante a noite, ela me rouba todo o calor e me deixa assim, congelado e sozinho na minha metade da cama. De manhã, ela está quente, e eu não. E, se tento abraçá-la para me esquentar, se vira para o outro lado e fica resmungando. Sempre me dá vontade de rir. Marina tem ciúmes do seu próprio calor.

Sempre teve.

Eu não tenho do meu. Eu daria tudo para ela.

Daria tudo para tornar a abraçá-la. Ainda que só uma vez. Uma vez só, e depois acabou.

Sábado

D'Intino estava deitado no leito 14 do quarto 3 no setor de ortopedia e traumatologia do Hospital Umberto Parini. Tinha o nariz protegido por bandagens e um corte na parte direita da testa, que a tintura de iodo deixava ainda mais horrível. Estava com os olhos fechados e respirava lentamente. O médico de plantão havia acompanhado o subchefe de polícia ao leito do infeliz.

– Fratura do nariz e um par de costelas quebradas – lhe disse.

Rocco olhava o paciente. Se espantou ao experimentar pelo coitado um sentimento que se aproximava perigosamente da piedade. Até o dia anterior, o teria mandado sem pensar para qualquer delegacia no meio das montanhas Maiella; agora, ao contrário, vê-lo indefeso naquele leito de hospital fazia com que quase sentisse carinho.

– Quantos dias ele deve ficar aqui, doutor?

– Nós o manteremos por alguns dias; depois, repouso em casa. As costelas precisam cicatrizar.

Nesse instante, D'Intino abriu os olhos.

– Subchefe... – disse, com um fio de voz. – Viu o que me aconteceu?

– Vi, sim. Pelo menos por uns dias você fica um pouco em casa, descansando. Ontem você e Deruta mandaram muito bem.

– Obrigado. Mas vocês os pegaram?

— Só um. Você se lembra de algo sobre quem o agrediu?

D'Intino tentou mudar de posição e uma careta de dor apareceu no rosto conturbado.

— Pouco, doutor. Ele apareceu na minha frente e me deu uma cabeçada bem no nariz. Que dor, eu vi todas as estrelas, sabe?

— Todas mesmo?

— Não faltava uma. Depois eu caí e acho que foi então que fraturei as costelas. Porque quebrei elas também.

— E você viu o rosto dele?

— Muito mal. Estava tudo escuro. Quando está escuro, todo mundo é igual. Ele estava com um capuz na cabeça. Ele era escuro. Acho que um pouco preto.

— O que quer dizer "um pouco preto"?

— Que não era preto. Mas nem branco.

D'Intino o estava fazendo embarcar em uma conversa sem sentido, então o subchefe mudou na hora de rumo e se voltou para o médico.

— E esse corte na testa? — e indicou o talho de uns dez centímetros.

— Ahn, o que devo dizer? É um corte superficial, como se alguém o tivesse feito com um objeto metálico.

— Uma faca?

— Talvez.

Rocco estalou os dedos na frente do rosto de D'Intino, para atrair a atenção dele.

— Ô, D'Intino, olhe aqui! O agressor tinha uma faca?

— Não. Uma faca, não. Fugiu.

— Isso eu entendi.

— Rápido, era rápido. Tinha fogo nos pés. Fogo nos pés, bem isso. — E adormeceu, como se atacado por uma repentina narcolepsia. Agora não dava para saber mais nada desse homem.

Rocco apertou a mão do médico:

— Obrigado — e saiu do quarto que D'Intino dividia com dois rapazes com a perna na tração. — Pernas, pra que te quero! — disse Rocco para os dois adolescentes, que lhe responderam com o dedo médio erguido bem na cara dele.

Enquanto descia as escadas, se lembrou de que não havia telefonado para Nora. Fazer isso agora seria um erro, porque a encontraria puta da vida. Não fazer seria ainda pior, significaria o fim definitivo da relação. Enquanto estava mergulhado nessa indecisão hamletiana, seu celular tocou. Não era Nora; era o número da delegacia.

— Sim?

— Sou eu, Italo. Estamos com um pouco de sorte.

— De que se trata?

— Tem uma câmera de uma farmácia que filmou a cena de D'Intino e Deruta ontem à noite. Estou com ela aqui na delegacia.

— Estou indo.

— Tá, mas se prepare.

— Para quê?

— Nunca ri tanto na minha vida.

Preto e branco e sem som, assim se apresentava o vídeo registrado pela câmera da farmácia no monitor do PC do subchefe.

Exterior, noite.
Escuro. Uma rua. Placas cercam uma escavação: Homens trabalhando. No fundo, um muro baixo com dois rapazes sentados conversando. Um terceiro está no selim de uma motoneta.

– Pare um momento – disse Rocco. Caterina parou a gravação. – Os nossos estão de carro?

– Olhe bem – disse Caterina, tocando com a ponta da caneta o lado direito do monitor. – Aqui, está vendo? Estão aqui, atrás deste arbusto.

– Ah, tá, estou vendo – assentiu Rocco.

Por trás das escuras folhagens de um arbusto do lado da rua mal dava para ver duas sombras.

– Parecem um casal transando escondido.

– E na idade deles, ainda por cima... – acrescentou Italo.

– Eu tinha dito para eles que não era para dar na vista. Assim, estão a dez metros dos rapazes. Mas por que me surpreendo? São Deruta e D'Intino. Vá, Caterina, siga em frente.

– Agora o senhor vai ver Righetti e o amiguinho aparecendo.

Caterina apertou o botão no teclado e o vídeo recomeçou.

Sempre exterior, à noite.
Do fundo da rua, de repente, aparecem duas sombras. Encapuzadas.

Os dois rapazes se aproximam do trio, que se vira para eles. Depois se cumprimentam batendo os punhos e fazendo *high five*. Righetti e o sócio enfiam as mãos nos bolsos e deles tiram envelopinhos.

— Atenção, é agora — disse a inspetora Rispoli.

Do arbusto que esconde D'Intino e Deruta brilha o flash de uma máquina fotográfica.

— Mas que porra...? — disse Rocco.
— Usaram o flash — admitiu, triste, Caterina.
Italo balançava a cabeça.
— Coisa de louco, o flash.

Os cinco rapazes se viraram ao mesmo tempo para o esconderijo dos policiais.
A tocaia foi descoberta.
Os três que conversavam amigavelmente fogem como um relâmpago; dois na motoneta e o outro a pé, enquanto finalmente D'Intino e Deruta saltam do esconderijo. Righetti e o companheiro ficam ali, plantados na calçada olhando aqueles dois homens saírem dos ramos de louro. Deruta empunha a pistola. D'Intino, por sua vez, brande a máquina fotográfica como se fosse um tipo de arma.

Righetti salta para um lado e começa a correr pela rua, seguido por Deruta, que arrasta os seus 130 quilos com dificuldade; o outro rapaz, por sua vez, se aproxima de D'Intino e joga no chão a máquina fotográfica.

Righetti, no entanto, tropeça de repente nas placas de homens trabalhando; Deruta, atrás dele, faz o mesmo, rodopiando como um pino de boliche, caindo por cima do traficante e perdendo a arma ao cair.

O comparsa, por sua vez, está no meio de uma briga. Dá uma cabeçada forte no nariz de D'Intino. Enquanto este rola pelo chão, o agressor se curva e toca o rosto.

Sente dor. Não se ouve nada, mas fica claro que está praguejando. A cabeçada também o machucou.

Deruta, indômito, segura Righetti pelas calças e, deitado no chão, enquanto o rapaz chuta, tenta arrastá-lo para perto de si. Finalmente, os jeans com os grandes bolsos laterais do traficante escorregam pelas pernas, e Righetti se encontra de cuecas sentado no meio da rua.

Do outro lado da rua, o comparsa, ainda encurvado por causa da dor na testa, começa a fugir, enquanto D'Intino se contorce no chão como uma minhoca.

Agora Righetti, de cuecas, torna a se levantar. Também perdeu um sapato. Deruta, girando as calças do adversário como boleadeiras, as atira. Os jeans acabam se enroscando no meio das pernas do fugitivo, que tropeça e cai de novo no chão.

O agente de polícia sai correndo, se lança no ar como Rey Mysterio, o famoso *wrestler* norte-americano, e aterrissa com seus cento e tantos quilos em cima do pobre traficante, que fica esmagado sob todo aquele peso.

O agente Deruta começa a pular, as nádegas sobre o estômago de Righetti que, em evidente estado de asfixia, tenta inutilmente tirar de cima de si o paquiderme.

D'Intino finalmente se levanta, com o rosto cheio de sangue. Recuperou a máquina fotográfica e se aproxima de Deruta e Righetti, ameaçando o rapaz com a Canon. Em seguida, num piscar de olhos, desaparece engolido pela terra.

Ele caiu no buraco das escavações, e qualquer traço seu se perde.

Deruta, se aproveitando do rapaz semidesmaiado, recupera a pistola. Ele a passa de uma mão para outra como se fosse um peixe se debatendo. De repente, no preto e branco do vídeo, uma chama parte da Beretta e o vidro de uma porta ali ao lado se acaba em mil pedaços.

Righetti fica paralisado de medo. Deruta agora está sozinho, no meio da rua, e aponta a pistola para um rapaz de cuecas enquanto, finalmente, começam a surgir pessoas no enquadramento. Gente, curiosos que aparecem para dar uma mão aos policiais. Atrás de Deruta e do rapaz de cuecas, duas mãos aparecem lentamente na borda do buraco das escavações. Grudados nas mãos estão braços, e por fim desponta a cabeça de D'Intino, que consegue sair daquele abismo urbano. Mal se pôs em pé na borda do buraco, balança para frente e para trás como se estivesse na ponte de um barco e finalmente se esparrama no chão.

Desmaiado.

A imagem se desfaz em preto.

Rocco, Caterina e Italo tinham ficado ali parados, olhando o monitor.

– Este vídeo a gente conserva aqui na delegacia e não deve sair nunca daqui, entendido? – disse, sério, o subchefe.

– Certo, doutor.

– Ou, pelo menos, se tiver de sair, quero uma cópia. É uma das coisas mais lindas que esta cidade me deu desde que estou aqui. Em comparação, o Gordo e o Magro são um filme de Bergman.

E os três começaram a rir.

– Por favor, Caterina, volte ao ponto em que o agressor de D'Intino foge.

Rispoli mexeu no mouse e fez o vídeo recomeçar.

Novamente se via D'Intino curvado e o agressor começando a fugir.

— Faça começar do ponto exato, Caterì, e olhem os sapatos.

Italo e a inspetora Rispoli se concentraram no monitor.

— Brilham — disse Pierron.

— Isso. Então, estão vendo? D'Intino me havia dito que ele tinha fogo nos pés e, na verdade, se vocês olharem...

Era verdade. O fugitivo parecia ter os sapatos cintilantes.

— São os modelos que estão na moda agora — disse Caterina. — Americanos, dá pra ver no escuro, quando a pessoa faz jogging no meio da rua, por exemplo.

— É, por exemplo — Rocco se levantou da escrivaninha. Assentia, silencioso. Italo e a inspetora ficaram ali, olhando para ele. — Bom! — disse, de repente, o subchefe. — Agora, vamos trabalhar. Caterina, vá bater um papo com os vizinhos dos Baudo. Tente descobrir os costumes, os visitantes; resumindo, tudo aquilo que você puder descobrir sobre aquela coitada. Leve o Scipioni, que me parece ser um cara decente.

— Certo, já vou.

— Você tem uma roupa civil? — perguntou para ela.

— Por quê?

— Porque as pessoas, vendo você com roupas civis, são mais propensas a falar. Não sabia?

— Tenho, sim, lá no vestiário.

— Troque-se e vá.

— Vivendo e aprendendo — disse a inspetora sorrindo, e saiu da sala do subchefe.

— Rocco, eu e você fazemos o quê? — perguntou Italo, assim que ficaram a sós.

– Eu e você vamos ver o Fumagalli no hospital.
– Ok. Posso ficar fora do necrotério?
– Não. Tem de se acostumar com isso.
– Por quê?
– Porque faz parte da sua profissão, saco, não preciso explicar todas as vezes, não é?

Italo concordou, pouco convencido, enquanto Rocco se encaminhou para a janela. Cruzou as mãos nas costas e ficou observando.

– Então? Não vamos? – perguntou Italo com a mão na maçaneta da porta.

– Espere cinco minutos.

Tinha parado de nevar, e até o vento dera uma acalmada. As nuvens, no entanto, continuavam empoleiradas no topo das montanhas, e o sol deveria estar ali, em qualquer canto, mas não conseguia penetrar aquela cobertura espessa e lanosa. Rocco Schiavone olhava as pessoas andando tranquilas pelas calçadas, com os passos de uma despreocupada manhã de sábado. Uns rapazes estavam colocando os esquis sobre o teto de um SUV, e um setter levado na coleira por um homem de uns cinquenta anos estava com a cabeça erguida, farejando o ar. A cauda esticada e rígida; tinha percebido alguma coisa. O subchefe sorriu ao pensar na semelhança que sentia entre si mesmo e aquele cão de caça. Passar a vida a identificar um cheiro fora de lugar, uma nota dissonante, e quebrando a cabeça para entender o motivo.

Finalmente, a espera terminou. Do portão da delegacia viu saindo em primeiro lugar o agente Scipioni, e atrás dele Caterina Rispoli. Saia na altura dos joelhos e sapatos de salto, apesar do frio, e um casaquinho preto aberto na frente. Os olhos do subchefe haviam se transformado em dois penetrantes raios laser. A inspetora tinha os seios firmes, proeminentes por baixo da malha, e os tornozelos finos. As panturrilhas bem delineadas, longas e arredondadas. Ele a olhou entrando no carro até o movimento deixar à mostra uma parte generosa da coxa.

Tinha razão, ele adivinhara. Por baixo do desajeitado uniforme de polícia se escondia uma mulher de muita classe. Uma pena o casaco que lhe cobria o traseiro, mas mesmo com as calças do uniforme já fizera uma ideia precisa. Também ali Caterina Rispoli era bem-arranjada.

– Rocco? – disse Italo. – O que você está olhando?

– Cuide de sua vida, Italo. Bem, agora que a vida nos concedeu um vislumbre de beleza, vamos descer nos infernos para falar com o demônio Caronte.

– Até no sábado tenho de trabalhar – Alberto Fumagalli havia resmungado enquanto amarrava o avental verde manchado de ferrugem, mas que não era ferrugem. – O que vocês acham? Que eu não tenho porra nenhuma pra fazer? Dois mortos por envenenamento em Verres e, como se não bastasse, Ester Baudo. Sabem? No sábado, por exemplo, eu poderia ir ver meus parentes lá em Livorno em vez de ficar aqui, congelando meu saco.

– Alberto, você tem algo a me dizer ou só quer me encher a paciência? – disse Rocco, sentando-se na cadeira da sala de espera ao lado do necrotério.

– Não se sente. Agora vamos entrar e ver a coitada. Ele vem com a gente? – e indicou Italo com um sorriso.

– Claro – disse Rocco.

Alberto se aproximou da máquina de café, colocou nela o pen drive.

– Bom, vamos ver se desta vez ele aguenta e não vomita.

– Não me faça rir, doutor – disse Italo.

– Nunca falei tão sério – respondeu o médico. – Quer um café, Rocco? – Apertou um botão e a máquina começou a funcionar. – Então, quer ou não?

– Um café disso aí? – disse Rocco. – Tá louco? Depois você vai ter de me fazer a autópsia e descobrir o que foi que me envenenou. Vou te poupar um pouco de trabalho. – E o subchefe se levantou da cadeira. – Anda logo com esse chafé e vamos embora.

Havia o habitual cheiro de ovos podres misturado com desinfetante e urina velha. À distância, uma torneira pingava marcando o tempo, unidade de medida que, naquele local, só dizia respeito a Rocco, a Italo e ao dr. Fumagalli. Para os demais, guardados nas gavetas do necrotério como roupas fora de estação, o tempo não tinha mais sentido e valor nenhum.

Na mesa central, coberto, estava o corpo de Ester Baudo. Uma bancada de alumínio corria ao longo do perímetro da sala. Em cima, encontravam-se três tigelas de aço repletas de amontoados sanguinolentos. Os policiais estavam observando aquelas amostras, e Alberto se sentiu na obrigação de ser preciso:

– Aquilo ali não é coisa da Ester, faz parte de dois pobres coitados mortos por intoxicação perto de um depurador de uma estação de tratamento de água. As coisas de sempre, fígado, cérebro e pulmões...

Italo empalideceu.

– Me desculpem, não aguento. – E, cobrindo a boca, saiu correndo da sala de autópsias.

Alberto Fumagalli olhou o relógio.

– Vinte e três segundos. Melhorou. Da outra vez, não aguentou nem dez.

– Sim, o moço está progredindo.

Alberto indicou as vasilhas metálicas.

– Será que eu deveria ter dito que aquilo são só trapos sujos?

– Não faria diferença. Ele teria vomitado até mesmo se aqui dentro estivesse a Scarlett Johansson nua.

– Olha, mais cedo ou mais tarde a Scarlett Johansson estará nua em um lugar assim.

Rocco o olhou, sério.

– Mas que porra de pensamento é esse?

– Não é um pensamento, é deformação profissional.

– Deixe eu entender, você vê a Scarlett Johansson com os peitos de fora, sei lá, em uma revista, e pensa no dia em que ela estará esticada em uma mesa de autópsia?

Fumagalli pensou no assunto.

– Não. Às vezes, não. Porém, pra dizer a verdade, para mim não tem nada menos erótico que um corpo nu. Sabe aquele poeta francês que dizia que não conseguia beijar o rosto de uma moça porque lhe passava pela cabeça que, por baixo daquela pele, havia um crânio que um dia repousaria roído pelos vermes no caixão?

– Vaga lembrança.

– Para mim, o nu exerce o mesmo efeito. – E o médico engoliu o café com um gole, acompanhando-o com uma careta de asco. – Caramba, que coisa nojenta! – murmurou.

– Por que você bebe, se sente nojo?

– Para me lembrar de que a vida é dura e cheia de dificuldades.

– E precisa desse chafé? Não basta olhar ao redor?

– Por quê? Tem alguma coisa neste lugar que não cai bem? – perguntou, sério, Fumagalli.

Aproximaram-se do corpo de Ester. O rosto tumefato. O lábio cortado, o olho direito inchado, e no zigoma havia um hematoma do tamanho da palma de uma mão. Em volta do pescoço era evidente a marca da corda que lhe tirara a vida.

– Bem, vamos aos finalmentes – começou Alberto Fumagalli. – Não morreu por asfixia, mas pela compressão do nervo vago, com subsequente bradicardia e parada cardíaca.

O corte no tórax do cadáver mostrava que os órgãos internos já haviam sido removidos pelo legista.

– Temos também uma fissura do zigoma direito e, no mesmo lado, faltam dois molares.

Rocco assentia, olhando o rosto da mulher. Os cabelos estavam esparramados pela caminha de metal. Para quem a olhava do alto, parecia que Ester flutuava na água.

– Foi espancada – concluiu Rocco.

Alberto assentiu em silêncio.

– Agora me escute com atenção, porque a coisa fica interessante. Normalmente um estrangulamento deixa no pescoço as marcas da corda debaixo da traqueia, mas também na volta toda. Até quase na nuca.

– E aqui?

– E aqui nós só temos a marca na parte anterior. Ao redor do pescoço só há uma leve vermelhidão. Isso me faz pensar que a morte seja devida a um enforcamento. Me explico melhor?

– Se quiser.

– Por que você responde? Não se respondem perguntas retóricas.

– Eu sempre achei que não se deve fazer perguntas retóricas. Não servem pra porra nenhuma – disse Rocco.

– Você faz.

– Até eu erro, mas estou procurando perder o vício. Quer continuar? E não é uma pergunta retórica.

– Continuo. Quando alguém morre enforcado, o que provoca a morte por estrangulamento é o peso do corpo. Quer dizer, é exatamente esse peso que puxa o corpo, e a marca da corda ficaria só na parte anterior. Se, por outro lado, alguém é estrangulado, o que provoca a morte é a força do assassino. O laço, a corda, o que quer que seja, é passado ao redor do pescoço, por isso deixaria uma marca circular da traqueia até a nuca.

– Então está me dizendo que ela foi morta por enforcamento?

– Essa foi a primeira hipótese. Mas depois eu pensei um pouco nisso. E sabe o que eu pensei? Concentre-se na cena: Ester Baudo é espancada. Desmaia. Com o corpo já no chão, o assassino se enfurece e a estrangula. Está vendo a cena, Rocco?

– É claro que vejo, é minha profissão.

Alberto bufou.

– Conversar com você me tira anos de vida.

– Olha só quem está falando!

– Vamos continuar – prosseguiu Alberto. – O que temos, então? Uma vítima no chão, sem sentidos, que não pode se defender. E então o filho da puta a estrangula. E como a estrangula? Faça de conta que Ester está de barriga para baixo. Para ele, basta fazer pressão com uma perna na coluna da vítima sem sentidos enquanto aperta o esôfago e a traqueia dela com uma corda e *voilà*! O negócio está feito. Ele a mata por estrangulamento, sem deixar marcas em todo o pescoço, mas só na frente, de fato.

– E depois encena o enforcamento?

Alberto pensou no assunto.

– Olhe, não quero dizer que o assassino soubesse disso; digo, que há uma diferença das marcas entre a morte por enforcamento e por estrangulamento; digamos que ele pode ter feito isso e teve sorte. Sim, pode ter sido casualidade, estou sendo claro?

– Então não vamos excluir nenhuma das duas coisas.

– Depois de todos estes anos de experiência, não; não excluiria. Porque os golpes que essa coitada levou no rosto são uma coisa séria. Me surpreende que não tenha morrido por causa deles.

O rosto de Ester estava lá, testemunha silenciosa da tese do legista.

– Com o que ele a estrangulou?

– Infelizmente não encontrei resíduos. Nem de couro, nem de fio, nada. De qualquer modo, deve ser uma corda pelo menos assim – e mostrou dois dedos da mão para Rocco.

– Uma corda assim tão grossa não se encontra facilmente por aí, não é?

– Não. Diria que não.

– Um cinto?

– Talvez. Ou então uma gravata.

O subchefe cobriu o cadáver com um gesto delicado.

— E daí a encenação do enforcamento com a corda de varal.

— Talvez a gravata ou o cinto fossem curtos demais? Uma coisa é certa. A marca do cinto ou da gravata com dois dedos de largura é bem clara, e a da corda de varal é mais fraca.

— Eles a enforcaram duas vezes? É estranho, Albe, tudo é muito estranho.

— Esse é problema seu. Como sempre, eu lhe digo como e quando morreram...

— Eu sei! O motivo cabe a mim. A propósito, quando?

— Não depois das sete.

— Como sempre, você ajudou. Até mais — e o subchefe de polícia Schiavone se dirigiu para a porta.

— Se eu fosse fazer uma aposta, apostaria cem euros numa gravata — acrescentou Fumagalli, pensativo.

Rocco se deteve na porta.

— Por quê?

— Porque as marcas deixadas por um cinto seriam mais nítidas. É de couro; a gravata é de seda.

— Uma gravata... Vou pedir para mandarem pra você as gravatas que estão na casa dos Baudo, você dá uma olhada nelas?

— Claro. Se uma delas foi usada no estrangulamento, deve conter fragmentos de pele.

— É, ainda que eu ache que quem a usou decerto deu um sumiço nela. Mas tentar não mata ninguém...

— Muito bem. Me mande as gravatas de Baudo. E também os cintos; vai que eu perco os cem da aposta? Você deixa ela comigo?

– O quê?

– Ester Baudo! Digamos até amanhã, no máximo.

Rocco olhou para o legista, muito preocupado.

– Deixar com você? O que você quer dizer?

– Nada. Quero terminar de fazer um bom exame. Como chegaram outros dois pacientes por causa de um incidente lá em Verres, mais aqueles envenenados perto da estação de tratamento, eu faço uma pausa e retomo esta noite.

– Pacientes?

– Eu chamo eles assim. E garanto a você que, por tudo que eu faço com eles, são muito pacientes.

– Albe, estão mortos. Não podem protestar.

– Eles, não. Mas se você escuta com atenção, às vezes os ouve. Pedem, gentis, com um fio de voz, para ir devagar com eles.

Rocco mordeu os lábios. Saiu sem dizer nada, mas com a certeza de que Alberto Fumagalli precisava urgentemente de um período de descanso. Uma pausa, em suma, quinze dias ao sol numa praia lhe devolveriam o juízo e restabeleceriam o limite que existe entre a vida e a morte.

Havia preparado um discurso. Melhor, havia preparado uma desculpa plausível para dar a Nora. Através da vitrine da loja de vestidos de noiva, ele tentava espiar lá dentro, mas o modelo suntuoso com a saia toda bordada com pérolas impedia uma visualização perfeita. Tinha de entrar e enfrentar a situação. Só que não conseguia se decidir. E se sentia um cretino. Toda aquela caminhada até a loja, para não entrar. Mas não conseguia. Até porque, no fundo, não se sentia assim tão culpado. Ele de saída deixara as coisas muito claras com Nora. Nada de exigências, *low profile* e encontros apenas quando sentissem vontade ou necessidade.

E então, por que estava ali?

Não poderia ser remorso? Quando ele voltara atrás por causa de remorso? Sempre seguira seu instinto. E o instinto, na outra noite, lhe havia sugerido que ficasse em casa. Ainda que fosse o aniversário de Nora. Ainda que ela quisesse muito ficar com ele naquela noite. Tinha de pedir desculpas a ela. Mas e daí? O que teria conseguido? Uma reconciliação, talvez. Mas era isso mesmo que queria? Fazer as pazes? Uns dois dias e a teria ignorado ou a tratado mal mais uma vez, caindo de cara no mesmo erro. Por outro lado, poderia aproveitar e se afastar dali, agora, naquele instante, sem pedir desculpas. Se não desse sinal de vida, pouparia uma discussão de fim de relacionamento que em pouco tempo seria inevitável. Uma daquelas discussões cansativas, infinitas, nas quais talvez sejam ditas coisas que é melhor ocultar. E, em vez de fazer a coisa acabar com uma eutanásia doce e silenciosa, teria de enfrentar uma briga que nunca tem vencedores nem vencidos.

Melhor assim, melhor deixar como está, pensou. *Low profile*, sem exigências. Deu as costas para a loja e, a passos largos, se afastou sem olhar para trás. Se o tivesse feito, teria percebido que Nora, em pé na porta do bar em frente, com uma xícara de café na mão, o estava observando desde que ele se postara na frente da vitrine e, mal o vira saindo furtivo como um ladrão na direção da esquina, seus olhos se encheram de lágrimas.

– O bairro é Cogne – disse Italo, tornando a avançar assim que o semáforo ficou verde.

— Onde fica?

— Ali atrás. Coisa de cinco minutos e chegamos.

O vento cessara de castigar a cidade, e as nuvens, imperturbadas, haviam se amontoado sobre as montanhas, cobrindo todo o vale. A cor era de um cinza homogêneo, e Rocco suspeitava que, com uns graus a menos, a neve tornaria a cair.

— Se voltar a nevar, me empreste a arma e me dou um tiro na cabeça — disse, olhando para fora da janela.

— Tranquilo, Rocco, não vai nevar — respondeu Italo. — A temperatura subiu, o máximo que pode acontecer é cair uma bela de uma chuva.

— Temos certeza de que a criatura está em casa?

— Temos. Acha que até a hora do almoço nós acabamos?

— Que horas são?

— Meio dia e meia.

— Pode apostar. No máximo às duas nós caímos fora.

— Então, adeus almoço.

— Você precisa perder esse costume de almoçar ao meio-dia e meia, como nos hospitais. Em Roma, às duas ainda é hora de almoço.

— Aqui, às duas nós tomamos o chá — e Italo trocou de marcha.

— Sabe? Até em Roma chove em março... — disse Rocco.

Italo ergueu os olhos para o céu. Era o momento da cantilena nostálgica de Rocco Schiavone. Suspirou olhando a estrada e se pôs a escutar. Não dava pra fazer outra coisa.

— Só que não é mais uma chuva fria. É morna. É boa pras flores e pros gramados. Basta um raio de sol, e eles já se enchem de margaridas. Você tem de se agasalhar, mas é uma delícia sair e passear em Roma em março. É como quando a gente era criança e estava esperando um presente. Sabe que ele está para chegar, e esses minutos de espera são os mais bonitos. Você está agasalhado, mas sente que as coisas vão mudar. Que não falta muito para a primavera. E aí você se vira e percebe que as mulheres já a pressentiram. A primavera. Elas sabem muito antes de você. Um belo dia você acorda, sai de casa e as vê. Em tudo quanto é lado. Fica com torcicolo de olhar pra elas. Não sabe por onde elas tinham andado. São como as lagartas e as borboletas. Ficam inativas e depois explodem, e você fica de cabeça tonta. Na primavera, todos os rótulos perdem o sentido. Não tem mais as magras, as gordas, as feias e as bonitas. Em Roma, na primavera você só precisa ficar ali, observando em silêncio o espetáculo. E deve apreciá-lo. Você se senta em um banco e as vê passando. E agradece a Deus por ser um homem. Sabe por quê? Porque você nunca chegará a esse nível de beleza e, quando ficar velho, vai ter pouco a perder. Elas, pelo contrário, sim. Todas aquelas cores um dia vão desbotar, evaporar, como o céu desta porra de cidade, que a gente quase nunca vê. E a velhice é uma coisa horrível. A velhice é a vingança dos feios. Porque é aquela camada de tinta que mata toda a beleza e reduz a zero as diferenças. E enquanto você fica olhando para elas lá do seu banco, pensa que aquelas criaturas um dia não vão mais se reconhecer na frente do espelho. Sabe de uma coisa, Italo? As mulheres nunca deveriam envelhecer.

E acendeu um cigarro. Italo havia freado o carro na frente do portão de Irina Oligova. Número 33 da Via Volontari del Sangue.

Desceram do carro. Rocco jogou fora o cigarro.

– E isto seria um bairro degradado? – disse, fechando a porta.

– Digamos que é um bairro com alguns problemas.

Rocco caiu na risada, pensando em Tor Bella Monaca, no Laurentino 38, no hidroaeródromo de Ostia. Comparado com eles, Cogne era um bairro de famílias nobres.

Depois de subir a pé os quatro andares, encontraram Irina, que os esperava na entrada do apartamento. Nas escadas havia uma mistura de cheiros, mas sobre todos triunfava o curry, que Italo confundira com cheiro de suor e era o sinal inconfundível de que no prédio vivia uma maioria de imigrantes.

– Irina Oligova, se lembra de mim? Subchefe de polícia Schiavone.

Irina inclinou levemente a cabeça, apertou-lhe a mão e fez um gesto para que ele se sentasse.

O apartamento era pequeno. Uma salinha com um sofá que devia servir também de cama, pois tinha um abajur sobre um dos braços, e sobre um cubo havia uma pilha de histórias em quadrinhos. A cozinha ficava numa reentrância da sala. Duas portas provavelmente levavam ao quarto e ao banheiro. No chão, um tapete marrom com flores, e nas paredes estavam pendurados um azulejo azul com uma escrita em árabe e fotografias. As pirâmides, um mercado árabe, um casal de anciãos da África do Norte, e uma cidadezinha coberta de neve que parecia saída de um conto de Tchékhov.

"Como se não bastasse a neve que tem aqui", pensou Rocco, observando a capa imaculada que cobria o teto de uma igrejinha de madeira. E aí uma foto de um homem e de um rapaz na frente de uma banca de frutas. O homem bigodudo e de rosto jovial sorria; o rapaz, ao contrário, estava sério e tinha um piercing na sobrancelha.

Irina havia se penteado e colocado um curativo no joelho. Estava nervosa e continuava a retorcer as mãos.

– Agora que a senhora está um pouco mais calma, pode me contar sobre ontem de manhã?

Irina pegou uma cadeira de fórmica e se acomodou na frente do sofá.

– Às dez eu entrei na casa e...

– Espere aí. Primeira pergunta. A porta estava fechada?

– Sim, mas não à chave. Estranho, porque eu sempre a encontro fechada à chave. A patroa volta às onze, ela sai para fazer compras. O senhor quer saber uma, como se diz... convivência?

– Convivência?

– Coincidência, desculpe. Eu queria dizer coincidência.

– Pois me diga.

– Ela faz compras no mercado onde meu marido, Ahmed, tem uma banca de frutas.

– Ahmed é esse na foto? – e indicou o homem com o rapaz.

– É, é. Ali está com o filho, Helmi.

– Continue.

– Então eu entro. Encontro tudo em desordem. Tudo na cozinha, toda a bagunça. E penso em ladrões, né? E fugi. E então tinha aquele senhor lá embaixo...

– O suboficial – disse Italo.

– Isso mesmo, e chamamos vocês.

Rocco olhou para Irina.

– De onde a senhora é?

– Sou da Bielorrússia. Quer ver os vistos?

– Obrigado, mas estou pouco me importando. Seu marido?

– Egípcio. Mas não é meu marido. Vivemos juntos, mas não somos casados. Ele é muçulmano; eu, ortodoxa. Tem um pouco de problema.

– Tudo bem, desde que as pessoas se amem – disse Italo de repente, recebendo um olhar furioso de Rocco que, nesse ínterim, havia se levantado. Irina o seguia com o olhar.

– Há quanto tempo a senhora trabalha na casa dos Baudo?

– Trabalho lá faz quase um ano. Segundas, quartas e sextas.

Quando ela acabou de dizer "sextas", a porta do apartamento se escancarou. Entrou um rapaz de uns dezoito anos, magro, com um casaco por cima de um moletom, as calças largas com grandes bolsos laterais, e nos pés sapatos fosforescentes, norte-americanos, bons para trabalhar de noite na manutenção de uma estrada. Na sobrancelha esquerda, um belo de um curativo. Mal viu o distintivo de Italo, empalideceu. Rocco, por sua vez, escondido pela porta do apartamento, podia espiá-lo com tranquilidade.

– Ah. Este é o Helmi, o filho de Ahmed.

O rapaz engoliu em seco e olhou Italo com seus olhos negros e grandes de lobo faminto.

– Prazer, Helmi. Sou Schiavone.

Como se alguém tivesse feito um rojão explodir às suas costas, o rapaz se sobressaltou e se virou. Finalmente viu Rocco. Que, envolto em seu *loden*, apoiado à parede abaixo da escrita em árabe no azulejo azul, o examinava da cabeça aos pés.

– Que foi? O que aconteceu? – perguntou o rapaz. – Que foi que eu fiz?

– Você? Nada. Por que, você fez alguma coisa? – perguntou Rocco.

O rapaz fez que não com a cabeça, convicto.

Italo indicou Irina.

– Estamos falando com sua mãe.

– Ela não é minha mãe. É a mulher de meu pai – esclareceu o rapaz.

– A mulher de seu pai não te contou nada?

Helmi deu de ombros. Lentamente estava voltando a controlar suas reações. Fechou a porta e se aproximou da cozinha.

– E o que ela deveria ter me contado?

"Arrá", pensou Rocco. "Está usando a máscara do *gangsta* implacável."

– Que encontrou uma mulher morta no apartamento onde ela vai fazer limpeza.

Helmi olhou para Irina, que assentiu.

– Quem é? A sra. Marchetti?

– Não, a sra. Baudo.

– Ah – disse Helmi, bebendo um copo d'água.

– Conhecia? – perguntou Rocco.

– Eu? Não. Não tenho de conhecer todas as mulheres pra quem ela serve de escrava. E além do mais, por que deveria conhecer? Estou cagando e andando pra isso...

– Tem razão, muito bem. É sempre melhor cuidar da própria vida. – E, finalmente, Rocco se afastou da parede. – O que é que está escrito ali? – perguntou, indicando o azulejo azul.

– É um versículo do Alcorão.

— E o que ele diz?
— Não sei. Não sei ler árabe. Eu falo um pouco, e só.
— Está escrito: a noite do destino é melhor que mil meses — interveio Irina. — Eu sei porque o Ahmed me disse.
— Você vai à escola, Helmi? — perguntou Rocco.
O rapaz deu uma risadinha sarcástica:
— Tento.
E Rocco também respondeu com uma risadinha.
— Prefere trabalhar?
— Ele não gosta de fazer nada — disse Irina —, espera que o dinheiro caia do céu.
— Cuide da sua vida — e o rapaz lhe lançou um olhar fulminante.
— Lembre-se que se você come, você come com o dinheiro de seu pai e com o meu.
— Vá tomar no cu! — ele se voltou e se dirigiu para a porta. Rocco o agarrou por um braço e o reteve.
— E quem lhe disse que pode sair? Ainda não terminamos.
— Cê me solta! — disse Helmi.
Em vez disso, Rocco aumentou o apertão.
— Em primeiro lugar, me chame de senhor, porque não sou nem seu pai nem seu amigo. Em segundo lugar, sente-se no sofá e me ouça. Ficou claro?
Helmi passou uma das mãos nos cabelos, que trazia cortados quase com máquina zero; com um repelão se soltou das mãos do subchefe e foi se sentar com as pernas abertas no sofá. A cabeça abaixada havia interrompido o contato com o resto do mundo. Coçava o antebraço, onde dava para ver uma tatuagem maori. Movia nervosamente um pé, fazendo brilhar os grandes sapatos cor de laranja.

– Foi um homicídio – disse Rocco depois de alguns segundos. Irina arregalou os olhos. Helmi, ao contrário, ficou ali olhando o tapete marrom com flores. – Queria contar para vocês porque é bom que saibam. A sra. Baudo foi assassinada. A senhora sabe me dizer alguma coisa sobre ela? Amizades? Visitas?

– Por que a mataram? – perguntou Irina, abalada com a notícia.

– Ainda não sabemos – interveio Italo –, mas estamos trabalhando na questão.

– Agora me diga alguma coisa que me possa ser útil. Ela tinha alguma amiga? Parentes? Irmãs?

– Nenhum parente. A sra. Baudo era órfã. Isso eu sei porque ela me contou. A gente conversava pouco. Resumindo, eu limpava e ela ficava no quarto, lendo ou assistindo televisão.

– Não trabalhava?

– Não. Só o marido trabalha. É representante. De coisas esportivas.

Rocco foi dar uma olhada na janela.

– Que tempo de merda, não?

– Devia ver o meu país – disse Irina.

– E o seu país, como é? – perguntou a Helmi, que continuava de cabeça baixa, coçando o antebraço com a tatuagem.

– Não sei. Fui lá três vezes quando era pequeno. É quente, cheio de gente e fede.

– Porra, que amor pela pátria.

Helmi ergueu o rosto de repente.

– Por que, o senhor teria orgulho de um país de merda como o meu?

– Não, se você não me diz qual é.

– Egito.

— Não sei se teria orgulho. Calcule que, quando no Egito estavam fazendo as pirâmides, por estes lados de cá não tinham nem descoberto o fogo. Mas por que você não está na escola? – Rocco mudou de assunto, determinado.

— Greve... – resmungou o rapaz.

— Voltando ao assunto, Irina, a sra. Baudo tinha amigas, ou não?

— Ela conversava bastante ao telefone com a Adalgisa. Essa era amiga dela.

— Saberia me dizer algo mais?

— Não, doutor. Nada mais.

— Então, agradeço. Pierron... – o agente se levantou rapidamente e se aproximou da porta. – A senhora me ajudou muito.

— Eu queria saber quem foi que fez isso com a sra. Baudo.

— Será tarefa minha dizer para a senhora no dia em que colocarmos as mãos nele. Tchau, Helmi.

O rapaz não respondeu. E os policiais saíram do apartamento. Irina respirou fundo, recolocou a cadeira no lugar, depois se voltou para o rapaz.

— Está com fome? Faço alguma coisa pra você?

— Não. Vou comer fora.

Rocco e o agente Pierron saíram do prédio de Irina Oligova.

— Tenho de dar uma conversada com essa Adalgisa – disse Rocco.

— Quem?

— Adalgisa, a amiga de Ester Baudo. Volto para a delegacia.

Italo o olhou com as chaves do carro na mão.

— Não vem comigo?

— Não. Você não vai para a delegacia. Fique na cola do menino.

— Quem, o egípcio?

— Exatamente. Siga ele. E me conte o que ele faz.

Italo concordou com um aceno.

— Posso saber o motivo?

— Viu o curativo na sobrancelha dele, ou você é cego? Se em vez de dizer merda você botasse a cabeça pra funcionar, ou desse uma olhada ao redor, saberia, como eu, que ele tem um piercing na sobrancelha.

— E daí?

— Assista de novo ao vídeo da agressão a D'Intino, e vai entender do que eu estou falando.

— Acha que tem algo a ver?

— Não acho. Eu sei.

— Está vendo como eu tinha razão? — disse Italo, se dirigindo ao carro.

— A respeito de quê?

— Do almoço. Sabia que a gente ia perder.

— Fale por você. Eu, que sou seu chefe, primeiro vou comer um espaguete e depois encontro essa Adalgisa.

Não foi difícil. Bastou um telefonema a Patrizio Baudo para conseguir o endereço onde Adalgisa trabalhava. Ainda que, e não foi uma impressão, Patrizio Baudo e Adalgisa não se vissem com bons olhos. Na verdade, bastou dizer o nome da mulher ao viúvo para sentir ao telefone um certo sopro de ar frio. De qualquer modo, a mulher trabalhava em uma livraria no centro, perto da praça do prédio da Secretaria das Finanças.

O edifício tinha uma arquitetura do período fascista que destoava de Aosta como uma espinha na pele de um recém-nascido. Na cabeça dos arquitetos fascistas, o relógio da prefeitura deveria substituir o campanário. Não mais os sinos de Cristo para regular as horas de trabalho e os avisos, e sim o relógio do podestade*. A aberração geométrica, porém, tinha uma virtude. Batia a hora certa. Três horas e dez minutos. Rocco abriu a porta de madeira da livraria. Parecia um refúgio de montanha. Paredes cobertas de madeira, transbordantes de livros com as lombadas de milhares de cores diferentes. Entrar em uma livraria fazia surgir nele o complexo de culpa. Porque todas as vezes se prometia, como se faz com dietas, que um dia desses voltaria a ler. Poderia fazer isso ao voltar para a casa da Via Piave, naquele apartamento sem nome, sem cor e sem traços de amor ou de mulher. Porém, não conseguia. Mal fechava a porta, chegavam as contas a acertar com o passado. A casa se enchia de pensamentos densos como óleo, que não lhe davam a possibilidade de começar a ler um livro, nem de ver um filme com uma trama um pouco mais complexa. A saudade, o passado e a vida que não existia mais dominavam, e os livros ficavam ali, sobre as mesinhas e na estante, intactos, e o olhavam, se enchendo de pó e amarelando um pouco mais a cada dia.

Sobre a mesa das novidades, tinha até uma cópia do jornal *La Stampa*, aberto exatamente na página policial. Bem à vista, o artigo sobre a misteriosa morte de Ester Baudo. Sinal de que o chefe de polícia já começara a falar com os jornalecos, como ele os chamava, e sinal também de que Adalgisa já tivera notícia da morte da amiga, ainda que do modo frio e impessoal de um artigo não assinado em um jornal. Uma mulher de uns

---

* Na Itália, o magistrado encarregado da polícia. (N.E.)

35 anos foi ao encontro dele. Alta e vigorosa, com um nariz pronunciado, mas que ficava bem naquele rosto. Os cabelos chegavam aos ombros.

– Precisa de ajuda?

Tinha olhos grandes e negros, com aquela tristeza que só os atores russos nos filmes em preto e branco sabem comunicar.

– Sou Schiavone, subchefe da brigada de Aosta.

A mulher engoliu a seco e ficou escutando em silêncio.

– Estou procurando Adalgisa.

– Sou eu – disse, inclinando um pouco a cabeça. Depois estendeu a mão. – Adalgisa Verratti. Está aqui por causa da Ester, certo?

– Sim.

Adalgisa se virou para o interior da loja.

– Vou sair um minutinho! – exclamou. – Volto logo. – Depois tornou a olhar para Rocco. – Vamos tomar um café, pode ser?

Adalgisa tinha o olhar fixo na xícara enquanto girava a colherinha.

– Ester e eu éramos colegas no ensino médio. Sempre fomos amigas. Sempre. – Deu uma fungada. Pegou rapidamente um guardanapo de papel e secou os olhos.

– Quando falou com ela pela última vez?

– Quinta-feira à noite.

– Alguma coisa estranha?

– Não, nada. A conversa de sempre. Queria que ela fosse comigo fazer pilates.

Rocco bebeu seu café. Água de lavar louça. Deixou a xícara pela metade, colocando-a no pires.

— Vamos aos finalmentes. O que não ia bem na vida de Ester?

Adalgisa sorriu, esticando a boca para os lados numa careta.

— Tirando o fato de ela estar insatisfeita com a vida, com o casamento? Que não queria ter filhos, embora Patrizio insistisse? Nada, estava tudo bem.

— As coisas com o marido não andavam bem?

— As coisas com o marido não iam a lugar nenhum. Patrizio é um imbecil.

"Arrá", pensou Rocco.

— Por quê? – perguntou.

— Ciumento, possessivo, a obrigou a sair do emprego. E quer saber por que deixei de cumprimentá-lo? Enfiou na cabeça que eu a levava para o mau caminho.

— Em que sentido?

— Não sou mais casada; digamos que administro minha vida como bem entendo.

— E o que isso quer dizer?

— Quando não aguentava mais meu marido, pedi o divórcio, e cada qual foi cuidar de sua vida. Agora vivo como quero, com liberdade para ir aonde quero, tenho meu tempo e, acredite em mim, é uma sensação incrível. E consegui até arrumar dois gatos, o que, com aquele chato do meu marido, era uma coisa impossível. Eu amo animais, livros, cinema. Carros, futebol e celulares de última geração não me interessam.

— Então Patrizio estava convencido de que a senhora queria tirar Ester da vida de casada?

— Digamos que sim. E, se eu tivesse conseguido, o senhor e eu não estaríamos aqui conversando, não é?

— Não. Talvez estivéssemos numa livraria falando sobre livros.

Adalgisa mordeu um torrão de açúcar.

— O senhor é casado?

— Sim.

— E ama sua esposa?

— Mais que a mim mesmo.

A mulher enfiou na boca a outra metade do torrão.

— Eu o invejo.

— Acredite, não deve fazer isso.

— Por quê? Ama sua esposa, é feliz com ela, não?

Rocco sorriu, fez que sim com a cabeça, rapidamente. Depois deu uma olhada ao redor do local, como para garantir que ninguém pudesse ouvir. Mas não disse nada. Nas rugas em torno dos olhos de Rocco, ou talvez no olhar ou mesmo no sorriso sem vida, Adalgisa leu um abismo de tristeza, do qual não se via o fundo. O coração lhe bateu forte, e ela evitou fazer outras perguntas ao subchefe. Em silêncio, segurou uma das mãos dele.

— Como Ester morreu? Me diga a verdade.

— Enforcada, como diz o jornal.

— Mais cedo ou mais tarde isso iria acontecer.

Uma lágrima veloz passou pelo rosto de Adalgisa. Não a enxugou. Deixou que ela corresse até desaparecer na linha do maxilar.

— Pobre da minha amiga...

— Ela não se matou. Alguma outra pessoa teve essa ideia.

Adalgisa arregalou os olhos.

— Como? Ela foi morta?

– Isso.

A mulher ficou de boca aberta.

– Não estou entendendo... Enforcando-a?

– Uma encenação para encobrir o homicídio.

– E quem pode ter...

– É o que preciso descobrir.

– Não... – escapou da boca de Adalgisa como um sibilo.

– Não, não, não. Não assim. É demais. – E cobriu os olhos com as mãos.

Rocco não falou, esperou que Adalgisa chorasse. O garçom que havia levado os dois cafés para a mesa olhava o policial com ar de censura. Rocco gostaria de poder gritar para ele que era inocente. Não era ele que a fazia chorar. Mas o velho balançava a cabeça em reprovação e não afastava os olhos. Até que o subchefe, com um gesto da mão, lhe sugeriu que fosse para aquele lugar cuidar da sua vida. Finalmente a mulher se controlou. Enxugou de novo os olhos, agora transformados em duas esferas negras.

– Deus do céu, pareço um bezerro desmamado... – disse, com alegria forçada.

– Um pouco – disse Rocco. – Se eu ainda precisar falar com a senhora?

– Hã? – disse ela, perdida em seus pensamentos.

– Estou dizendo, se eu ainda precisar falar com a senhora?

– Me encontre na livraria. Estou sempre lá, período integral. De manhã, porém, chego às onze. Preciso ir ao hospital.

– Nada sério, espero.

– Não. Minha mãe. Fêmur quebrado. Faço um pouco de companhia a ela.

— Que se recupere bem — disse Rocco. Então pegou a conta, viu o total e deixou uma nota de cinco euros sobre a mesa. — Adalgisa, não está me escondendo nada, certo?

— E como poderia? — respondeu, fungando. — O senhor, dr. Schiavone, é bom no que faz, a gente sabe algumas coisas na cidade. E eu nunca poderia esconder nada do senhor, acredite em mim.

No entanto, Rocco continuava a examiná-la da cabeça aos pés, sem dizer nada.

— Dr. Schiavone, eu pareço alguém que esconde as coisas? Em menos de cinco minutos eu lhe contei detalhes íntimos da minha vida que nem minha mãe conhece.

— E o que isso tem a ver? Ela é sua mãe. Eu sou só um desconhecido. É muito mais fácil desabafar com desconhecidos, não sabia?

Andava rente aos prédios do centro como um gato perdido procurando se proteger da chuva que tornava a cair. Não havia táxis, precisaria voltar para a delegacia a pé.

O cingalês debaixo do pórtico surgiu como uma bênção.

— Quanto custa?

— Cinco euro um guarda-chuva, sete euro dois.

— E o que é que eu faço com dois? — Rocco pagou e escolheu o menos chamativo, vermelho com bolinhas pretas. Abriu-o e retomou a marcha rumo à delegacia. Enfiou a mão no bolso e pegou o celular.

— E aí, Farinelli? Schiavone.

— Ah, estava te procurando. Escute... — O chefe substituto da polícia científica tinha a voz alterada, sinal de que estava pronto para passar um sermão no subchefe. — Vocês deixaram um caos na casa dos Baudo.

– Eu sei, mas tenho de te pedir uma coisa urgente.

– Estou escutando.

– Pode mandar para Fumagalli os cintos e as gravatas que você encontrar na casa dos Baudo?

– Posso saber o motivo?

"Que saco", pensou Rocco.

– Porque ele precisa examiná-los. Provável arma do crime.

Farinelli riu com gosto. Era a primeira vez que Schiavone o ouvia rir.

– Não estou vendo nenhuma piada, Farine!

– E você acha que o assassino deixou a arma do crime em casa?

– E você acha que eu não deveria tentar?

A risada se enroscou na garganta do substituto da polícia científica.

– Não, você tem razão.

– Por favor, o médico está esperando. E sabe como ele é um pé no saco.

– Aquele lá? Ele precisava era descansar, estou lhe dizendo. Agora, preste atenção...

– Tra... falgar... gaita de f... mont... na primavera? – disse Rocco.

– O quê?

– Não... est... tou... te.. escu...tando! Alô? Alô? – e desligou o celular. Sorrindo, apertou o passo.

As gotas de chuva faziam o vidro da janela lacrimejar. No mínimo, derreteriam toda a neve amontoada nas calçadas e nos tetos. Enquanto observava o asfalto atingido pelos jatos d'água, o telefone sobre a escrivaninha tocou, provocando-lhe um sobressalto.

– Quem é?

– Doutor? Sou eu, De Silvestri.

De Silvestri. O velho agente da delegacia Cristoforo Colombo do bairro EUR, em Roma. O homem com quem sempre podia contar, o que fazia as coisas antes que lhe fossem pedidas, uma parte ausente e importante da sua vida passada.

– De Silvestri? Que bom ouvir sua voz!

– Como o senhor tem passado aí em Aosta?

Rocco olhou o escritório, olhou o vidro molhado.

– Outra pergunta?

– Doutor, eu nunca lhe perturbaria se não fosse muito importante. Infelizmente, há uma coisa de que precisamos tratar.

– De sua aposentadoria? – disse Rocco, sorrindo. Do outro lado da linha a risada forte e sonora de De Silvestri ressoou como numa caverna.

– Não, doutor, ainda preciso esperar muito por ela. Uns anos. Mas agora já entendi, só me aposento quando me enfiarem dentro de um caixão.

– Não fale assim.

– Tem uma coisa que o senhor precisa saber. Seu substituto aqui, Mario Busdon, é de Rovigo.

– Que bom.

– É, mas não entende nada. Não sabe se mexer. Tem um problema que precisa ser resolvido.

Rocco se sentou. O tom de De Silvestri de repente ficou sério.

– Você pode falar disso por telefone?

– Não. Melhor não. Amanhã é domingo, vou com meu filho ao estádio. É Juve e Lazio.

– Por que levá-lo pra assistir a um massacre? Você é cruel, De Silvestri.

– Nunca se sabe, doutor.

– Se sabe, sim, se sabe, sim, preste atenção... Vocês vão levar três bolas na rede e voltam pra casa em Formello.

– Como as que vocês levaram ontem em Milão?

– Não seja irônico, De Silvestri, mesmo em Aosta continuo sendo seu chefe. Resumindo, você vai pra Turim e...?

– E dou uma esticada. Nós nos encontramos na metade do caminho?

– Tudo bem. Tem alguma ideia?

– Vou de avião. O senhor conhece Ciriè?

– Que porra é isso?

– Uma cidadezinha perto de Turim. Nos encontramos ali. Eu vou com um carro alugado no aeroporto.

– Mas pode me dizer por que exatamente Ciriè?

– Porque vou me encontrar com uma pessoa querida e, além disso, ida e volta do aeroporto são vinte quilômetros, nem preciso pôr gasolina no carro alugado.

– Já pensou em um lugar?

– Já. Tem um bar na Via Rossetti. Nos vemos ali.

– A que horas?

– Digamos meio-dia. Espero o senhor dentro do bar.

– De Silvestri, eu não saio daqui se não me disser quem é a pessoa querida que você vai encontrar nesse lugarejo perto de Turim.

– Por que o senhor quer saber, doutor?

– Porque sim. Amante?

De Silvestri riu com gosto outra vez.

– É, uma amante de 84 anos. É minha tia, a irmã de minha mãe, que Deus a tenha. A única da família que está viva.

– Você tem um coração grande como um boi.

– Não, dr. Schiavone, acontece que minha tia tornou a se casar e quer me apresentar o marido.

– Se casou de novo com 84 anos?

– O marido tem 92.

Rocco pensou um pouco.

– Pergunte a ela o que eles comem em Ciriè; me parece a dieta perfeita pra viver muito.

– Pode deixar. Até amanhã.

– Até.

Qual seria o problema? Alguma coisa ligada a velhos casos de Roma, talvez um amigo metido em encrencas? Mas então não seria De Silvestri quem se manifestaria. Podia ter recebido um telefonema de Seba ou de Furio. Algo relacionado a ele? Mas não deixara nada pendente. Quitara débitos e créditos, e se o problema fosse sua conta no banco, o telefonema teria sido feito por Daniele, seu advogado tributarista, com certeza não por De Silvestri. Tinha de esperar até o dia seguinte depois do meio-dia para saber a verdade. A tarde estava se apagando, e com ela também as luzes na sala de Schiavone. Queria voltar para o calor da sua casa, passar na rotisseria e pegar qualquer porcaria pra comer, tomar um banho e ver um pouco de televisão.

Havia se esquecido completamente de Italo Pierron, de quem não tinha notícias desde as duas da tarde, quando o pusera na cola de Helmi, o filho egípcio de Irina.

Estava pensando nele enquanto saía da pizzaria onde comprara seis euros de pizza de mussarela rançosa. A chuva estava dando uma trégua à cidade, e as calçadas eram uma confusão de água e de lama. Quase esbarrou na mulher que vinha em sua direção.

– Desculpe...

– Dr. Schiavone!

Era Adalgisa. Estava bem até, com os jeans e as botas, agasalhada num casaco Moncler que chegava até os joelhos. A vendedora de livros observou o pacote de pizza. Rocco o girou entre as mãos e, vai saber o motivo, teve vontade de esconder aquele testemunho de solidão.

– Ia voltando para casa – disse a mulher. – Mas não pense que meu jantar seja melhor que esse que o senhor tem nas mãos. Imagino que... nenhuma novidade, certo?

– Tem razão. E a senhora?

– Sinto falta dela. Não consigo nem apagar o nome dela do celular – disse Adalgisa. – Hoje eu ligaria para ela. É a noite do círculo. Sabe? Na livraria, nós fazemos noites de leitura. No começo, Ester ia pontualmente, com seu caderno, tomava notas, discutia. Depois parou. Patrizio não a deixava ir. Tinha certeza de que no grupo havia alguém mais interessado na esposa dele do que em Edgar Allan Poe.

– Por que Edgar Allan Poe?

– A gente gosta. O senhor não?

– Me diga uma coisa. Havia alguém mais interessado em Ester do que em literatura?

– Sim. Um contador de 72 anos, que acabou de se recuperar de um AVC, e Federico, 35 anos, noivo há sete anos de Raul, um dançarino de tango.

— E assim acabou o círculo de leitura.

Adalgisa deu dois passos com o olhar fixo no chão.

— É. Fim do círculo de leitura. Ester queria escrever. Era o sonho dela. Para dizer a verdade, era o nosso sonho, desde os tempos de escola. Começava um conto, mas sempre o abandonava pela metade. O ímpeto criativo dela era ciclotímico. Se alternava com a depressão. Não havia lugar para os dois.

— E a senhora? Escreve?

— Desde que vivo sozinha. Talvez publiquem um romance meu.

— Autobiográfico?

— Não sou assim tão interessante. Não, é um policial. Gosto de policiais. Se eu lhe der meu romance, talvez o senhor possa me dar algum conselho. O senhor deve ter visto muito dessas coisas, não?

Adalgisa sorria. Só com a boca, no entanto. Os olhos estavam sempre tristes, velados, como se um pincel tivesse passado por cima deles uma camada cinzenta.

— Sim. Já vi muito dessas coisas.

— Meu livro trata de um crime perfeito.

— Não existem crimes perfeitos. E sabe por quê? Porque foram cometidos. E basta. No máximo, existem culpados com muita sorte.

Adalgisa concordou.

— O senhor lê?

— Gostaria. Não tenho tempo. De vez em quando, à noite. Quem lia era minha esposa – disse Rocco.

— Esse imperfeito não me agrada.

— Imagine a mim.

– O senhor é um homem cheio de lamentações. Como convive com elas?

– Muito mal. Você as tem?

A mulher se limitou a dar de ombros, depois indicou um portão.

– Cheguei. Posso te chamar de você?

– Claro. Eu comecei sem pedir permissão.

– Agora você sabe onde eu moro. Faz seis meses que está aqui, eu gostaria que me considerasse uma amiga.

Rocco observou a construção. Tinha dois andares, elegante.

– Como você sabe que faz seis meses que estou aqui?

Adalgisa sorriu de novo e se dirigiu ao portão, acompanhada pelo subchefe.

– Porque sou uma pessoa que lê jornais. Acompanhei todo o seu caso em Champoluc, em fevereiro. Eu disse que gosto de romances policiais e das páginas de crime, não? Você foi excelente. Vai saber, talvez um dia me conte como é que veio parar aqui em Aosta.

– Licença-prêmio.

Riram juntos. Adalgisa sempre com a boca. Nunca com os olhos.

– Já que você sabe um monte de coisas a meu respeito, deve saber também onde moro.

– Não. Essa é a sua vida particular. Eu sei coisas da sua vida pública. Das ruas. O que sai nos jornais. Já disse, eu leio muito. E observo.

– Mas você tem um círculo de leitura ou um salão de cabeleireiro?

– Todos os aspirantes a escritor, no fundo, sabem tudo o que acontece.

– Em Roma, damos outro nome para esse tipo de gente.

– Fofoqueiros?

Rocco sorriu.

– Você não podia fazer nada pela Ester. Não se sinta culpada. E, acima de tudo, não tenha remorsos.

– É muito mais complicado que isso, Rocco.

– Então me diga como é.

– Não vale a pena. É uma história longa e complicada. Talvez, quando formos mais amigos... – Então pegou as chaves de casa. – Até mais, Rocco Schiavone.

– Espero que com notícias melhores pra lhe dar.

– Encontre quem foi. Por favor.

– Fique tranquila, onde é que esse imbecil vai se enfiar?

– Acha que foi um homem?

– Sim. Para erguer o corpo no gancho de um lustre precisa ser forte, não acha?

– Não é fácil – disse Adalgisa, e os olhos ficaram tristes e baços. Estava imaginando a cena. Sua amiga pendurada como um pedaço de carne na geladeira de um açougue.

– É. Como acha que ele fez isso?

Ela havia se apoiado na parte de madeira do portãozinho que estava aberto. A luz clara das escadas iluminava parte de seu rosto.

– Não é uma coisa que eu goste de imaginar.

– Digamos que você seja uma escritora de romances policiais. Me conte a sua versão.

Adalgisa respirou fundo.

– Eu talvez fizesse como os alpinistas em uma parede íngreme. Com um mosquetão, e então a içaria.

– Sim, no meio destas montanhas me parece a imagem mais adequada. Resumindo, usou um mosquetão. Ou uma roldana?

– Isso. Penso em algo nesse estilo.

– Muito bem. É o único modo.

– Ele fez assim? – perguntou ela, com um fio de voz.

– Sim. Usou uma corda atada a um móvel.

O Nokia de Rocco soou. O subchefe colocou a mão no bolso. Era da delegacia.

– Me desculpe, tenho de responder – e, com um gesto, saudou Adalgisa. – A gente se vê – disse.

Ela entrou no hall e fechou o portão, desaparecendo da frente de Rocco.

– Agente Pierron.

– Estava pensando em você, Italo. O que me conta?

– Que vim aqui para a delegacia, mas o senhor não estava. Seria bom trocar umas palavras. Podemos nos encontrar na sua casa?

– Enlouqueceu? Venha ao centro, espero você no bar da Piazza Chanoux.

– Vou deixar uns papéis com o Deruta e já vou.

Mas Italo não desligou bem o aparelho, e assim Rocco conseguiu ouvir uma parte do diálogo entre os dois agentes.

– Deruta, tenho de ir falar com o subchefe. Você termina estes relatórios?

– Eu? E por que eu? Nem estou me sentindo muito bem.

– É um favor que te peço. Estamos atrás de uma coisa importante.

– Você e a Rispoli se acham os melhores, unha e carne com o subchefe, e me deixam as coisas mais sem graça. Mas um dia desses vou falar com o chefe e boto tudo em pratos limpos.

– Faça o que quiser. Depois você conversa sobre isso com o Schiavone. E, se quer um conselho, quanto menos você falar da Caterina, melhor.

– Vá tomar no cu.

– Vá você, gordão.

E aí se ouviu um barulho de papéis, uma porta que batia e um suspiro. Evidentemente, Pierron encerrara a conversa e fora embora.

Rocco colocou o celular no bolso e se dirigiu ao bar olhando para o pacote de pizza que ainda tinha nas mãos. Jogou-o na primeira lata de lixo. Decerto esfriara. E se existia uma coisa de que ele não precisava era ficar em casa mastigando uma pizza mole feito chiclete.

– Italo, me explique uma coisa? – pediu Rocco, mal o agente se sentou na mesinha na frente da janela. – É sábado à noite. Onde está a garotada? – e indicou o bar quase vazio.

– Não estou entendendo.

– Aqui é o centro. Mal tem este bar, que logo fecha. Depois um pub, e acabou. O que os jovens fazem sábado à noite?

– Não sei.

– O que você fazia?

– Não sou de Aosta. Venho de perto de Verres e, para mim, vir a Aosta era algo incrível.

Rocco olhou pela janela. A chuva voltara a martelar as ruas. Algumas pessoas passavam sob o pórtico, uns guarda-chuvas; de resto, parecia uma praça metafísica de De Chirico.

— Talvez desçam lá pra Turim. — Ele teve grande satisfação de dizer *lá pra baixo*, pra Turim.

— É, lá em Turim é mais movimentado. Bares, pubs, discotecas, cinemas e teatros. E, falando em Turim. Farinelli, da científica, telefonou três vezes. A última mensagem ele deixou com a Caterina. Ele voltou a Turim, mas parece que tem de falar com você.

— Sim, eu sei. Quer me encher o saco, com certeza. Era por isso que você queria me ver?

Nesse instante, Ugo trouxe duas taças de vinho branco. Rocco sorriu em agradecimento, e o homem voltou ao balcão para servir três aposentados envolvidos em uma discussão na língua incompreensível deles.

— Não — disse Italo, brincando com a taça. — Eu segui o menino, Helmi, como você me disse. E descobri uma coisa interessante.

— Vamos ouvir.

— Ele ficou em um salão de jogos por meia hora, depois foi para Arpuilles.

— Onde?

— Pra lá de Aosta, um bom trecho de estrada, sete ou oito quilômetros de curvas.

— E o que ele foi fazer lá?

— Ele parou em um tipo de lojinha. Ficou uns vinte minutos, depois voltou para Aosta.

Rocco terminou o vinho. Italo nem provara o seu.

— E cadê a notícia?

— A loja. Acontece que é um depósito de Gregorio Chevax. Peças sanitárias e azulejos para banheiro.

— Continuo não vendo a notícia.

– Porque você não é daqui. Gregorio Chevax agora tem 53 anos; na década de 90 ficou cinco anos preso por fraude e receptação. Tinha vendido três quadros roubados de uma igreja em Asti.

– Agora sim, Italo. Essa é uma notícia que revela uma bela paisagem. Muito bem.

E, finalmente, Pierron esvaziou com um gole a taça de vinho. Depois sorriu e enxugou os lábios.

– O que a gente faz?

– É sábado à noite – disse Rocco –, vamos nos divertir um pouco.

Eram nove horas quando Rocco, protegido por um guarda-chuva preto, tocou o interfone de uma casa na localidade de Arpuilles.

– Quem é? – respondeu uma voz seca e contrariada.

– Estou procurando Gregorio Chevax.

– Tá, mas quem é?

– Subchefe de polícia Rocco Schiavone.

Silêncio. Só a chuva que batia, histérica, no tecido impermeável do guarda-chuva.

– Entre. – Um ruído eletrônico; o portãozinho se abriu. Rocco atravessou o jardim, uns poucos metros quadrados, percorrendo um caminho de pedra que levava à casa. Uma luz se acendeu no térreo, pouco depois a porta se escancarou. À contraluz apareceu uma figura de mais ou menos um metro e setenta e cinco, em mangas de camisa. – Entre...

– Prazer, Schiavone. Me desculpe o horário, mas meu trabalho não tem hora.

O homem não sorriu. Apertou-lhe a mão e abriu caminho para ele entrar. Pegou o guarda-chuva de Rocco e o colocou em um vaso. Agora, sob as três lâmpadas halógenas instaladas no teto rebaixado, Rocco pôde olhá-lo bem no rosto. A semelhança com o peixe-porco era impressionante. Esses peixinhos coloridos que vivem nas águas quentes das barreiras de corais e têm um focinho gigantesco, quase elefantino, e olhinhos pequenos no meio do corpo. A boca pequena em forma de coração era separada do nariz imenso por uma distância maior que quatro dedos, um espaço tão grande que nem os bigodes de Magnum, Detetive Particular, teriam podido cobrir. Os olhos redondos e inexpressivos, muito afastados do nariz, pareciam ter crescido nas têmporas. Tinha a expressão surpresa, exatamente como o pequeno *Rhinecanthus aculeatus*, cuja fama, no entanto, de predador implacável é bem conhecida por seus colegas da barreira.

– O que posso fazer pelo senhor?

– Uma coisa muito simples. – Não conseguia tirar os olhos dele. A monstruosidade daquele rosto, humanizado por uma barba que não era feita há três dias, o hipnotizava. Tinha de apagar as imagens da enciclopédia dos animais, ou então passaria a meia hora seguinte contemplando aquele rosto. – Preciso de ajuda. O senhor, em 1995, passou por uns apuros com a lei, estou dizendo a verdade?

Gregorio sorriu.

– Débito quitado.

– Sim, eu sei, não estou aqui por isso. Sei que agora o senhor está trabalhando com sanitários e azulejos. Tem um belo depósito, e creio que até uma boa rotatividade nos negócios, não é?

– Não reclamo, sou um empreendedor honesto.

– Também sei disso. Mas talvez possa me dar uma mão mesmo assim. Talvez o senhor não saiba, mas recentemente tem havido uma porção de furtos em igrejas e em coleções particulares desta área.

– Não sabia.

– Agora já sabe – precisou Rocco. – E estamos tentando localizar os bens roubados.

Rocco se calou e o olhou nos olhos. Gregorio continuou em silêncio, esperando o resto.

– O senhor participava disso. E talvez possa nos dar alguns nomes que nos ajudem, estou sendo claro?

Gregorio se encostou à parede, na qual estava exposta uma bela marina napolitana.

– Não, não está sendo claro. Não conheço ninguém, nem sei de que porra estamos falando.

– Por que ficou tão agressivo de repente? – perguntou Rocco, gentilmente.

– Porque são nove da noite, porque eu estava indo jantar, porque não tenho mais nada a ver com essa merda e porque, se o senhor quiser conversar comigo como se deve, me chame na delegacia.

– Sinto tê-lo incomodado, sr. Cheval.

– Chevax.

– Seja o que for. Mas, veja, preciso mostrar resultados, senão o chefe de polícia me transforma a vida num inferno.

– E eu estou preocupado com isso?

Rocco deu risada. E sua risada pegou o ex-receptador desprevenido.

– Muito bem, resposta correta. Exageradamente correta. Mas agora o senhor e eu fazemos um jogo. Conhece o jogo do se?

– Não, não conheço. E não estou com vontade de jogar.

– Se eu dissesse para o senhor: roubei joias em um apartamento e tenho de passá-las adiante, procuro quem? A quem recorro?

– De novo? Já lhe disse que não sei de nada, e o senhor está abusando da minha paciência.

– Tá vendo? Eu sou educado. – Chevax o olhou sem entender. – O senhor, ao contrário, continua fazendo papel de idiota. Nada legal, não é?

– Agora eu...

– Agora você vai fechar essa boca e me escutar. – Os olhos do subchefe se tornaram duas frestas. – Não acredito nas suas historinhas, sinto cheiro de merda que infesta o ar. E eu nunca erro. Então, agora não jogo mais e mudo de tom.

– Se o senhor pensa em...

– Fique quieto, você fala quando eu acabar, cara de merda.

Gregorio Chevax engoliu em seco.

– Você não me ajudou e isso é ruim, muito ruim. Amanhã volto com um mandado judicial e revisto até as suas cuecas. Esta casa, a porra do seu depósito de sanitários, tudo! Um só objeto que me cheire mal e você volta pra trás das grades. – O subchefe agarrou o guarda-chuva tão rápido que a velocidade do gesto assustou Chevax, que recuou como se fosse se defender de um golpe no rosto. – A partir de amanhã começa o inferno pra você.

– Não tenho nada a esconder, e o senhor não me mete medo.

– Não estou aqui pra te meter medo. Só pra dizer que você arrumou um inimigo. E não poderia encontrar um pior. Acredite em mim.

O subchefe abriu a porta, abriu o guarda-chuva e, com passos decididos, saiu da casa. Chevax observou enquanto ele atravessava o jardim debaixo da chuva. Esperou que passasse pelo portão e então fechou a porta de casa.

Mal saiu dali, Rocco pegou o celular.

– Italo? Você e Caterina estão posicionados?

– Sim, estamos aqui. Era só o que faltava, essa chuva.

– Verdade. Vou pra casa, estou esgotado. Por favor, mantenham os faróis sempre apagados e não saiam do carro. Nada de pisca-alerta.

– Certo, doutor, certo.

– Vocês vão ter de ficar aí um pouco. Esse cagão vai esperar a madrugada para se mexer. Tenham paciência.

– Tudo bem.

– De Silvestri me telefonou, tem de contar alguma coisa de Roma – eu digo, mas Marina não me responde. – Onde você está? Está aqui?

Não está no quarto, não está na sala nem na cozinha. A cama arrumada e a chuva que continua a bater nos vidros. Esta cidade tem uma coisa surpreendente. A capacidade de aguentar água e neve sem fim. Se um décimo desse troço caísse em Roma, já imaginou as ruas ao longo do Tibre? Mortos, feridos, um apocalipse bíblico. A pizza eu joguei fora, e a geladeira está tão vazia que se eu falar dentro dela faz eco. Tem meio limão e um pacote com alguma coisa que eu nem quero saber o que é, não demora muito e começa a andar e vai dar uma voltinha pela casa; meia água mineral e uma garrafa de Moët. A troco de que eu comprei? Vou festejar o quê? O que estou esquecendo? Meu aniversário não, que é em agosto. O da Marina, no dia 20? Impossível. Para isso eu fiz uma promessa a ela, que devo manter. E não era champanhe. Para me lembrar de meu pai? Meu pai se foi em novembro. Minha mãe, por sua vez, no começo de outubro. E, além disso, uma garrafa de Moët não poderia ser para eles. Não se abre champanhe para recordar os mortos.

– Por que eu a comprei, amor?

– Ficou besta? Nosso aniversário de casamento – me responde Marina. Não consigo entender onde ela está.

– O nosso... puta merda! Verdade! 2 de março...

– Já passou – me ajuda Marina.

– E não festejamos?

– Claro que festejamos, Rocco. Só que você comprou duas garrafas.

2 de março de 1998. Na prefeitura de Bracciano, a terra dos pais de Marina. Nunca bebi tanto na minha vida. A festa às margens do lago. Ainda tem gente que se lembra. Eu não. Minhas lembranças daquela noite param mais ou menos às nove horas. Parece que até participei de uma competição a remo com um atleta local.

– O que foi que eu bebi, Marì?

– Em primeiro lugar, pergunte o que você não bebeu – e eis que sinto o perfume dela. Me viro e a vejo ali, apoiada à porta do salão. – Você tem de comer alguma coisa.

– Não fiz compras.

– Prepare macarrão.

– *Sem nem parmesão?*

– *Mas vá ao supermercado, compre alguma coisa, depois quem sabe você coloca no congelador, assim pelo menos de vez em quando você tem alguma coisa pra comer.*

– *Sabe o que vou fazer? Fumo dezesseis cigarros, faço três cafés, bebo champanhe e a fome passa.*

– *Isso sim é ter hábitos nutricionais saudáveis!* – e Marina ri. Quantos dentes ela tem? Mais que eu, seguramente. São tão brancos que não dá pra acreditar.

– *Você foi lá de novo?* – Sei a que Marina se refere. Dar uma olhada em casas na Provença. O nosso sonho. Terminar lá nossas vidas, como velhos elefantes com os ossos ao sol. – *Foi ou não? Daqui não dá nem duas horas.*

– *Não, não fui. E, pra dizer a verdade, nem olhei mais na Internet as propriedades rurais em Aix.* – Me sento na poltrona e não olho para ela. Mas ela me pergunta do mesmo jeito.

– *Por quê?*

– *Por que eu não fui?*

– *Isso. Por quê?*

Como lhe explicar?

– *Marì, é muito caro.*

– *Dinheiro nunca foi problema pra você.*

– *Além disso, é a Provença. Eles falam francês lá.*

– *Sim, o que é bem previsível, considerando que fica na França. Você dizia que em seis meses aprenderia. O que aconteceu? Não gosta mais?*

Não sei.

– *Não sei, Marina. Não é mais como antes.*

– *Mas você precisa ter um lugar para onde ir, Rocco. Senão, você está vivendo a troco de quê?*

Me volto para olhá-la, mas ela desapareceu. Com certeza foi para o quarto, pegar o caderninho no qual deve ter anotado alguma palavra difícil.

– "*E é possível que os mastros, entre ondas más,/ Rompam-se ao vento sobre os náufragos, sem mastros, sem mastros, nem ilhas férteis a vogar.../ Mas, ó meu peito, ouve a canção que vem do mar!*"

Me viro. Ela veio de novo para a sala. Tem um livro na mão.

– Linda. De quem é?

– É um velho livro seu. Você deveria saber – e me mostra a capa. Só identifico as cores, mas não o autor.

– Não sei, não lembro.

Ela o esconde atrás das costas.

– Estes versos eu anotei todos, meu amor. São lindos.

Eu a olho. Ela passa a mão no rosto, me dá outro sorriso e depois desaparece. Continuo no sofá sem a força para ir pegar o champanhe, ou o controle remoto. Eu me sinto afundar numa cama de areia. Me deixo cair. E penso. Talvez morrer seja assim. Fechar os olhos e deixar tudo pra lá, para sempre, afundar em uma massa negra e sem luz, doce e cálida como o ventre de uma mãe, tornar a ficar em posição fetal, fechar os olhos e voltar a ser aquilo que se era antes de nascer. Uma nota indistinta que devagar volta a entrar em harmonia com as outras...

Domingo

As notas eram as do último movimento da *Nona sinfonia* de Ludwig van Beethoven e partiam do Nokia apoiado na mesinha de vidro de Rocco. Que abriu um olho, depois o outro. Estava afundado no sofá, lá fora estava escuro, não chovia mais e ele sentia a boca saburrosa e seca. Esticou o braço e agarrou o aparelho.

— Quem me enche o saco?

— Doutor, sou eu, Caterina Rispoli. Estamos com ele.

Rocco logo se sentou, esfregando os olhos.

— Com quem vocês estão? Que horas são?

— São três da manhã. E estamos com Gregorio Chevax na frente da loja. Talvez seja o caso de o senhor dar uma passada aqui.

— Ele caiu?

— Feito um patinho.

— Me explique uma coisa, Caterina. Mas por que se diz cair feito um patinho? De onde os patos caem?

— Não sei, é um modo de dizer.

— É uma bobagem. — Desligou o celular e se levantou. Coçou o pescoço, respirou fundo. — Então vamos falar com o patinho. Ou melhor, com o peixe-porco.

A estrada estava escura, e no céu não havia uma estrela. No fim da reta, por trás das copas das árvores que escondiam a curva, um clarão iluminava o escuro, um brilho branco e leitoso. Podia parecer um incêndio.

Na verdade, eram os faróis do carro da delegacia que se cruzavam com os de um furgão. Os dois automóveis parados na frente do portão da loja de sanitários pareciam se desafiar, se encarando. Rocco estacionou o carro e desceu. O ar estava frio. Dava para distinguir as sombras negras das montanhas que esmagavam o vale. Um vento leve movia os ramos dos abetos. A neve suja e enlameada resistira à chuva do dia e se acumulava às margens da estrada.

Gregorio Chevax estava apoiado no capô do Ducato. Italo estava a um metro dele e o observava enquanto fumava um cigarro. Caterina estava sentada no carro com a porta aberta, um pé no asfalto, o outro dentro do veículo. Sorridente, Rocco se juntou ao grupo. Caterina saiu do carro.

– Gregorio! – disse o subchefe abrindo os braços. – Quanto tempo!

O homem estava calado e nada replicou.

– E então, o que aconteceu?

– Venha dar uma olhada, doutor – disse Italo, deixando Caterina vigiando o ex-receptador.

Rodearam o furgão. Estava com as portas traseiras abertas. Italo acendeu a lanterna. Dentro, havia duas cubas de pia envoltas em celofane, duas caixas fechadas e uma maleta de alumínio para ferramentas aberta. No interior não havia chaves de fenda ou furadeira. Apenas saquinhos plásticos.

– Quer dar uma olhada? – disse Italo, pegando um. Abriu o invólucro. Rocco olhou dentro dele e à luz da lanterna apareceram anéis, braceletes, colares.

– Está cheio de coisas assim – disse Italo, pegando outro saquinho e abrindo-o bem nas fuças de Rocco.

– Ótimo.

– Tem muita mercadoria, hein?

– Estou interessado numa coisa específica. Vejamos se a encontro.

Rocco tirou a lanterna das mãos de Italo e começou a vasculhar a maleta. Tirava moedas, abotoaduras, relógios. Italo não perdia um movimento.

– O que a gente faz, Rocco?

– O que está querendo dizer? – respondeu o subchefe com o rosto enfiado num saquinho.

– Quero dizer, tudo isso vai para a delegacia?

Rocco sorriu.

– Vou te explicar uma coisa, Italo, isto aqui é mercadoria roubada. Significa que foi denunciada. Na gíria, sabe como chamam isto? Peças de desmanche. Quer dizer, o valor delas é só o ouro, ou alguma pedra que se pode obter ao desmontá-las. Porque uma joia não pode ser vendida desse jeito – e pegou um belo broche em forma de pavão cravejado de pedras azuis e verdes. – Olhe isto, por exemplo: é antigo. Valeria, digamos, uns dez mil euros, por causa do trabalho etc. etc. Se você a desmancha, consegue pouco, ou nada. Não, Italo, estas coisas vão direto para a delegacia.

Italo ficou chateado. Esperava guardar para si alguma coisa, resumindo, compensar aquele sábado passado a céu aberto.

– Que pena. Eu estava esperançoso – disse para Rocco.

– Agora abra também as caixas. Acho que é outra coisa. Por exemplo, olhando aquelas ali em pé, diria que são quadros.

Rocco voltou para perto de Caterina e Gregorio. Nas mãos, tinha o broche em forma de pavão.

– E aí, Gregorio Chevax... se sentindo meio bundão, é?

O homem tinha perdido toda a arrogância e a segurança de algumas horas antes.

– Caterina, me conte um pouco como foi que aconteceu.

– Claro. Chevax saiu com um furgão do seu depósito de materiais sanitários faltando quinze minutos para as duas. Nós estávamos com o posto de controle bem ali, e o detivemos. Na hora ele ficou muito nervoso.

Rocco olhava sorridente para o homem que, por sua vez, mirava um ponto distante, entre as árvores. Caterina continuou.

– Eu e o colega ficamos desconfiados e pedimos para dar uma olhada no furgão. E encontramos o que o senhor acabou de ver.

Caterina havia terminado a história. Schiavone não falava. Olhava Gregorio Chevax, esperando que dissesse alguma coisa. Mas, além da aparência de peixe, ele também assumira a característica fonética do animal. O vento leve fazia balançar as agulhas dos pinheiros. Rocco acendeu um cigarro.

– Se o senhor tivesse sido mais gentil, Gregorio, agora não estaríamos aqui, às três da madrugada, num frio do cão, ocupados com esta porra de interrogatório.

Finalmente ele ergueu o olhar.

– Quero falar com meu advogado.

– Telefonou para ele?

– Sim, mas não responde – interferiu Caterina.

– Que advogado de merda, hein? Agora, vamos dar uma chacoalhada nesta noite. Enquanto o senhor tenta telefonar para ele de novo, meus agentes vão levar o senhor para a delegacia. – E se voltou para Caterina. – Peça uns carros. Vamos levar o furgão para o depósito. E diga para o Deruta fazer uma lista dos objetos encontrados, com muitas fotos. Uma para cada peça, por favor.

– Certo, doutor.

– Chevax, a partir de hoje começa para o senhor um calvário que, em comparação, o de Nosso Senhor foi um passeio na montanha. – Ergueu o broche em forma de pavão. – Eu avisei, não? Para mim, bastaria este, e depois eu deixaria o senhor com a porra do seu tráfico. Em vez disso, não... preferiu apostar com quem dá as cartas.

– Quando meu advogado botar as mãos nesse assunto, pode ser que o calvário comece para o senhor.

Rocco sorriu.

– Meu amigo, minha vida é um calvário faz pelo menos uns seis anos. Sabe como se diz em Roma? Estou me lixando, Chevax. Pro senhor e pro seu advogado. Posso dar uma geral da situação? O senhor foi apanhado com bens roubados em flagrante delito por uma patrulha; o senhor já tem antecedentes por furto e receptação, a única coisa que seu advogado pode alegar é insanidade mental. Mas não acho que vá colar. Veja, o senhor não tem problemas mentais. O senhor tem problema de Q.I., e não me parece que isso seja atenuante em um processo.

O rosto de Gregorio estava mais branco que os faróis.

– Podemos fazer um acordo? – perguntou, em voz baixa.

– De que tipo?

– O senhor está interessado nesse broche. Eu lhe digo quem me trouxe e encerramos o assunto?

– Se o senhor tivesse me dado a informação há três horas, eu teria ficado bem contente. Agora é tarde. Coloque-se em minha posição. Como faço pra esconder tudo isso? – e indicou o furgão e Italo, que estava descarregando as caixas embaladas. – E tem também uma coisa que o senhor não sabe. Eu sei quem trouxe o broche para o senhor. Só precisava ter cem por cento de certeza. – Abotoou o *loden*. – Frio do cão, não é?

Erguendo o colarinho, voltou para seu carro.

– Schiavone! Em primeiro lugar, não gosto de ser acordado às seis da manhã. Se, ainda por cima, forem seis horas da manhã de um domingo, digamos que minha irritação se eleva ao cubo. E, em segundo lugar, não gosto de ser perturbado em casa – respondeu o juiz Baldi com a voz empastada de sono.

– Eu sei, doutor, mas há duas imprecisões no que o senhor está dizendo.

– Vamos escutá-las.

– Em primeiro lugar, não são seis horas, mas sim sete e meia. Em segundo lugar, não estou perturbando o senhor em casa, e sim, no celular. E nada garante que um celular esteja necessariamente em casa.

– Às sete e meia de domingo, normalmente sim.

– Eu já imaginava o senhor mergulhado em papéis, doutor. Que se há de fazer, é a imagem que tenho do senhor.

– Schiavone, mas lá no fundo o senhor não consegue mesmo ser sério, não é?

– Estou falando muito sério. E lhe telefono porque creio firmemente nas regras e nas instituições.

– Vá tomar no rabo e me diga o que quer.

– Dois mandados de prisão. Gregorio Chevax e Helmi Bastiany.

– E posso saber o motivo?

– Claro. Chevax por receptação. Helmi por tráfico de entorpecentes, agressão e lesão a um agente de polícia, e furto.

– E por uma idiotice dessas o senhor me telefona às sete e meia de domingo?

– Talvez ajude se eu disser que Helmi Bastiany cometeu o furto na casa de Ester Baudo, nossa vítima da Via Brocherel?

Rocco ouviu um estalido de língua.

– Tudo bem. Faço um café... manda alguém ou vem aqui?

– Mando alguém.

– Um favor. Não me mande o agente gordão, nem aquele de Abruzzo.

– Fique tranquilo. O gordo não está de plantão; e o outro está no Umberto Parini.

– Que história é essa?

– Helmi mandou ele pra lá, doutor.

– Me explique, Schiavone. Quando ele o mandou para lá?

– Eu tinha encarregado os dois intrépidos agentes de fazer uma tocaia. Houve um confronto. Temos até o vídeo. Uma câmera de circuito fechado de uma farmácia. Pensando bem, mando fazer uma cópia e envio para o senhor tomar conhecimento.

– Eu conheço esses vídeos. São aqueles em preto e branco, acelerados, precisa da polícia científica para entender alguma coisa.

– Creia em mim, dr. Baldi, assista a esse vídeo e vai me agradecer.

– Por quê?

– Confie em mim.

– Quanto dura?

– Três minutos. Quando era pequeno, o senhor assistia "Oggi le comiche"?*

– Claro, como todo mundo, aos sábados, assim que voltava da escola. Por quê?

---

* Programa transmitido pela RAI nas décadas de 1960 e 1970 que exibia filmes da época do cinema mudo. (N.T.)

– Comparado a eles, Buster Keaton era um principiante.
– Schiavone, quero esse vídeo imediatamente na minha casa!

Havia mandado que Scipioni e Italo prendessem Helmi com a ordem de mantê-lo em uma sala onde não pudesse encontrar ninguém, sobretudo o amiguinho, Fabio Righetti, com quem traficava e que agredira os dois policiais. O advogado de Chevax estava fora de Aosta, só voltaria no dia seguinte. Às onze horas, Rocco entrou em seu carro, colocou no navegador o endereço de Ciriè e pegou a autoestrada rumo a Turim.

Mal entrara no Piemonte, o céu se abriu, enquanto um sol morno e sem cor tentava aquecer os campos. Distraiu-se olhando os vinhedos baixos e negros amontoados nos pés das montanhas, e os pequenos fortes de pedra escura da família Saboia, severos e ameaçadores, incrustados entre coroas de pedras.

Gralhas pretas e magras voavam em círculos sobre o matagal procurando comida. Algumas se aventuravam até o meio da estrada deserta se houvesse a carcaça de algum bicho infeliz recém-esmagado por um carro. Rocco odiava essas aves. Até em Roma elas assumiram a liderança sobre as demais aves. Devoravam os ovos dos pardais, pintarroxos, chapins-reais, e eram cada vez mais numerosas. Estavam se tornando as donas dos céus italianos, em Roma agora os únicos a lhes fazer frente eram as gaivotas e os papagaios verdes que haviam colonizado os grandes parques da cidade. Esses eram realmente vorazes, vinham do Brasil e, no que diz respeito à fome, certamente não tinham nada a aprender com uma gralha italiana. Toda vez que, na Villa Borghese ou na Villa Ada, os via voando em formação como aviões Stuka, verdes e vermelhos com seus gritos desagradáveis, pensava no primeiro idiota que abrira a jaula e deixara escapar o Papagaio Alfa, o pioneiro daquela que agora era uma colônia enorme, agressiva e homicida que estava massacrando os pardais e outros passarinhos romanos. No entanto, no que diz respeito à beleza, os papagaios eram absolutamente superiores àquelas gralhas peladas e desajeitadas. Rocco esperava, com apreensão, o momento em que, em Roma, o idiota de plantão deixasse escapar uma anaconda. A Anaconda Alfa. Aí sim a coisa ficaria interessante. Se não por outro motivo, ao menos a população dos ratos romanos, agora grandes como cães dinamarqueses e perante os quais qualquer gato fugia a toda velocidade, diminuiria de modo exponencial. Então ele gostaria de vê-los na frente de uma anaconda do delta do Amazonas, com uns dez metros de comprimento, que engole em poucos minutos um búfalo. Até isso seria um efeito colateral da globalização, um efeito benéfico, na opinião de Rocco Schiavone. Claro, depois seria um pouco complicado enfrentar serpentes empoleiradas nos ramos dos plátanos às margens do Tibre, mas pelo menos o inimigo era visível, menos subserviente, elegante e bonito de se olhar. Além do mais, não era transmissor de doenças infecciosas como os ratos. Talvez até aumentasse a produção de bolsas e de sapatos. Vai saber.

Perdido nesse bestiário, Rocco chegou à localidade de Ciriè e estacionou o carro na frente do bar da Via Rossetti.

De Silvestri já estava lá, sentado a uma mesa no fundo do bar, tendo à sua frente dois copos cheios de um líquido alaranjado e um pratinho de amendoins. Olhava para a porta e, mal viu entrar o subchefe de polícia Schiavone, com três passos já estava na metade do bar para abraçar seu ex-chefe como a um irmão reencontrado. Apertando o corpo do agente

De Silvestri, Rocco se deu conta de que, depois de tantos anos de trabalho lado a lado, era a primeira vez que o via com roupas civis. Se separaram. De Silvestri estava com os olhos úmidos.

– O senhor está com boa aparência.

– Você também, De Silvestri, está muito bem.

– O senhor venha cá. Eu tomei a liberdade de pedir dois aperol...

– Alfre, por que não me chama de você?

– Não consigo. Depois de tantos anos, não consigo.

Os dois homens se sentaram e fizeram um brinde. Rocco bebeu meio gole.

– Ah, estava precisando disto... você viu que tempo?

– Estamos no norte, o que o senhor esperava?

– Como é o meu substituto?

– Boa pessoa. É jovem e não conhece Roma. Vai ter tempo para se acostumar. Imagine que, em menos de sete meses, já sabe xingar *mortacci vostri* e *'sticazzi* em dialeto romano! Claro, o sotaque precisa melhorar, mas tá indo bem.

Riram.

– Como vai minha favorita, Elena Dobbrilla?

– Se casa no próximo mês. Acho que também vão fazer um monte de filhos e ela vai sair da polícia.

– Cê acha mesmo?

– O marido é arquiteto. O que ele ganha dá e sobra para os dois.

– À Elena! – e os copos tilintaram outra vez.

E foi só então que a expressão de Silvestri mudou.

– Sinto muito incomodar o senhor, mas tem uma coisa que não está dando certo lá em Roma.

Rocco se ajeitou melhor na cadeira e se aproximou de Silvestri uns vinte centímetros, de modo que o agente pudesse baixar um pouco o tom de voz.

– Do que se trata, Alfredo?

O velho colega de Rocco disse um nome:

– Giorgio Borghetti Ansaldo – e o rosto de Schiavone se transformou em uma máscara de rugas e de ódio.

– O que ele fez?

– A velha história. Violentou duas garotas. Uma na frente do Liceu Vivona; a outra nos jardinzinhos dos eucaliptos, perto da fonte San Paolo.

A mão de Rocco agarrou a mesinha de madeira, e os nós dos dedos ficaram brancos.

– O subchefe Busdon disse que não há provas de que tenha sido ele. Mas não é bem assim. Eu não teria me mexido se não tivesse certeza absoluta, dr. Schiavone.

– E como é que você tem certeza absoluta?

– A estudante do Liceu Vivona viu o rosto dele. E quando lhe mostrei algumas fotos, reconheceu na hora o filho do subsecretário das Relações Exteriores. Além do mais, manca da perna direita e usa óculos de lente escura. Dr. Schiavone, é ele.

Giorgio Borghetti Ansaldo violentara sete garotas, uma delas tinha até se matado, até o dia em que o caminho dele cruzou com o de Rocco Schiavone, que o deixara em petição de miséria. E, por essa vingança brutal e bestial, aplicaram ao subchefe a pena da transferência imediata. Na verdade, sendo o pai do estuprador poderoso como era, até que as coisas tinham corrido muito bem. Mais de uma vez, enquanto esperava o veredicto do processo interno, sentira as grades da prisão se fechando na sua cara. Em vez disso, só o transferiram para trabalhar em Aosta. Considerando tudo, tivera sorte.

– O que eu posso fazer, De Silvestri?

– Não sei. Seria bom dar um empurrãozinho no seu substituto, Busdon, mas, acima de tudo, seria preciso deter esse infeliz. Se o senhor visse como ele deixou o rosto daquela menina.

Rocco se levantou da mesinha. Andou um pouco pelo bar, encostou a cabeça no balcão, sob o olhar de De Silvestri e do dono do bar, que o observava sem entender enquanto lia o jornal *Tutto Sport*. Depois o policial voltou a se sentar.

– Tenho de ir a Roma. Você escreve para mim numa folha de papel os nomes das duas meninas violentadas?

– Claro, é difícil esquecer. A do jardim é Marta De Cesaris, que ele já havia violentado, o senhor deve se lembrar dela.

– Claro que lembro. Violentada outra vez. O que foi, ele não tinha completado o serviço? E a outra? A que o reconheceu.

O velho agente baixou os olhos.

– Se chama Paola De Silvestri.

– De Silvestri? Como você?

– É minha sobrinha.

Rocco guiava e sentia uma profunda sede de sangue. Estava com raiva, frustrado e impotente. Sentia o coração bater nos ouvidos como um tambor.

Tum, tum, tum.

Um tambor abafado e contínuo que nem o volume do rádio conseguia sufocar. Na frente do para-brisa, além da língua de asfalto, surgia nos reflexos do vidro o rosto de Giorgio Borghetti Ansaldo, tal como se lembrava dele na última vez que o avistara na procuradoria. Aqueles dentes protuberantes, os poucos cabelos ralos nas laterais do crânio, os olhos bovinos estúpidos e sem vida, as mãos brancas cadavéricas e as sardas salpicadas no rosto feito uma diarreia. Mal teve o tempo de ir para casa se curar das feridas que o subchefe lhe infligira, e aquele mentecapto já voltava a agir.

Precisava retornar a Roma. Deter esse doente mental, o filho do subsecretário, a quem, num dos poucos encontros que tiveram, aconselhara um tratamento médico para o filho e, caso não desse certo, ir direto para a castração química. Mas o poderoso Borghetti Ansaldo obviamente não lhe dera ouvidos e defendeu o filho, professando a inocência daquela criatura de trinta anos semi-imbecil que passava os dias na frente do PlayStation e as noites no meio das coxas de meninas menores de idade aos gritos. Pegou o celular, ligou-o, digitou a senha e colocou os fones de ouvido. Digitou o número de Seba, um de seus amigos de sempre, daqueles com quem podia contar a qualquer hora.

– Seba, sou eu, Rocco.

– Eu sci, seu porco velho, ainda consigo ler a tela. O que me diz de novo?

– Você está em Roma agora?

– Neste exato momento estou na privada no banheiro da minha casa; quer saber também o que estou fazendo?

– Não precisa, obrigado. Me diz uma coisa, Furio e Brizio? Eles também?

– Quer saber se eles estão no meu banheiro?

– Ô, tapado, se estão em Roma.

– Acho que sim. Quer me dizer o que está acontecendo? Tem um belo negocinho para me propor?

– Tem uma nota dissonante em Roma – disse. Seba não respondeu. Estava em silêncio, escutando. – E é uma nota que perturba, temos de fazê-la se calar.

– Afeta você?

– Não. Mas tem a ver comigo, ainda que de modo indireto.

– Tô entendendo. Você vai descer?

– Acho que sim. Não sei quando, mas vou ver.

– Te esperamos. É só você me dizer umas horas antes.

– Obrigado, Seba.

– Que é isso, irmão. E o que é que está acontecendo em Aosta?

– Chove.

– Em Roma também, se te consola.

– Não me consola.

– Só uma última coisa, depois desligo. Preciso entender melhor. Vai precisar das menininhas?

Seba se referia às armas.

– Sim. Sem registro, se possível – respondeu Rocco.

– Entendido. Não vejo a hora de você chegar.

– Eu também. Abraços a todos. E um beijo na Adele.

– Não estamos mais juntos – disse Seba.

– Ah, não? Desde quando?

– Desde que a piranha está dando pro Robi Gusberti.

– Seu Gravata?

– Isso. Coisa de louco, né?

– Coisa de louco. Mas quantos anos ele tem?

– Seu Gravata? Setenta.

– Você deixou um cara de setenta anos te passar a perna com a tua mulher?

– De acordo com Brizio, Adele via nele a figura paterna.

– Mas Adele nunca conheceu o pai.

– Isso mesmo, não? Brizio disse que se chama transferência. Quer dizer, que ela projetou no Seu Gravata a figura paterna que nunca teve e se apaixonou.

– E desde quando Brizio é psicólogo?

– Pff. São essas histórias que a Stella conta pra ele, e ela tá sempre lendo revistas do tipo *Focus*.

– Você acredita nessa história de figura paterna?

– Rocco, eu só sei que peguei os dois na cama da minha casa, onde minha mãe dormia, que Deus a tenha!

– Bem se vê que Adele queria fazer uma dobradinha.

– O quê?

– Quer dizer, ela queria fazer a transferência da figura paterna e também da materna!

– Vá tomar no rabo, Rocco.

– Fique em paz, Seba. Até logo. E você vai ver que logo a Adele volta pra você.

– Por que você diz isso?

– Porque Robi Gusberti era chamado de picada indolor. E não porque ele desse injeções.

Seba caiu na risada.

– É verdade. Picada indolor...

– Então você vai ver que ela volta e te pede desculpas.

– Eu não vou desculpar.

– Vai desculpar sim, porque sem Adele você é só um urso puto da vida que vai acabar na merda. E vê se, no futuro, você deixa de ser tão burro. Deixando de lado as idiotices de Brizio e da transferência, a verdade é que Adele está te fazendo pagar, está te fazendo entender o que é a vida sem ela. Você deve ter deixado ela furiosa como de costume, e ela está retribuindo na mesma moeda. Quem tem a intenção de deixar um sujeito não pega o Seu Gravata, quanto mais aí na tua casa, na certeza de que você a flagrava. Se Adele quisesse te largar, pegava um cara bonito e inteligente e que envelhece como um deus.

— Tipo você?

— Por exemplo.

Os dois amigos riram.

— Você acha que é assim, Rocco?

— Eu acho que é assim. Na verdade, quer apostar duzentos euros que em três dias você manda um abraço meu pra Adele?

— Duzentos euros? Feito! Se perder, pago de bom grado, que acha?

— Acho que vai pagar. Boa sorte.

Mal desligou o celular, seis mensagens ressoaram como uma metralhadora.

— Que merda...?

Todas as mensagens do mesmo número. Todas da delegacia.

— Que merda aconteceu? — disse em voz alta, e o celular soou mais uma vez. Ainda da delegacia.

— Quem é? O que está acontecendo?

— Rocco, sou eu, Italo.

— E?

— Helmi... ele sumiu.

— Como assim?

— Desde que saiu de casa ontem.

— Já vou. Estou chegando. A gente se vê na casa de Irina.

Dessa vez, junto com a mulher também estava Ahmed, pai de Helmi, o vendedor de frutas. Não parava de retorcer os bigodes, enquanto os olhos avermelhados, cheios de ansiedade, olhavam ao redor como se procurassem algo perdido.

— Me expliquem. Ontem Helmi saiu de casa e não voltou mais? — perguntou Rocco.

— Não é bem isso — respondeu Ahmed. — Ele voltou, mas não estávamos.

— Como o senhor sabe?

— Ele pegou umas coisas dele e foi embora.

— Pegou a mochila e roupas — acrescentou Irina. — E a caixa de madeira. Não está mais aqui. Ela também.

— Caixa de madeira?

— É. Acho que guardava dinheiro nela — disse o pai.

— Helmi tinha um documento de identificação?

— Claro. Passaporte, por quê?

— E está em casa?

Ahmed olhou para Irina. De repente, foi correndo até o pequeno móvel na entrada. Abriu a primeira gaveta. Tirou o seu passaporte, o de Irina. Mas do de Helmi, nem sombra. Continuou procurando, resmungando alguma coisa em árabe, depois com as mãos enfiadas na gaveta olhou os policiais, desconsolado.

— Não está. A gente guardava todos eles aqui.

Rocco olhou para Italo.

— O que você acha?

— Eu? Pra mim, é simples. Para Suíça de trem, e de lá um avião. Pra onde? Quem vai saber?

Rocco assentiu.

— Temos de expedir um mandado internacional. Que saco!

— Mas o que foi que ele fez? Por que fugiu? — perguntou Ahmed, se aproximando do subchefe.

— Furto e agressão a um policial.

— Furto? O que ele roubou? — perguntou Irina.

— O apartamento dos Baudo, senhora. Na manhã do homicídio.

Ahmed e Irina se olharam. O pai levou as mãos à boca e começou a chorar.

— Não... não... não o Helmi...

Irina o abraçou. O vendedor de frutas, como uma criança desesperada, apoiou a cabeça no peito dela. E chorou sem parar, com soluços tão fortes que abafavam o barulho da rua e das buzinas. Irina o acarinhava, com os olhos úmidos. Olhava os policiais. Havia dezenas de perguntas naquele olhar, mas ela não fez nenhuma. Para nenhuma delas, e Irina o sabia, os agentes da ordem teriam podido dar uma resposta completa.

— ...da mãe... — murmurou Ahmed, agora que os soluços não mais o abalavam.

— Da mãe? — perguntou Rocco. — O que o senhor quer dizer?

— Estou dizendo que voltou para a casa da mãe. No Egito. Em Alexandria.

— Quantos anos ele pode pegar? — perguntou Irina, mostrando um pragmatismo insuspeitado.

— Não sei. Alguns, com certeza, por furto e agressão.

— Mas tem o homicídio, não? — disse Irina.

Ahmed fixou os olhos de Rocco.

— Não sei. Por isso queríamos levá-lo à delegacia.

— Meu filho, um assassino? Meu filho um assassino... — Ahmed se soltou do abraço carinhoso de Irina e, devagar, com a cabeça baixa, sem dizer mais nada, foi para o quarto, fechando a porta atrás de si.

— O que se pode fazer? — Irina perguntou então.

— Expedir um mandado internacional, procurar nos aeroportos e nas estações de trem. A Interpol entra em campo, senhora. Isso vai além da minha competência.

– E se o encontrarem?
– Se o encontrarem, como dizemos em Roma, é merda das grandes.

Tinha passado uma hora ao telefone tentando, em vão, encontrar o chefe de polícia, que estava esquiando nas pistas em Courmayeur, e falando com o juiz Baldi. Que, como era de se imaginar, tinha passado o caso Helmi para um colega. Só um terremoto o faria sair de seu apartamento aos domingos.

Precisava se encontrar com Patrizio Baudo, mas ele não estava na casa de Charvensod. A mãe dele disse a Rocco para ir a Sant'Orso, a igreja do período gótico tardio, uma das atrações turísticas de Aosta.

Era a primeira vez que Rocco entrava ali. Demorou-se olhando a belíssima nave central. O frio era intenso também ali dentro, e a respiração coloria o ar. Ouviu um ruído e finalmente viu Patrizio Baudo. Estava de joelhos, rezando com os olhos fechados e a testa apoiada nas mãos juntas e enluvadas. Rocco sentou-se cinco bancos atrás dele, resolvido a esperar e a não interromper aquele momento íntimo. Ergueu os olhos para o teto, observando a floresta de colunas que se entrelaçavam lá no alto. Depois olhou a divisória barroca em três arcos que separava a nave central do coro. Mas era óbvio que essa divisão fora acrescentada em época mais recente. Nada que ver com o gótico tardio da igreja.

Enquanto se perdia nesses pensamentos ociosos, sentiu um ruído atrás de si. Voltou-se. Havia aparecido um padre, que lhe sorriu. Rocco também sorriu, em resposta. O eclesiástico sentou-se ao lado dele.

– O senhor é o subchefe de polícia, não é? – lhe perguntou.
– Me conhece?

– Dos jornais. – Tinha cavanhaque, os cabelos cortados à escovinha. Os olhos claros e tranquilos. – Está aqui para falar com Patrizio, não é? – e, com o queixo, indicou o homem imerso em oração cinco filas à frente.

– Sim, mas não queria perturbá-lo. Na verdade, preciso apenas de uma pequena informação.

– Talvez eu possa lhe ajudar.

– Não. Não pode – disse Rocco. E fixou o padre nos olhos.

– Faremos aqui o funeral da Ester. O senhor é o chefe das investigações?

– Digamos que sim.

– E há novidades?

– Não. Não há.

O padre deu um meio sorriso.

– O senhor é um túmulo.

– Dito por um padre, não me parece um elogio.

Nesse instante, Patrizio Baudo se levantou. Fez o sinal da cruz e se afastou dos bancos. Mal viu Rocco conversando com o padre, seu rosto se turvou. Aproximou-se deles, devagar.

– Bom dia, sr. Baudo – disse Rocco, sem se levantar. – Não queria incomodá-lo.

– Bom dia, comissário.

– É subchefe, os comissários não existem mais, Patrizio – disse o padre.

Patrizio assentiu.

– Verdade. Ah, Patrizio, a propósito, parabéns por ontem. Era o seu onomástico*, não?

---

* Dia do santo de mesmo nome da pessoa. Antigamente, na Itália, era uma data tão importante quanto o aniversário. (N.E.)

– Sim... obrigado, doutor.

– Só queria que o senhor visse uma coisa – Rocco pegou a fotografia do broche em forma de pavão. – Reconhece?

Patrizio arregalou os olhos.

– Claro que reconheço. É o broche da minha avó, que eu tinha dado para Ester. – Passou-a para o padre, que não se aguentava mais de curiosidade.

– Onde o encontrou?

– Com um receptador.

– Obrigue-o a dizer agora mesmo quem o levou para ele! – gritou Patrizio Baudo, e sua voz ressoou nos arcos do período gótico tardio.

– Já sabemos quem foi – respondeu Rocco com uma voz exageradamente baixa, para restaurar a tranquilidade na casa de Deus.

– Foi ele quem matou a Ester. Foi ele! – Patrizio não se continha mais.

O padre o olhou:

– Acalme-se, Patrizio!

– Como, me acalmar? Vocês o prenderam. Quem é? Quem é? Quero saber.

– Calma, sr. Baudo. Eu só estava interessado no broche.

– Não dá para acreditar. Esta é a prova que o incrimina. Quero saber quem é.

– Nós lhe diremos, sr. Baudo, não se preocupe. Agora estamos no meio da investigação, e sinto muito, mas são informações estritamente confidenciais.

– A morte da minha esposa também é uma questão estritamente confidencial, mas agora está na boca de todos.

– Agora já chega, Patrizio! – interveio o sacerdote. – Eu tenho certeza de que o dr. Schiavone está fazendo o melhor para encontrar o culpado.

Ao som da voz pastoral Patrizio pareceu se acalmar um pouco. Respirava com dificuldade e ficava olhando as mãos protegidas por luvas de couro marrom.

– Me desculpe, dr. Schiavone. Me desculpe...

– Não foi nada – disse Rocco. – Já passou. Estou no meio de uma investigação, sr. Baudo, na qual o senhor está envolvido. Eu lhe peço: não insista e não se intrometa. Agora, se me dá licença, vou voltar ao trabalho.

– Desde sexta não consigo dormir. E, se durmo, sonho sempre com a mesma coisa. – Patrizio sentou-se no banco. – Dois homens que entram em minha casa para roubar, minha mulher os descobre, eles a matam e depois a penduram como uma vaca abatida. No gancho do lustre. – Levou a mão aos olhos. – Foi assim que aconteceu?

– Não sei, sr. Baudo. Mas me parece uma boa reconstrução.

– Se a polícia pegou o ladrão, agora a história já acabou – interveio o padre.

– Não exatamente. Tem um probleminha. Mas são coisas internas. Agora tenho de ir – interrompeu Rocco. – Dias muito pesados ainda estão à minha espera. Agradeço a colaboração, sr. Baudo. E ao senhor também, padre...

O vento havia abandonado o vale, e a temperatura aumentara um pouquinho. Ele teve a sensação de que fazia mais calor fora da catedral do que dentro.

Uma vez fora da igreja, olhou a bela praça com o campanário e a tília que uma placa informava ter mais de quinhentos anos. Essa árvore decerto vira um monte de coisas. Quinhentos anos. "Um ser humano poderia enlouquecer se vivesse apenas a metade disso", pensou Rocco, enquanto, com as mãos enfiadas nos bolsos do *loden*, caminhava pelas ruas antigas de Aosta.

A sala de interrogatórios da casa de detenção de Brissogne tinha quatro manchas de umidade, uma em cada canto. Separados por uma mesinha, Rocco Schiavone e Fabio Righetti se olhavam à luz da única janelinha e no silêncio mais absoluto. O rapaz estava pálido, e o cabelo moicano havia perdido a forma. Estava ali, em silêncio, olhando ora para o subchefe de polícia, ora para o chão. À distância, alguém abriu um portão. Rocco, com uma caneta, parecia fazer anotações em uma folha de papel. Na verdade, estava fazendo rabiscos psicóticos. A caneta corria, desenhando espirais, letras, nomes sem um sentido lógico. E a esfera da bic sobre o papel era o único barulho na sala. Depois Rocco colocou um ponto final, seco, e olhou para Fabio. O rapaz o estava observando. Ia começar a mastigar quando um lampejo lhe passou pelos olhos. Levou a mão à boca e tirou o chiclete, que grudou embaixo da mesinha.

– Está guardando para depois? – perguntou Rocco.

O rapaz confirmou.

Finalmente a porta se abriu, e entrou Riccardo Biserni, o advogado de Righetti. Paletó e gravata, uns 35 anos, um belo rosto cheio de saúde e olhos azuis e inteligentes. Sorriu na hora para o subchefe.

– Me desculpe o atraso, Rocco, mas sabe como é com sogros...

Trocaram um aperto de mãos.

– Que é isso, Ricca, que é isso. Por outro lado, você quis se casar.

– Eu? Mas você está louco? Ela me fez cair numa armadilha.

– É a primeira vez que alguém faz um advogado cair em uma armadilha.

– Pra lhe dizer a verdade, é uma armadilha agradável. Então... – o advogado sentou-se ao lado de seu cliente. – Como vai, Fabio? Tudo bem? – enquanto abria sua pasta e tirava papéis. – Coisas que você tem de assinar.

Fabio assentiu. Rocco se espreguiçou e voltou ao seu lugar.

– Como estão te tratando? Bem?

– Bem. Continuo sozinho.

Riccardo olhou para o subchefe.

– Foi você?

Rocco fez que sim.

– Não me parecia ser o caso de familiarizá-lo com certas pessoas.

– Então, normalmente eu gravo, mas desta vez não. Ainda mais que é uma conversa amistosa, não é mesmo? – disse o advogado.

Rocco concordou.

– Prendemos Helmi Bastiany, Fabio – disse de repente, perscrutando o rosto de Righetti. – Seu cúmplice.

O rapaz baixou os olhos.

– E ele nos contou umas coisinhas. Me corrija quando eu errar, tá? Vocês pegaram umas joias pra arrumar dinheiro para dar a algum traficante e revender a mercadoria nos canteiros da estação. Correto?

Fabio olhou o advogado, que, lentamente, fez que sim com a cabeça.

– A coca a gente pegou sem pagar na hora. Se a gente vendesse bem, eles dariam mais.

Rocco não perguntou quem lhes dera a coca. Agora o alvo era outro. Tinha de continuar com o blefe. E jogou o seu curinga.

– A que horas vocês entraram na casa dos Baudo?

Fabio deu um sorriso desdenhoso.

– Na casa dos Baudo? – perguntou.

– Helmi disse que vocês estavam lá às sete e meia. Você pode confirmar isso?

– Eu nunca estive na casa dos Baudo. Nem sei o que é isso.

– Eu digo pra você o que é. É a casa onde vocês roubaram ouro e uma joia que revenderam para Gregorio Chevax pra arrumar dinheiro pro tráfico.

– Eu já disse. A gente pegou a coca sem pagar. A gente não precisava de dinheiro.

– E então por que roubaram a casa dos Baudo?

– Eu não roubei lugar nenhum.

Faltava o assalto final.

– Escute, ô pateta...

– Rocco... – interveio, paternal, Riccardo.

– Escute, ô pateta – insistiu Rocco –, você e Helmi entraram na casa dos Baudo, pegaram o ouro, a senhora flagrou vocês e vocês a mataram. Estrangulada! Depois encenaram o enforcamento.

– Rocco, que porra você está dizendo? – disse, abrupto, o advogado. – Está acusando Fabio de homicídio?

– É o Helmi quem está acusando. Disse que a ideia do falso enforcamento foi sua.

– Eu não matei ninguém! Do que o senhor está falando?

– Rocco, se você for apresentar contra o meu cliente uma acusação desse tipo, eu me vejo forçado a interromper esta conversa amistosa e levá-la a outro nível.

– Riccardo, só estou tentando ajudar o Fabio, porque o Helmi está jogando toda a merda nas costas dele.

– Não me force a recorrer ao juiz se eu sair desta sala...

– Helmi tirou uma foto com o celular do seu cliente dentro do apartamento, Riccardo. Revistando o armário. Você percebe? Só estou tentando salvá-lo da acusação de homicídio, puta que pariu!

– Eram nove e meia – gritou Fabio Righetti, deixando mudos seu advogado e também Rocco.

– Fabio, se você não quiser falar, deixe pra lá, podemos primeiro conversar um pouco, só nós dois.

– Não, eu não tenho nada a esconder. Eram nove e meia. Não sete e meia.

Rocco se acomodou no encosto da cadeira.

– Então Helmi está mentindo?

– Claro que está – disse Fabio. – A gente tinha de entrar depois das sete, porque o sr. Baudo saía de bicicleta. Só que furou um pneu daquela motoneta de merda do Helmi e nós nos atrasamos.

– Vocês trocaram o pneu?

– Sim. No borracheiro em frente à delegacia. Ele mesmo pode confirmar isso pro senhor, se chama Fabrizio.

– Muito bem, Fabio. Continue.

O advogado respirava com dificuldade. Como um guepardo, estava ali pronto para saltar, mas a situação estava complicada demais. Rocco quase via o cérebro do causídico se esforçando para recolocar as coisas em ordem.

– Chegamos na casa dos Baudo mais de nove horas. Eu sei porque chegou um sms pra mim no celular.

– Quando vocês fizeram a cópia das chaves da casa dos Baudo?

Fabio ergueu os olhos.

– Faz três dias. Foi o Helmi que roubou elas da Irina.

– Me diz como aconteceu.

– Fomos direto pro quarto. A gente sabia que eles guardavam o ouro ali.

Riccardo Biserni escutava em silêncio. Tomava notas, mas agora a situação havia degringolado.

– Como vocês sabiam?

– Uma vez, a Irina disse pro pai do Helmi que o sr. Baudo tinha uma caixa no quarto e que ela tinha lhe aconselhado a arrumar um cofre, porque deixar coisas de valor por aí era perigoso.

– E era mesmo. Continue.

– A gente encontrou a caixa com o ouro. A gente estava saindo quando ouviu as chaves na fechadura.

– Era a Irina?

Fabio Righetti concordou.

– Helmi e eu, a gente não sabia onde se esconder. A gente se enfiou no último quarto, que estava com a porta fechada.

Rocco olhou o rapaz.

– E o que tinha lá dentro?

– Eu sei lá! Estava escuro, e não acendi a luz, senão a Irina ia me ver.

– E depois, o que você fez?

– Eu ouvi a Irina chamando a patroa. E a senhora não estava em casa, com certeza estava no mercado, ela sempre faz isso de manhã. Depois ouvi a Irina fugindo e pensei, "porra, ela percebeu, viu a gente". Mas como ela nos viu? Irina tropeçou no tapete, eu ouvi um barulho, ela gritando e batendo a porta de casa. Esperei um pouco, e a gente fugiu do apartamento.

– Como vocês fizeram para sair do prédio?

– Pelo portão. Não tinha ninguém. A gente fugiu e se escondeu atrás de um carro. Irina tinha parado um senhor com um cachorro no meio da rua.

Rocco se levantou da cadeira.

– Muito bem, Fabio. Você foi excelente.

– Eu não matei ninguém. Eu nunca vi a mulher na minha vida, comissário.

– Subchefe – corrigiu Rocco na hora. – Você sabia o que estava naquele quarto escuro?

– Não...

– O cadáver de Ester Baudo, meu amigo.

Rocco e o advogado se entreolharam.

– Por que o Helmi mentiu? – perguntou Fabio.

– Me escute, Fabio, eu já te disse na primeira vez em que nos encontramos. Para ser um gângster, você tem de nascer assim. E você não é um gângster. Eu queria ouvir mais sobre o que aconteceu naquela casa, e agora vou fazer as verificações e ver se você me disse a verdade. Se me disse a verdade, então só resta a acusação por tráfico... e furto... e o seu advogado está aqui, ele sabe melhor do que eu como essas coisas funcionam. Mas vou fazer o possível pra dizer que a ideia foi do Helmi, que o chefe era ele, e você era, no máximo, um cúmplice. Você cumpre alguns meses de prisão e depois sai.

– Comissário, eu falei a verdade.

– Me chame mais uma vez de comissário e eu faço te darem prisão perpétua.

– Sim, subchefe – Fabio se corrigiu na hora.

– Se, por outro lado, você mentiu para mim e se envolveu com o homicídio, as coisas mudam de figura. – E encarou o advogado. – Bem, Fabio, foi uma bela conversa. Cadê o seu celular?

– Por quê?

– É importante. Você me disse que recebeu um sms às nove horas na sexta-feira. Essa é uma pequena prova a seu favor, sabe?

– Está lá no depósito – interveio Riccardo.

– Repito que falei a verdade. Pergunte ao borracheiro também.

– Claro que vou perguntar. Obrigado, Riccardo – disse, se aproximando da porta.

O advogado se juntou a ele. Em voz baixa, lhe disse:

– Você não prendeu o Helmi, me diga a verdade.

– Se você já sabe, está me perguntando pra quê? – abriu a porta e saiu da sala de interrogatórios.

– Por que ontem você não entrou na loja?

– Você me viu?

– Estava no bar em frente.

Parados no patamar, sem saber se entravam em casa ou ficavam ali conversando, Nora e Rocco se olhavam com olhos cansados.

– Você me fez passar um aniversário horrível, sabia?

– Sim, eu sei.

— E agora vem aqui. Por quê?

— Para pedir desculpas.

— Rocco Schiavone pedindo desculpas.

— Você não tem uma boa opinião a meu respeito.

— E como poderia ter?

— Vai me deixar entrar ou ficamos na porta?

— Nem uma coisa nem outra — respondeu Nora, e lentamente fechou a porta na cara do subchefe de polícia. E ele ficou ali, olhando os nós da madeira. Depois respirou profundamente, deu meia-volta e saiu do prédio de Nora.

Lá fora a temperatura havia baixado com o pôr do sol, e uma mão gelada agarrou o peito do policial.

— Que frio do cão... — murmurou entredentes, amargo, enquanto abotoava o *loden*.

Nem deu dois passos na calçada e o primeiro floco de neve solitário caiu de leve na frente dos seus olhos. A iluminação pública já havia se acendido, e à luz amarelada eles caíam às centenas, como mariposas, lentos e majestosos. Um caiu no rosto de Rocco. Ele o enxugou. Ergueu os olhos para o céu cinza e os viu caindo às dezenas. Surgiam da escuridão e tomavam forma a poucos metros dele. Imaginou ser um astronauta que viajasse à velocidade da luz, e aqueles pontinhos que lhe vinham ao encontro eram, na verdade, estrelas e galáxias que ele atravessava lançado na profundidade misteriosa do cosmo. As janelas de Nora estavam iluminadas. E no recorte luminoso da janela da sala ela estava parada, olhando-o, enquanto ele brincava de ser atingido pela neve. Os olhares deles se encontraram de novo. Depois um movimento na janela ao lado, a do dormitório, atraiu a atenção do subchefe. Uma sombra por trás das cortinas. Passou rapidamente, mas não o bastante para não deixar dúvidas quanto à sua natureza: era a sombra de um homem. Rocco mordeu os lábios e na hora tentou dar um nome e um rosto para aquele hóspede. Ergueu a mão direita, como se cumprimentasse Nora, depois aproximou a mão esquerda e imitou o gesto de abrir a janela. Nora não entendeu logo. Rocco repetiu o gesto. A mulher obedeceu, abriu a janela e se inclinou levemente para fora, mantendo uma das mãos no peito para se proteger do frio. Rocco sorriu para ela.

– Eu acho que é o arquiteto Pietro Bucci-qualquercoisa. Certo?

Nora fez uma careta.

– O que você está dizendo?

– Estou dizendo que acho que é o arquiteto Pietro Bucci-qualquercoisa.

– Ele se chama Pietro Bucci Rivolta.

– É ele?

– Quem?

– O que está no seu quarto?

Nora não respondeu. Fechou a janela e, puxando as cortinas, desapareceu da vista de Rocco. Nem dez segundos depois, apagou também a luz.

"É isso", pensou Rocco, perguntas retóricas não são respondidas.

Agora os flocos de neve haviam aumentado e não pareciam mais estrelas a serem atravessadas explorando o cosmo, mas só aquilo que eram: flocos de neve gelados que entravam no colarinho do casaco e que transformariam as ruas em um manto gelado e perigoso.

Era hora de voltar para casa.

– Bem, se a gente pensar no assunto, existe um deus, não?
– me diz Marina.
– A quem você se refere? – pergunto para ela.
– Àquele que violenta as meninas.
Deve estar preparando um chá, eu acho, porque está atarefada na cozinha.
– Me desculpe, mas o que tem Deus e sua presença a ver com aquele filho da puta?
– Não tem a ver com ele. Tem a ver com você.
Ela entra na sala e se apoia à mesa. Está com uma xícara na mão. Sim, é um chá.
– Não estou te entendendo, Marì.
– Estou dizendo, existe um deus porque, no fim, puniram você. Se pensarmos bem, puniram você pela coisa mais cretina que você já fez, espancar aquele cara. – Ela tem razão. – Tipo o Al Capone, não? Que, no fim, foi parar na cadeia por questões fiscais, e não pelos cadáveres que espalhou por Chicago. Guardadas as devidas proporções, com você aconteceu a mesma coisa, Rocco.
– Eu não espalhei cadáveres.
– Não? Pense bem no assunto.
Não quero pensar bem no assunto. Não mesmo.
– Tá – digo para ela –, existe um deus. Mas por que te deixa feliz o fato de eu ter sido exilado aqui?
Ela dá uma bela risada e pega o habitual caderninho. Lê a palavra do dia.
– Dilúculo. Sabe o que quer dizer?
– Não.
– É a primeira luz, a que traz o novo dia.
– A aurora?
– Sim. Bonito, não?

— A palavra nem tanto, soa estranha.

— Mas a primeira luz é bonita. Traz esperança, porque mais cedo ou mais tarde ela chega.

E desaparece outra vez. Faz sempre assim. E eu entendi o que está me dizendo. Sempre a mesma coisa, ainda que use expressões, palavras que encontra no dicionário, mas que falam sempre do mesmo problema. Como se eu não soubesse. Mas me faltam forças. E talvez também vontade. É preciso uma força descomunal. E ninguém é obrigado a tê-la. E ninguém é obrigado a adquiri-la. Cada um sabe onde lhe aperta o sapato. Embora valha a pena dar uma olhada nos sapatos em cima do aquecedor. Em que estado eles ficaram. E março ainda nem acabou. Me pergunto se um dia a primavera vai chegar por aqui. Depois de amanhã é dia 20, e à meia-noite começa a primavera. Mas por estas bandas ninguém se deu conta. Eu sim. Depois de amanhã é o aniversário de Marina. Que nasceu exatamente à meia-noite. Por pouco não era o dia 21. Mas, pra mim, Marina e a primavera sempre foram a mesma coisa.

Segunda-feira

A neve que caíra a noite inteira tinha coberto as ruas e os capôs dos carros. Alguns flocos retardatários esvoaçavam no ar, indecisos, sem saber se pousavam sobre um ramo ou sobre um poste. Rocco havia deixado o carro em fila dupla a noite inteira, ao lado de um furgão que estava estacionado ali já fazia seis meses, sem sair do lugar. Deveria ter chamado o departamento de transportes e mandado remover o veículo; mas por que renunciar a um cômodo estacionamento em fila dupla exatamente na porta de casa? O furgão estava bem onde estava.

Prestando atenção onde punha os pés, chegou ao seu Volvo e entrou. O hálito denso rompeu o ar frio no interior do veículo.

– Merda de frio – resmungou. Então girou a chave e os 163 cavalos do motor rugiram imediatamente ao comando. Ligou o ar quente esfregando as mãos que as luvas de couro não conseguiam manter aquecidas. Tinha de ir à delegacia para sua prece laica matutina. Mas havia cometido um erro. Uma distração imperdoável. Não tinha desligado o celular, que só costumava ligar depois das nove. E ele começou a tocar. Rocco deu um salto, quase assustado. – Puta que... – xingou, procurando-o nos bolsos. Pegou-o, manejando-o como se fosse uma batata fervendo.

Número desconhecido na tela. Tinha de estar preparado. Podia ser alguma propaganda comercial ou o chefe de polícia.

– Pois não?

– Dois a um contra o Palermo na casa deles não é mole.

Era Andrea Costa, o chefe de polícia, que se rejubilava com seu time, o Genoa, que havia vencido na Sicília.

— Então, Schiavone, uma semana esplêndida se descortina perante os nossos olhos. O tempo está bom, e o vento está a nosso favor!

— Doutor, seu otimismo a esta hora da manhã é no mínimo irritante — respondeu Rocco.

— Força, então. Tem algo a me dizer sobre o caso Baudo? Lembro ao senhor que amanhã haverá uma coletiva de imprensa.

— Da qual não poderei participar. O senhor sabe lidar com os jornalistas, leva eles na maciota. Já eu não sei fazer isso.

— Aqueles imbecis... — disse o chefe de polícia.

— Acredite em mim, o senhor os hipnotiza, pode contar pra eles até a história do Pequeno Polegar que eles ficam contentes.

— O senhor me lisonjeia, Schiavone; mas veja bem, preciso oferecer algo àquela gentalha. Diga-me alguma coisa.

— Certo. Então, tente jogar os seguintes fatos na cara do monstro. Sexta-feira, na casa da morta, tinha um movimento igual ao de Roma Termini.* Além da faxineira, lá dentro estavam dois ladrõezinhos.

— O que está me dizendo?

— Que assaltaram a casa dos Baudo.

— Suspeita deles também pelo homicídio?

— Que nada. São dois mequetrefes. Explico ao senhor por que não estão envolvidos?

— Pode ser. É algo complicado?

---

* Principal estação de trem de Roma. (N.E.)

– Não muito.

– Deixe-me pegar uma caneta. – Houve uma pausa, durante a qual Rocco ouviu claramente gavetas da escrivaninha se abrindo e fechando histericamente. – As canetas! Quem me rouba as canetas?! – berrou o chefe de polícia. – Finalmente. Estou pronto, doutor Schiavone.

– Então, os dois rapazes, chamados Fabio Righetti e Helmi Bastiany...

– Helmi o quê?

– Bastiany.

– Bastiany. De onde é? Albanês?

– Egito, doutor. Então, os dois estão lá para limpar a casa; ou melhor, para roubar as joias que eles sabiam que estavam no quarto.

– E como sabiam?

– Helmi é filho do companheiro da faxineira, ele roubou as chaves dela, fez uma cópia e entrou no apartamento. Ester Baudo, segundo o relatório do cuidadoso legista, não morreu depois das sete e meia. Righetti, o cúmplice de Bastiany, afirma que entraram na casa às nove e meia.

– Talvez esteja dizendo bobagem.

– Não acredito. Eu verifiquei. Às nove, ele e Helmi estavam trocando o pneu furado da motoneta. Agora me escute. Com a chegada da faxineira, a madrasta de Helmi, os dois ladrõezinhos se esconderam e, como diz Fabio Righetti, testemunharam toda a cena da fuga de Irina e o encontro dela com um ex-suboficial aposentado lá na rua, que, por sinal, é o homem que nos chamou.

– O que isso significa?

– Que Irina entrou na casa às dez. E que, a essa hora, os rapazes estavam na casa.

— A madrasta, a faxineira, poderia ter contado as coisas para eles depois, não?

— Quando? Não, não acredito. Righetti até me disse que ela tropeçou no tapete e que já na rua ela parou para falar com um homem com um cachorro pela coleira. Veja, eu aprendi que, quando alguém é tomado pelo pânico, e Irina estava apavorada, normalmente não conta as coisas com riqueza de detalhes. Quer dizer, de alguns detalhes nem sequer se lembra. Agora me pergunto: se Righetti e Helmi foram descobertos e mataram Ester Baudo às sete e meia, que porra eles ficaram fazendo naquela casa por três horas?

— Não encenaram o suicídio?

— Três horas? Para pendurar um corpo morto num gancho? Veja, vamos levar em conta o medo e a tensão. Vamos levar em conta o pavor, vamos levar em conta pensar numa solução. Mas, na minha opinião, uma hora e meia é tempo mais que suficiente. Três horas é demais. Além do mais, temos o borracheiro que se lembra perfeitamente dos dois idiotas na motoneta, morrendo de frio, com o pneu furado.

— Mmm, estou de acordo. Os horários não batem. Como chegou a essa conclusão?

— Porque Helmi me levou diretamente a Gregorio Chevax, que é um...

— Eu sei quem ele é — interrompeu Costa. — Ele voltou a agir? Sabe, eu que o prendi da primeira vez.

— Sim, voltou a agir. Helmi levou para ele os bens roubados da casa dos Baudo. Está vendo? Alguma coisa para contar aos jornais o senhor já tem. E, de qualquer modo, logo deve chegar ao seu escritório a inspetora Rispoli com o relatório. Assim, o senhor terá os fatos preto no branco.

— E esse Helmi? Onde se encontra?

— Este é o ponto fraco. Ele fugiu. Achamos que para o exterior. Se o senhor der uma olhada na papelada de ontem, vai ver que já há uma ordem de prisão internacional contra o rapaz.

— Oh, puta que... e por que ele fugiu?

— Porque agrediu um policial. Porque deve dinheiro para gente sem escrúpulos que lhe deu drogas e porque sabe que, mais cedo ou mais tarde, chegaríamos até ele, já que o cúmplice dele vai ser processado sumariamente.

— O senhor sabe onde ele pode estar?

— Não. Talvez tenha ido se encontrar com a mãe, no Egito. Passando pela Suíça, creio. O Egito tem acordo de extradição, doutor?

— Isso nós temos de perguntar ao procurador. De cabeça, não me parece que tenha firmado nenhum protocolo com a Itália. Porém, repito que é de memória. Schiavone, lhe agradeço. O senhor trabalha também aos domingos?

— Quando é preciso. Até porque não há muito o que fazer nesta cidade.

— Deveria aprender a esquiar. Aí, sim, amaria este lugar.

— Vou pensar, doutor.

— Então não nos vemos na coletiva de imprensa?

— Se o senhor fizer a gentileza de me dispensar, serei muito grato. Na verdade, estou seguindo uma pista bem importante.

— Pois então ao trabalho, Schiavone. E me mantenha informado. Nos desgraçados dos jornalistas penso eu. Ah, lembre-se do presidente da administração regional e a competição de ciclismo amador para o fim de abril.

— Certo, já estou trabalhando nisso.

— Ótimo. Parece que aqueles escrevinhadores não pensam noutra coisa. Que Deus os fulmine.

A ferida de tantos anos antes não cicatrizara no peito do chefe de polícia. A esposa ter abandonado o lar por causa de um jornalista do *La Stampa* ainda era uma ferida viva e sangrenta no coração de Andrea Costa. E talvez nunca cicatrizasse.

Rocco estacionou o carro na frente da delegacia, na vaga para ele reservada. Andando na ponta dos pés e tomando muito cuidado para ver onde os colocava, se dirigiu à entrada. O agente Scipioni, que saía nesse instante, sorriu assim que o viu.

— Doutor, está com medo de pisar em bosta de cachorro?

— Idiota, os Clarks tão ficando encharcados.

— Mas quando é que o senhor vai comprar um par de sapatos adequados?

— No mesmo dia em que você cuidar da porra da sua vida — respondeu Rocco, com o olhar concentrado na calçada coberta de neve.

Já Scipioni, com seus calçados anfíbios, atravessou o manto de neve feito um quebra-gelo:

— Vou ao bar. Quer um café?

— Não, obrigado, Scipio. Quanto ao Palermo...

— Vamos deixar pra lá, que é melhor.

— Porém, você tem de me responder uma pergunta.

Scipioni se deteve, olhando o subchefe.

— Diga, doutor.

— Você é siciliano?

— Por parte de mãe. Meu pai é de Ascoli Piceno.

— E como é que você se sente aqui em Aosta?

Scipioni pensou no assunto por alguns segundos.

– Do ponto de vista do trabalho, bem. Gosto dos colegas, e também dos chefes.

– Obrigado.

– Do ponto de vista do clima, também. Adoro o frio. Quem sofre e gostaria de ir para um local de praia é a minha esposa.

– Ela também é siciliana?

– Não, é de Saint-Vincent.

Rocco ficou olhando pro agente Scipioni.

– Ela nasceu aqui e não gosta?

– Acontece...

Balançando a cabeça, Rocco subiu as escadas e finalmente entrou na delegacia. Andava rápido para evitar o encontro matutino com Deruta; com D'Intino não tinha perigo, sabia que ele ainda estava no hospital. Seguiu apressado pelo corredor e deslizou para sua sala.

Mal entrou, viu um bilhete. Provavelmente de Italo.

De Silvestri, de Roma, telefonou para o senhor. É urgente!

Rocco nem se sentou. Pegou o telefone e ligou para a delegacia Cristoforo Colombo de Roma. O próprio De Silvestri atendeu, evidentemente à espera da chamada.

– De Silvestri, o que foi? O que aconteceu?

– Doutor... Ele fez de novo!

Rocco bateu o telefone e berrou a plenos pulmões:

– Italo!

Chovia. As luzes do grande anel viário se refletiam no asfalto molhado. Os limpadores de para-brisa do táxi se esforçavam para afastar a água do vidro, enquanto as gotas tamborilavam no teto do carro como percussionistas enlouquecidos.

– Que tempo, não? – disse o taxista.
– Coisa de louco – respondeu Rocco.
– Deixo o senhor então na Via Poerio?
– Que horas são?
– Seis e meia.
– Exato. No número 12.

Rocco pegou o celular. Procurou em seus contatos o número de Sebastiano.

– Seba? Sou eu.
– Porra, onde você está?
– No táxi. Estou em Roma.
– Hum. A gente se vê?
– Esta noite. Em Santa Maria. Diga também pro Brizio e pro Furio.
– Entendido. Às oito?
– Combinado.

Tinha voltado para sua cidade, Roma. Mas, apesar de estar longe havia meses, não sentia nada. Raiva. Só isso.

E muita.

O subchefe abriu a porta de seu apartamento, mas não entrou na hora. Ficou na soleira, olhando. Um trovão soou à distância. Então ele acendeu a luz e se decidiu.

Cheiro de coisa fechada. Os móveis, lúgubres e tristes, cobertos por lençóis brancos. A geladeira aberta, vazia, com panos de cozinha pelo chão. Os tapetes enrolados e escondidos por trás dos sofás. Em um cinzeiro, uma bituca apagada. Rocco a pegou. Marca: Diana. Sinal de que Dolores, que vinha fazer limpeza uma vez por semana, fizera uma pausa no sofá. Entrou no quarto e abriu o armário. Só havia os seus casacos de verão. E as roupas de Marina, guardadas em plásticos. Tocou-as, uma por uma. Cada uma lhe recordava uma coisa. O casamento de Furio. O jantar de promoção do sobrinho de Marina. A aposentadoria do sogro. O último vestido era aquele vermelho. O do casamento deles. Sorriu. Se lembrou da cerimônia, na prefeitura. Marina com o vestido vermelho, ele de calças verdes e camisa branca. Laicos. Patrióticos. Italianos.

– Quão bêbado eu fiquei no nosso casamento? – perguntou em voz alta. Se virou. Mas só havia a cama coberta por um plástico transparente. Saiu do quarto e voltou para a sala.

Na grande janela da varanda, borrada pelas gotas de chuva, se refletia toda a casa. Rocco apoiou a testa no vidro. Olhou para fora. Um relâmpago iluminou as cúpulas das igrejas e os perfis dos tetos de Roma. As nuvens que pairavam sobre a cidade pareciam ter sido trazidas de Aosta. A água de chuva vomitada pela calha estava transformando a sacada numa piscina. Percebeu a sombra das plantas de Marina colocadas em um canto. O limoeiro coberto por uma lona estava sob a cobertura de madeira, ao lado das rosas. Pelo menos a zeladora fazia sua parte. Essas plantas não podiam morrer. Principalmente o limoeiro. Sentiu um aperto no coração e o estômago se contraiu. Pegou um guarda-chuva na entrada e saiu da casa deixando as luzes acesas. Talvez fosse a hora de vender o apartamento. Ali dentro não havia mais nada que lhe pertencesse. Passou-lhe pela cabeça um filme visto muitos anos antes, no qual as pinturas de uma sepultura romana recém-violada se desfaziam ao contato com o ar fresco, até desaparecer, enquanto o corpo de uma serva misteriosa se desintegrava deixando sobre o altar funerário apenas um pouco de tecido e uns anéis. Fechou a porta sem nem dar uma volta na chave. Nem tinha mesmo nada para roubar.

Pode acontecer em março, pelo menos em Roma, de aquilo que fora anunciado como um novo dilúvio universal de repente se acalmar e tudo voltar ao normal, deixando apenas ruas alagadas, árvores derrubadas e uma quantidade imensa de acidentes, com relativa lotação dos prontos-socorros da cidade. O cheiro é uma mistura de excremento de aves, fumaça de automóveis, óleo de fritura e mato molhado. As motonetas voltavam a voar pelas ruas como andorinhas na primavera, e nas portas dos restaurantes apareciam os garçons à espera dos turistas. Pelo menos em Trastevere.

Rocco estava sentado a uma mesinha do lado de fora, embaixo de um aquecedor, e bebia uma cerveja esperando os amigos. Eram oito horas, e eles, pontuais, apareceram pela Via della Lungaretta. Sebastiano, alto, enorme e com os cabelos longos e encaracolados contidos sob um boné de lã. Furio, magro e nervoso, sempre com as mãos nos bolsos, a careca refletindo os postes da rua. Olhavam ao redor. Não porque estivessem tensos; era costume deles ficar sempre alerta. Uma deformação profissional. Seus amigos de sempre andavam olhando o céu também, caso o perigo pudesse aparecer do alto. *Ursus arctos horribilis* e *Acinonyx jubatus.* Na linguagem comum, urso-cinzento e guepardo. Uma bela dupla. Já perto da fonte tinham percebido Rocco sentado à mesa, os esperando. Rocco se levantou. E estendeu os braços como o Cristo do Corcovado. Seba e Furio sorriram em resposta. E se abraçaram com a violência de uma equipe de rúgbi. Os três. O coração de Rocco voltou a pulsar.

– Você se sentou do lado de fora para fingir que é alguém acostumado com o clima do Norte? – disse Furio.

– Sentei aqui porque dentro tem gente demais, e não está fazendo tanto frio assim.

– Hã?

– É isso mesmo. E, além do mais, sentei do lado de fora porque estou em Roma, e porque em Roma a gente se senta do lado de fora, e eu quero ver os mosaicos de Santa Maria. Respondido?

– Cê tá é louco – disse Sebastiano, tirando o boné de lã. Os cabelos encaracolados e longos explodiram. – Vou pegar duas cervejas. – Levantou-se, arrastando a cadeira.

Rocco olhou Furio.

– Como você está?

– Vamos indo. Dá pra viver. E você?

– Igual. Dá pra viver. E como é que o Brizio não veio?

– Ele está em Albano. A sogra teve um AVC. Agora fala com a boca toda torta.

– Que coisa horrível.

– É. E além de falar com a boca torta, não lembra porra nenhuma. E como Stella viajou há uma semana para fazer um curso de corte de cabelo e penteados, sobrou pra Brizio bancar a babá. Disse que ontem a sogra confundiu ele com um encanador.

– E pensar que, quando era jovem, a mãe de Stella era de parar o trânsito – disse Rocco.

– Escuta – disse Furio –, vou te contar pra você ficar sabendo. Bati minhas primeiras punhetas pensando nela.

– Não foi o único. No verão, era uma coisa de passar mal. Lembra?

– Se me lembro? Com aqueles vestidinhos floridos e uns peitos que pareciam que iam explodir. E os cabelos. Negros, compridos, os lábios... Olha, falando francamente, eu acho que Brizio se casou com a Stella porque fez uma transferência com a mãe.

– Furio, mas vocês tão com mania dessa história de transferência?

– Por quê?

– Porque Brizio também disse para Seba que Adele arrumou um caso com o Gravata porque fez uma transferência com a figura paterna.

– Tá vendo? Ele mesmo está dizendo! Vai ver que é isso, Rocco. Brizio está com Stella no embalo das recordações da mãe. É humano, que se vai fazer?

– Na minha opinião, cê tá é louco.

– Uma vez, na fonte da Piazza San Cosimato, devia ser agosto, a mãe de Stella parou e começou a molhar o rosto. Mas ela molhou também o vestido, e por baixo não usava nada. Dava pra ver tudo! Os mamilos, a cada respiração parecia que tudo ia explodir. Eu e Brizio, a gente estava ali com as bicicletas e comendo ela com os olhos; ela percebeu, olhou pra gente com aqueles olhos verdes e sorriu. Deu até uma piscada. Depois a malandra se virou de costas e se inclinou pra molhar o pescoço. Quer saber? Nem calcinha ela usava. Eu e Brizio fomos correndo pra casa e fomos pro banheiro e...

– Tá bom, chega, Furio, entendi. Você está me fazendo armar a barraca.

– Sabe de uma coisa, Rocco? Não devia existir velhice para as mulheres.

– Verdade. A velhice é coisa de homem. A propósito, o Sebastiano, como vai?

– Ele contou da Adele, né?

– Mas é verdade essa história do Robi Gusberti?

Furio sorriu.

– Está exagerando. Ele disse que flagrou os dois na cama, mas não é bem assim. Estavam na sala tomando um café. Na verdade, Sebastiano andou fantasiando demais. Mas que a Adele ficou de saco cheio, isso é fato. Seba tem de entrar na linha.

– E você?

– Sempre livre como o ar!

Sebastiano voltou com duas cervejas.

– Saúde! – disse, deixando o corpanzil cair na cadeira.

Brindaram. Depois de um gole generoso, Sebastiano limpou a barba com a manga do casaco.

– Então, Rocco, explica pra gente?

O subchefe os olhou nos olhos.

– Em poucas palavras: Giorgio Borghetti Ansaldo...

– Quem é esse merda?

– O cara que anda por aí estuprando menininhas.

– Ah! – disse Furio. – Aquele que tem o pai que te mandou pra Aosta?

– Isso. Ele voltou a aprontar.

Furio enfiou a mão no bolso e pegou um cigarro. Sebastiano se apoiou nas costas da cadeira.

– O que você quer fazer? – perguntou Furio, acendendo o Camel.

– Alguém tem que parar ele.

– Quem sabe que você está em Roma? – perguntou Furio.

– Ninguém. Só o Italo, Sebastiano o conhece.

– É, o agente espertinho. Um cara legal – confirmou Seba.

Furio deu uma tragada profunda:

– Seria melhor, no entanto, que você ficasse de fora, Rocco – disse, cuspindo a fumaça.

– E por quê?

– Porque se te pegam, desta vez não te mandam pra Aosta, mas diretamente pra penitenciária de Rebibbia.

– E um tira em Rebibbia vive pouco – acrescentou Sebastiano –, você sabe disso melhor que eu.

– Você quer assustar o rapaz, como é o nome dele? Giorgio?

– Talvez eu não tenha sido claro, Furio. Quero detê-lo de uma vez por todas.

Furio assentiu.

– E quando vai ser isso?

– No mais tardar, amanhã.

Furio apagou o cigarro no cinzeiro.

– Explica melhor pra gente.

– Tenho uma pessoa que me passa todos os movimentos do imbecil – começou Rocco. – Pegar ele é fácil.

– Quem é essa pessoa?

– De Silvestri.

– Mas não é um agente? – perguntou Sebastiano.

– É. O melhor.

– E não é um pouco arriscado?

– Não. Aquele merda botou a mão até na sobrinha dele. Se estou aqui é porque ele me chamou.

Os dois amigos balançaram a cabeça, entendendo.

– Fale mais...

Terça-feira

– Com licença, *señor*, o café... – sussurrava Conchita girando a colherinha na xícara. O tilintar suave e contínuo fez os olhos de Fernando Borghetti Ansaldo se arregalarem.
– Que horas são?
– Sete *y media* – respondeu a peruana, deixando a xícara sobre a mesinha.

O subsecretário das Relações Exteriores se virou. Sua esposa já tinha se levantado da cama. Enquanto a criada saía silenciosa da sala em penumbra, Fernando engoliu o café de um gole só. Estava quente, bom e revigorante. O café em pó era e sempre vai ser superior às cápsulas, continuava dizendo a todos sua excelência, e, se ele fosse da Secretaria de Política Industrial, teria barrado a produção e a comercialização daquelas horríveis maquininhas cuspidoras de chafé. Levantou-se, esfregou o rosto e, devagar, foi ao banheiro.

Ligou o chuveiro. Enquanto esperava a água esquentar, se olhou no espelho. Tinha de fazer alguma coisa com o abdômen. Estava virando uma abóbora. De perfil, parecia grávido. E até os cabelos tinham praticamente abandonado o crânio. Mas não tinha vontade de fazer um transplante. E peruca, nem pensar. Falava sempre em público, e ele sabia que, à luz dos refletores, os cabelos falsos ficavam com nuanças impossíveis, denunciando a todo mundo que eram artificiais. Era um papelão que ele não conseguiria tolerar. Melhor a careca. Tirou as calças do pijama para entrar no banho.

– Fernando? – era Roberta, sua esposa.

– O que foi?

– Giorgio não voltou para casa esta noite também.

– Como, não voltou? E onde ele está?

Roberta se apoiou no batente da porta, cruzando os braços.

– Ontem estava com os amigos, comendo uma pizza.

– Então ligue para os amigos, né?

– É muito cedo.

– O celular?

– Desligado.

– Vai ver que encontrou uma moça bonita... ele tem trinta anos, Roberta, é normal.

– Eu realmente espero que não.

Os olhos do casal se encontraram. Tinham voltado de novo ao ponto em que para um deles era impossível falar, e para o outro, ouvir. Abaixaram os olhos ao mesmo tempo.

– Chá ou leite? – perguntou Roberta.

– Leite, com uma gotinha de café. Tem croissant?

A esposa assentiu e desapareceu. Fernando entrou no banho.

A água morna lentamente o trouxe de volta à vida. Onde Giorgio se metera, porra? Na verdade, não aguentava mais saber que ele andava por aí. E começava a desejar apagá-lo de sua mente e seus pensamentos.

"Antes nunca tivesse nascido!"

Sabia que um bom pai teria de ficar ali, telefonando até encontrá-lo. Mas às nove horas tinha uma reunião importante no ministério.

– Não posso colocar meus problemas na frente dos compromissos do Estado – disse em voz baixa.

Mas não era isso que estava pensando. Na verdade, seu pensamento era: "Não posso me matar procurando esse cretino. A mãe que cuide dele. Não trabalha, não faz nada da manhã até a noite! Agora ela tem uma bela de uma ocupação para o dia".

Fernando tinha adquirido esse costume. No banho, ou no carro, enfim, quando estava sozinho, falava em voz alta, como se um jornalista estivesse ali com ele com o microfone em punho, pronto para entrevistá-lo. Tinha descoberto que era um bom treino para conseguir sempre arrumar uma história crível. Para defender sua credibilidade. E as coisas que dizia eram sempre politicamente corretas, retóricas, no limite do ridículo. Tinha de aparentar ser um homem justo, coerente, um servidor da nação, atento às necessidades daquela comunidade que o elegera. Resumindo, ainda que seus pensamentos se dirigissem para o norte, o que lhe saía da boca deveria, obrigatoriamente, rumar para o sul. Era um treino para as câmeras, uma técnica que ele aperfeiçoava a cada dia, sempre mais.

– E depois da reunião, tenho o almoço com a delegação malaia. Entre os nossos países sempre houve um profundo senso de respeito e de estima recíprocos. E será uma reunião importante, tanto do ponto de vista político quanto do humano.

O pensamento de sua excelência Borghetti Ansaldo era, na verdade: "Tenho de estar à mesa com aqueles quatro macacos escuros, com quem estou pouco me importando, e convencê-los a não aumentar as taxas de turismo e a fornecer os serviços que os nossos resorts lhes solicitaram".

– A reunião durará bastante, talvez até tarde da noite. Não, não posso mesmo me ocupar das manias do Giorgio.

Tradução: "Eu, depois do encontro com os malaios, que espero não dure mais de uma hora, tenho um encontro com Sabrina. E, com sua licença, entre Sabrina e aquele acéfalo do meu filho, a escolha recai inevitavelmente nas coxas dela".

Só de pensar nas coxas de Sabrina, teve uma ereção. Já a imaginava deitada no sofá de couro de seu escritório no centro da cidade, custeado pelos contribuintes. Esse, sim, era um encontro inadiável. E hoje, quarta-feira, dia 20 de março, véspera da entrada da primavera, era um dia histórico para ele e Sabrina. Um dia em que Fernando Borghetti Ansaldo faria uma reviravolta monumental naquele relacionamento ilícito. Hoje ele lhe pediria oficialmente o cu.

A station-wagon BMW imaculada, com apenas vinte mil quilômetros, pegou ao primeiro contato. Poderia desfrutar de seu status e se fazer acompanhar de uma escolta; mas depois, ir do ministério a pé até o estúdio para o encontro com Sabrina estava fora de questão. E não podia excluir após a transa um passeio aos castelos com a moça, para comer e beber até tarde. Precisaria de seu carro. As portas da garagem se abriram; Fernando cumprimentou Amerigo, o porteiro, e entrou no Viale Oceano Atlantico. Tinha tráfego. Olhou os carros que iam devagar.

— A questão é dar aos cidadãos a possibilidade de se locomover incrementando a rede pública – dizia a meia-voz. – Os investimentos de Roma em ônibus e no metrô são um interesse não apenas do cidadão, mas de todo o país. É hora de dar aos romanos a possibilidade de ir para o trabalho sem ter de usar o próprio carro, com um aumento significativo da despesa com combustível, impostos sobre o veículo e manutenção, que pesam no orçamento familiar...

Não, em seu íntimo estava maldizendo todas aquelas cabeças ocas sentadas nos carros, gente inútil que, se tivesse ficado em casa, não teria mudado nada. Parasitas, folgados que, mal têm a oportunidade, saem de carro para engrossar os congestionamentos como idiotas, e vão tomar um café com os amigos aposentados ou encontrar a mãe e os irmãos ou simplesmente olhar as vitrines dos shoppings.

– *It's a pleasure to meet you, Mister Joro Bahur... Mister Melaka, how is your wonderful daughter...** – "Aquela porca gorda de nariz achatado que fede a fritura." – *Mister Sibu, one of these days I'll take you to some typical Roman restaurant... to taste spaghetti cacio e pepe... wonderful!***

– Mas que porra você tá dizendo? – uma voz rouca e fria feito uma faca soou às suas costas.

Fernando se sobressaltou. No banco de trás estava um homem enorme, com um gorro de lã na cabeça e um Ray-Ban.

– Quem... quem é o senhor? Como entrou no carr...

– Boca fechada e na próxima entre à direita – ordenou o homenzarrão.

– Eu sou...

– Eu sei quem você é. Eu disse pra entrar à direita e não encher o saco.

Fernando Borghetti Ansaldo obedeceu. O suor lhe corria pelas costas. Tinha medo de olhar aquele intruso pelo retrovisor.

---

* É um prazer encontrá-lo, sr. Joro Bahur... Sr. Melaka, como está sua encantadora filha... (N.T.)
** Sr. Sibu, um dia destes vou levá-lo a um restaurante típico romano... para comer espaguete com queijo e pimenta... maravilhoso! (N.T.)

Tinha medo de falar. Até de trocar de marcha. Sentia-se um pedaço de mármore.

– Freie, seu idiota, que tem um semáforo.

Era verdade. Parou o carro a um milímetro da faixa de pedestres. Estava com a respiração curta e difícil, como se alguém tivesse tirado todo o oxigênio do carro. Tentou erguer o olhar para o espelhinho retrovisor quando a porta ao lado se abriu e outro homem, sem cabelos, também usando Ray-Ban, entrou no carro.

– Olá, dr. Borghetti. Como vai?

O subsecretário olhou o recém-chegado com os olhos arregalados de pavor.

– Está verde – disse o careca, calmo.

Uma buzina às suas costas fez com que engatasse a marcha. Saiu pegando a grande avenida Cristoforo Colombo.

– Para onde... onde vou?

– Sempre em frente.

Só então Borghetti Ansaldo notou que quem se sentara a seu lado tinha uma pistola enorme sobre as pernas. E o observava por trás das lentes escuras dos óculos de sol.

"Será possível?", pensava. "Está acontecendo comigo? Em plena cidade? Não tem polícia? Mãe de Deus, o que está acontecendo? O que está acontecendo?"

– Pegue o anel viário, na direção de Cassia – disse o da pistola.

– Estão me esperando no ministério – ele encontrou coragem para dizer. – Se não me virem chegando, vão acionar a polícia e...

– Não se preocupe – falou o que estava sentado atrás, com a voz cavernosa –, é coisa de pouco tempo. Não passe dos noventa quilômetros por hora e siga as instruções.

– Vocês... estão me sequestrando? – Os dois homens nem responderam. – O que vocês querem, então?

– Tá fazendo perguntas demais, gordão. Dirija e boca fechada. E fique com as mãos no volante.

Fernando Borghetti Ansaldo engoliu a bolota de pó seco que tinha na boca, enxugou a testa e, concentrado na estrada, seguiu pela pista do anel viário.

– Provavelmente a gente vai encontrar carros da polícia no anel viário... – dizia o cabeludão sentado atrás –, mas, você entende, Borghetti? Se você tentar fazer alguma coisa, tipo piscar a luz, frear, acelerar, tocar a buzina, o meu amigo aí do lado te dá um tiro. Na barriga. Assim você morre devagar, e sofrendo muito. Um buraco nas tripas dói pra cacete.

Porém, o subsecretário estava pensando em tudo, menos em bancar o herói. Já havia inconscientemente decidido obedecer e esperar que aqueles dois homens não o machucassem muito.

– Vocês querem dinheiro? – Nenhuma resposta. – Querem algum favor? Tenho bastante influência para...

O careca lhe deu um pescoção.

– Dirija e fique de boca fechada.

Humilhado. Nem na escola, na escola primária, nunca tinha levado um tapa. Um tapa se dá em filho desobediente, em aluno pouco esforçado. Não em um respeitado subsecretário membro do partido da maioria, um membro das instituições na frente de quem os *carabinieri* se colocam em posição de sentido. Foi aí que entendeu. Entendeu tudo. Uma sigla com a horrível estrela de cinco pontas lhe surgiu na memória com o retrato do grande estadista democrata-cristão fechado num covil, à espera de sua execução. "Que seja", pensou.

– Se meu sacrifício é necessário, que seja. Estou pronto.
– Que porra você tá dizendo?
– Vocês são terroristas, não? São o que, comunistas?

Os dois homens caíram na risada.

– Você não é assim tão importante, cagão. Pegue a Aurelia e feche a matraca.

Não. Não eram das Brigadas Vermelhas.

Ficou um tanto decepcionado.

– Vocês sabem que este carro tem rastreamento via satélite ligado com os *carabinieri*? Quando não me virem no ministério, o alarme vai disparar e eles o identificarão na hora e... – ergueu o olhar. No espelho retrovisor, o homenzarrão cabeludo tinha na mão um treco do qual despontavam dezenas de fios elétricos coloridos.

– Agora – disse – vamos desfrutar do silêncio. Dirija e bico calado.

Borghetti Ansaldo obedeceu.

Zona rural e não distante do mar. Casas abandonadas em meio a terras não cultivadas, onde despontavam oliveiras que há anos precisavam de uma boa poda. Lama por todos os lados. A BMW penava naquela paisagem desolada, chacoalhando em cada buraco da estrada de terra. Os amortecedores faziam barulho e os pneus espalhavam a água das poças. Às margens do caminho, aparecia ora uma parte de um trator enferrujado, ora sacos de plástico velhos e rasgados.

– Onde... onde nós estamos? – perguntou o subsecretário, quebrando o silêncio.

– Localidade Testa di Lepre – disse o que estava ao lado dele com a precisão de um guia turístico.

— Por que estamos aqui? — perguntou o político, mas não obteve resposta. Depois, suspirou. Se quisessem matá-lo, já o teriam feito, pensou.

— Ali... aquele depósito... — indicou o careca.

Borghetti Ansaldo acionou a seta e saiu da estrada de terra para pegar um atalho invadido pelo mato, que levava a um velho depósito abandonado.

— Desça.

Poças d'água e lama por todos os cantos. Sob um teto de acrílico havia uma velha Vespa sem selim, duas enormes rodas dentadas de trator e móveis empilhados. Os vidros da janela do depósito estavam todos quebrados. Na parede, alguém havia escrito com um marca-texto "Casalotti reina!".

— Entre! — disse o homenzarrão abrindo uma porta de ferro que rangeu nas dobradiças.

Era uma peça só, com uma centena de metros de comprimento. Do teto afundado caíam gotas d'água, e dava para ver o céu. Colunas de cimento seguravam a estrutura. O fedor de urina e de terra molhada penetrava nas narinas. Então, ao fundo do depósito, Fernando Borghetti Ansaldo viu alguém sentado diante de uma coluna. Com a cabeça baixa, pendente. Parecia desmaiado. À medida que se aproximavam, a figura tomava forma. O homem tinha as mãos amarradas nas costas. Calça jeans, tênis e um moletom escrito "Harvard University". Fernando o reconheceu na hora. Tinha trazido para seu filho três meses antes, de uma viagem aos Estados Unidos.

— Giorgio... — disse, com um fio de voz.

Os dois homens o detiveram a poucos metros de seu filho. Da coluna, silencioso como um fantasma, surgiu um terceiro homem, com gorro de lã na cabeça e óculos escuros. Um casaco preto, luvas e um par de Clarks.

– Este é o Giorgio. Giorgio, diz oi pro papai.

O homem, agarrando-lhe o queixo, forçou o rapaz a erguer a cabeça. Agora o rosto estava iluminado pelas janelas de vidros quebrados.

Sangue da boca e do nariz. Giorgio mal abriu os olhos. Sorriu. Tinha sangue nos dentes também.

– O que... o que vocês fizeram com ele?

– Coisa pouca, acredite em mim – disse o recém-chegado, que devia ser o chefe do grupo. – Porém, esse saco de merda enfiou o pinto onde não devia enfiar. Sabe de que estou falando, certo?

O subsecretário não respondeu.

– Sabe ou não? – berrou o homem.

Sua excelência assentiu três vezes com a cabeça.

– Então, agora eu e meus amigos lhe damos uma última possibilidade. Ou esse cabeça de merda para de vez, ou da próxima vez seremos maus.

– Porque somos maus, sabe? – disse o homenzarrão às suas costas.

– O que... o que devo fazer?

– Isso é o senhor quem tem de dizer – disse o chefe do grupo. – Veja, meus amigos sugeriram cortar o pinto dele, ou arrancar os ovos. Tudo coisa justa e séria, nem se discute isso; mas, lá no fundo, nós somos gente sensata, e pensamos em dar outra chance a ele.

– Posso interná-lo e...

– Faça o que quiser. Eu o estou advertindo. Se o senhor nos forçar a agir de novo, o que está acontecendo hoje com seu filho, em comparação, terá sido um dia agradável.

– Entendo – disse sua excelência, com um fio de voz.

O som das gotas caindo do teto nas poças d'água enchia o silêncio.

– Pai, vamos pra casa, por favor? – disse de repente Giorgio.

Porém, Fernando Borghetti Ansaldo não sentiu dó. Olhava seu filho, sangue de seu sangue, amarrado como um presunto a um poste, e sentiu uma onda de ódio e de raiva subir-lhe pelo esôfago.

– Você é um merda, Giorgio – disse. – Um merda.

– É, mas agora vamos pra casa, não é?

A "Ode à Alegria" de Beethoven ressoou no imenso barracão putrefato, fazendo o subsecretário se sobressaltar. O chefe do trio enfiou rapidamente as mãos no bolso do casaco.

– Puta que... – e pegou o celular. – Sim? – disse, desaparecendo por trás da coluna.

– Dr. Schiavone, da delegacia de Aosta?

– Ele mesmo. Como quem estou falando?

– Por que há um eco?

– Não se preocupe. Quem é?

– Aqui é o Tomei.

– Tomei?

– Da loja de artigos masculinos de mesmo nome, no centro.

– Ah, tá. Diga.

– Falei sobre sua investigação com minha esposa e meu filho, e também com minha vendedora *part time*, e minha esposa teve uma ideia.

– Ótimo.

– Resumindo, ela quer conversar com o senhor. Quer que a coloque na linha?

– Não. Agora não é o melhor momento, acredite em mim.
– Está em uma reunião?
– Isso. Vou ver o senhor assim que possível.
– É um prazer ajudar as forças da ordem quando...

Mas Rocco não ouviu mais nada, porque já tinha desligado o celular.

Voltou a contornar a coluna. O subsecretário continuava no mesmo lugar. E no mesmo lugar, amarrado à coluna, estava o filho dele.

– Onde estávamos? – perguntou Rocco.
– Sua excelência acabou de dizer que o filho é um merda – disse Sebastiano.
– Ah, sim, exato. Concordo. – Então Rocco se aproximou de Furio. – Com licença? Vamos acabar com esta história.

Com um gesto rápido, pegou a pistola dele. Deu três passos na direção de Giorgio e apontou a arma para o rapaz.

– Não! – berrou o subsecretário. Furio e Sebastiano tinham ficado imóveis, olhando. Rocco começou a disparar no concreto armado a poucos centímetros da cabeça de Giorgio. As detonações ensurdecedoras se seguiram rapidamente, enquanto o cimento riscado pelas balas caía em um chuvisco na cabeça do jovem amarrado, que pulava a cada tiro. Fernando Borghetti Ansaldo sentiu um fio quente correndo por suas calças. E também seu filho, a julgar pela mancha no chão, tinha molhado as calças. Depois de seis tiros, Rocco restituiu a pistola a Furio.

– Da próxima vez, miro mais embaixo. – E, a passos largos, saiu do barracão.

Furio se virou para o político.

– Ficou claro?

Fernando fechou os olhos e assentiu. Giorgio choramingava em silêncio.

– Juro para os senhores. Giorgio não vai mais fazer mal a ninguém.

Sebastiano se aproximou do rapaz.

– Borghetti? Nós entramos onde queremos e quando queremos. Na próxima, em vez de você, nós pegamos sua esposa.

Furio deu risada.

– Mas alguma coisa me diz que a gente não se vê mais, não é?

E então os dois saíram sem dizer mais nada. Fernando Borghetti Ansaldo ficou ali, olhando o filho amarrado à cadeira. Se aproximou. O rapaz fedia a merda.

Escutavam uma rádio que tocava os grandes sucessos do passado. Era o momento de "Just an illusion", do Imagination.

– Quantas lembranças... – disse Sebastiano, sonhador.

– Grécia. Verão de 1982 – interveio Furio. – A gente traçou aquelas holandesas, lembra, Rocco?

Rocco, por sua vez, olhava pela janela. Seba e Furio se entreolharam e se limitaram a cantarolar o sucesso do grupo inglês. A música dance foi cortada pela "Ode à Alegria" de Beethoven. Rocco atendeu o celular, enquanto Seba abaixava o volume do rádio.

– Schiavone. Quem é?

– Oi, doçura, é o Alberto.

Era o legista de Livorno.

– Diga...

– Novidades. Tenho de falar com você. Para começar, examinei gravatas e cintos da casa dos Baudo. Nenhum traço de epitélio, cabelos, nada.

– Hum...

– Não foi com isso que estrangularam Ester.

– Então é capaz que a arma agora...

– É, vai saber onde foi parar. Porém, preciso falar com você sobre algo mais importante.

– Agora estou fora de Aosta. Volto e ligo pra você.

– Onde está?

Rocco nem respondeu. Alberto entendeu na hora.

– Ótimo, espero sua chamada. Olha, é importante – e desligou o telefone.

Rocco tornou a colocar o celular no bolso, depois fez um gesto para Seba aumentar o volume da rádio. Porém, "Just an illusion" tinha terminado. Agora era a vez de "Trottolino amoroso du du da da da". Berrando, Seba desligou o rádio.

Prima Porta é uma localidade perto de Roma, bem ao lado do anel viário. Começa na Via Flaminia, que segue reto na direção de Terni e das colinas da Umbria. Porém, para os romanos, Prima Porta é acima de tudo o cemitério municipal que, na verdade, se chama Flaminio. Cento e cinquenta hectares percorridos por setenta quilômetros de ruas. As pessoas andam por lá de carro ou de ônibus. Uma cidade feita de condomínios de túmulos, lápides e capelas de dois andares.

Sebastiano e Furio haviam ficado no carro. Rocco preferira percorrer os últimos cem metros a pé. Atravessou a rua enquanto o ônibus C8, indo direto para a zona muçulmana, passava veloz à sua frente. O céu estava encoberto, e, caminhando ao lado de um túmulo recente, o cheiro doce das flores o nauseou. Ultrapassou um bosquezinho de pinheiros e à sua frente se descortinou uma imensidão de lápides fincadas no terreno como dentes velhos. Perdidas no mar de sepulturas, duas senhorinhas vestidas de negro e agachadas cuidavam dos túmulos. Rocco foi com passos decididos para a terceira fileira. Se aproximou do mármore negro.

Marina estava ali, esperando por ele. No túmulo só havia flores secas. Rocco pegou aqueles galhos ressequidos e voltou para a ruazinha. Jogou-os no cesto, depois se aproximou da fonte e encheu o vaso de água fresca para suas margaridas. Voltou. Arrumou as flores e, finalmente, fitou a lápide. As datas ele sabia de cor, mas as leu do mesmo jeito:

20 DE MARÇO DE 1969 – 7 DE JULHO DE 2007

Não quisera colocar uma fotografia. Não precisava. O rosto de Marina estava impresso em sua mente, como uma marca feita a fogo no couro de uma vaca. Dizem que, habitualmente, com o passar do tempo os rostos das pessoas amadas vão pouco a pouco se escondendo na névoa das recordações. E que começamos a confundir os traços, a cor dos olhos e dos cabelos, a altura e, acima de tudo, o som da voz. Coisas que não aconteciam com Rocco. Marina, desde o dia 7 de julho de 2007, não perdera nem uma pintinha da pele em sua memória. Portanto, fotos não eram necessárias. A imagem do rosto dela, clara e vívida, seria a última coisa que Rocco veria quando chegasse a vez dele. Quanto a isso não havia dúvidas.

– Oi, Marina – disse em voz baixa. – Você viu? Eu vim te ver. Eu prometi. – Ele se via refletido no mármore brilhante e limpo. – Olha, te trouxe uma coisa... – enfiou a mão no bolso e tirou um bloco de notas. – Suas palavras estão aqui. Talvez sejam úteis pra você. – Colocou-o debaixo do vaso. Ao lado, deixou também a caneta. – Sabe? Encontrei uma palavra difícil pra você. Eu a escrevi aí. Tem a ver comigo. Quer saber qual é? Oligoemia. Mas não vou te dizer o que significa, senão você não se diverte.

Uma das duas senhorinhas, vestida de preto, havia se ajoelhado e estava fazendo o sinal da cruz. Rocco também se inclinou sobre o túmulo, mas só para retirar uma folha caída sobre o mármore.

– Feliz aniversário, Marina... a gente se vê em casa – e lhe mandou um beijo.

Voltou pela ruazinha, ergueu o olhar e os viu. Estavam ali, a uns trinta metros, e o olhavam em silêncio. Sentiu um aperto no coração. Ele não dava um passo, e Laura e Camillo também não se resolviam a ir em direção ao túmulo da filha. Foi Rocco quem tomou a decisão e, apesar do medo que deixava seus joelhos trêmulos, foi ao encontro deles. Laura, vendo que ele se aproximava, pôs a mão direita no braço do marido, como a se agarrar à única segurança que lhe restava. Rocco olhava para o chão, sabia que se erguesse os olhos não conseguiria se aproximar deles. Se os tivesse olhado, ainda que só um instante, teria mudado de caminho e voltado para Sebastiano e Furio, que o esperavam no carro. Então, chegando a poucos metros do casal, se deteve e ergueu os olhos. O rosto de Laura tinha se enchido de rugas, e seus belos olhos azuis haviam perdido a cor, como os crisântemos que trazia na mão. Os cabelos brancos de Camillo haviam ficado ralos, e ele usava óculos de armação preta. Assim como a esposa, ele também tinha emagrecido e perdido o viço. Pareciam não ter volume. Duas figurinhas recortadas em papel, por trás de um véu cinzento.

– Olá, Laura... Olá, Camillo.

Os sogros não disseram uma palavra. Laura respirava com dificuldade. Camillo, por sua vez, parecia estar em apneia. Bem, tinha chegado até ali, os tinha cumprimentado, e aí? O que deveria dizer? Pedir-lhes perdão? Fizera isso mil vezes desde aquele dia 7 de julho de 2007. No velório, no funeral, havia telefonado dezenas de vezes para a casa deles, mas o resultado não mudara. Marina não voltara, e eles nunca o perdoaram. Não que ele o merecesse, sabia disso, a culpa era única e exclusivamente dele. E nada aliviaria a violência daqueles golpes contínuos que sentia no peito, aquelas pontadas que o dilaceravam por dentro, fazendo-o sangrar. Só gostaria que eles soubessem de uma coisa: ele amara Marina. Acima de tudo. E continuava amando. E que não passava dia ou noite em que ele não chorasse por ela. Porém, em relação à perda de um filho, uma mãe e um pai têm mais direito à dor que um marido. Eles têm a precedência.

– Eu sei o que você quer de mim – disse Laura, apertando os lábios. – Mas eu não consigo. – Então olhou de novo para Rocco. – E nunca vou conseguir.

Rocco fez com a cabeça que entendia. Os olhos dela se umedeceram. Aqui e ali, no rosto cansado e pálido, aparecia Marina. Na ruga no canto da boca, no jeito de olhar, na linha dos cabelos. Marina teria ficado assim, ao envelhecer?

– Eu sei, Laura. Mas eu tenho de viver, e estou diante vocês como há cinco anos. Só quero que vocês saibam. Por tudo o que me resta de vida...

— O que resta da nossa vida não tem mais nenhuma importância – Camillo o interrompeu. Sua voz estava empastada e frágil como vidro. – O perdão não adianta de nada, porque, quando a esperança morre, nada mais adianta. E sabe de uma coisa? Eu pensava que morrer fosse muito fácil. E não é. Olhe só pra mim. Estou aqui, na sua frente, falo, ando; a vida maldita não me abandona, Rocco. Ela não me faz esse favor. Não acha que tudo isso seja contra a natureza? – sorriu, mal indicando as flores.

— Não estou entendendo – disse Rocco.

— Os filhos é que deveriam levar flores para o túmulo dos pais, não? No dia em que você me explicar por que para nós acontece o contrário, nesse dia eu vou conseguir perdoá-lo, e a mim também.

Abraçou com força a esposa e, juntos, passando por Rocco, se dirigiram ao túmulo de Marina.

Ele observou enquanto eles se afastavam, um ao lado do outro, lentamente. Laura apoiara a cabeça no ombro do marido. O C9, indo direto para a zona judaica do cemitério, passou por eles erguendo as faldas do impermeável de Camillo e fazendo balançar a barra da saia de Laura. Rocco deu meia-volta e retornou para o carro.

Só parou de chorar quando viu os amigos apoiados no capô, fumando.

— Me levem ao aeroporto, por favor.

Sebastiano e Furio não disseram nada. E, durante todo o trajeto até Fiumicino, não abriram a boca.

Esperando para embarcar, pegou o celular e digitou o número de sua antiga delegacia.

– Sim?

– Subchefe de polícia Schiavone, me passe De Silvestri.

– Um instante – disse a voz anônima.

Ouviu um barulho indistinto, em seguida a voz do agente Alfredo De Silvestri ressoou:

– Doutor...

– Tudo certo, Alfredo. O assunto foi resolvido. – Ele percebeu a respiração ofegante do policial. – Qualquer coisa que aconteça, você sabe onde me encontrar; mas, acredite em mim, só quero ouvir sua voz quando for para festejar sua aposentadoria.

– Obrigado, doutor.

– De nada, Alfredo. E um abraço para sua sobrinha.

E desligou o celular.

– Alitalia voo AZ123 para Turim, embarque iniciado no portão C19...

Levantou-se tirando do bolso o cartão de embarque e o documento. Deixava Roma, a sua Roma. No entanto, não era uma sensação de distanciamento como da última vez, apenas seis meses antes. Seria possível que seis meses tivessem mudado tanto assim a cidade? Seria possível sentir-se um estranho depois de tão pouco tempo? De quem era a culpa? Roma teria mudado? Ou ele?

– Um dia de merda, Rocco – dizia Italo enquanto guiava lentamente pela estrada de Caselle rumo a Aosta. – O chefe o procurou três vezes, e Farinelli, da polícia científica, deixou uma caixa cheia de coisas pra você na delegacia.

– O que você disse pra eles?

– Que você estava em Ivrea, atrás de alguém que poderia ser uma testemunha.

– Ótimo. – O subchefe estendeu um braço e pegou um cigarro do maço de Italo. – Escute, eu sei que é inútil continuar martelando o mesmo assunto, mas por que você teima em comprar Chesterfield?

– Eu gosto, Rocco. Por falar nisso, posso fumar um também?

Rocco colocou dois na boca, acendeu-os e depois deu um para Italo.

– Obrigado. Mas você resolveu tudo em Roma?

– Sim. – E não disse mais nada. – Quem foi ao funeral de Ester Baudo?

– Caterina e eu. Fizemos como você pediu. Fotografamos um pouco todas as pessoas. Não tinha tanta gente. Umas trinta pessoas. As fotos eu deixei na sua escrivaninha.

Quarta-feira

Nevara de novo a noite toda. Rocco não tinha fechado os olhos. Não conseguia se acostumar com o silêncio daquela cidade. Não passavam carros, não escutava a televisão dos vizinhos, nem uma voz gritando alguma coisa, nem um trem a distância.

Nada.

De manhã, quando se levantou da cama e abriu as cortinas para espiar lá fora, viu que a neve tinha parado de cair, e que os limpa-neves da prefeitura já haviam liberado as ruas. Quando tinham feito isso? Por que não os ouvira? O que é que eles tinham, silenciador no motor? Como sempre, o céu era uma camada de nuvens.

Mais um dia de merda.

Mal entrara no carro e o celular tocou. Estava vacilando. Era o segundo dia seguido que se esquecia de desligá-lo. Erro imperdoável.

— Quem tá me enchendo?

— Sou eu, Alberto. Você está na delegacia?

Era o legista.

— Não. Ainda tenho de chegar lá.

— E onde você está?

— E o que você tem com isso? O que foi?

— O que eu lhe disse ontem? Preciso falar com você, urgente.

— Assim que eu chegar à delegacia, telefono.

– Veja bem, é algo sobre a Ester. E acho que lhe interessa.
– Juro que telefono. Pode contar com isso.
– Não quer que eu lhe antecipe nada?

Rocco ergueu os olhos para o céu.

– Você sabe, Rocco, que os mortos contam histórias, não sabe?
– Talvez não em voz alta.
– É. Mas basta a presença deles, e, se você estiver com os ouvidos atentos, eles contam, e como. Acredite em mim, anteontem Ester Baudo me disse uma coisa pavorosa.
– Bom. Então a gente se vê na delegacia em uns vinte minutos?
– Não. Você vem até aqui.
– Você viu que nevou a noite toda?
– Em Aosta isso acontece sempre, ou você não tinha percebido? O que foi? Tem medo de quebrar um fêmur?
– Pelo menos espere até limparem as ruas, não?
– Ô, pateta, estou aqui no hospital desde as sete, e as ruas já estavam limpas. Além disso, me explique: eu posso andar por aí com a neve, e você não?
– Como você me enche, Alberto.
– Escute, Rocco, eu trabalhei sábado e domingo porque o corpo da coitada precisava ser enterrado. Você já ouviu falar de funeral?
– Sim. Infelizmente, frequento muitos. Tudo bem, vou ver se o carro pega e vou tentar te encontrar.
– Você tem um Volvo XC60 com tração nas quatro rodas, 163 cavalos, menos de um ano, e está me dizendo que ele não vai pegar? Mexa esse traseiro, vamos.

No entanto, Rocco seguiu direto para a delegacia. Não tinha a menor intenção de passar no hospital. Havia encontrado um jeito de atrair Fumagalli à delegacia. Não era preguiça, nem desinteresse pelo assunto. Ao contrário, queria ouvir o médico toscano contar as novidades. Mas não teria conseguido ir mais uma vez ao hospital, entrar naquela sala de autópsias. Sentir o mesmo fedor, olhar as mesmas macas de metal e os escaninhos imensos que conservavam os corpos de gente que não estava mais viva.

Começava a ficar de saco cheio das pessoas que não estavam mais vivas.

Apressou-se pelo corredor da delegacia, sempre evitando o encontro matutino com Deruta, quando alguma coisa na sala de passaportes chamou a sua atenção. A porta estava semicerrada. Aproximou-se silencioso na ponta dos pés, deu uma olhada dentro da sala e o que viu não lhe agradou nem um pouco.

Italo Pierron estava explorando com a língua a cavidade bucal de Caterina Rispoli. Estavam ali, abraçados como dois polvos, de olhos fechados. Na cabeça deles, não estavam na delegacia, mas em alguma praia do Caribe, se não em seu próprio quarto. Rocco sentiu-se tentado a tossir um pouco para desfrutar do rosto constrangido dos dois amantes, mas depois pensou melhor.

"A vingança é um prato que se serve frio", disse a si mesmo, "e, haja vista que estamos em Aosta, congelado."

Mal entrou na sala, gritou na hora:
– Pierron!
Um rumor de passos, e o jovem policial apareceu, esbaforido:

— Estou aqui. O que houve?

Rocco o observou. Estava com o colarinho da camisa aberto, a gravata frouxa e os lábios abrasados, como se tivesse passado neles uma lixa.

— Mas que porra você estava fazendo? – perguntou.

— Olhando as denúncias de furto.

— Vá ao hospital pegar o Fumagalli. Diga que ele tem de vir falar comigo. Ele vai insistir em não vir, mas você diz pra ele que fui interceptado pelo chefe de polícia.

— Perfeito. Rocco, ouça, você...

— Na delegacia, me chame de senhor.

— Ah, sim, claro. É que não tem ninguém, e eu pensava... Tudo bem; escute, o agente da polícia científica, Farinelli, telefonou para o senhor um monte de vezes.

— Telefono para ele agora mesmo. Tem algo mais a dizer?

— Não.

— Então vá fazer o que eu lhe disse, porra. – E Rocco bateu a porta na cara do agente especial Italo Pierron, que ficou meio chateado com isso. Depois pensou que talvez o chefe tivesse acordado com o pé esquerdo. Com certeza ainda não tinha fumado o baseado, e era esse o motivo para tanta irritação. Ao voltar, o encontraria relaxado e amistoso como sempre.

— Você deve saber, Rocco, que os receptores da cannabis são os gânglios basais, que se conectam ao cerebelo, que controla todos os movimentos nervosos. E ao hipocampo, que por sua vez controla a memória e o stress. E até ao córtex cerebral, e aí estamos falando de seus pensamentos, de sua atividade cognitiva etc.

– O que você está tentando me dizer, Alberto?

– Que, se você continuar fumando, não vai lhe fazer bem. A tudo isso, acrescente também a taquicardia!

De fato, o cheiro de marijuana pairava na sala de Rocco, e era inútil esconder a verdade de Alberto Fumagalli.

– Fumo pouco, e só de manhã. Me ajuda.

– Em quê?

– Me acalma e abre minha mente. Fico criativo e consigo até olhar uma cara de bunda como a sua.

– É um milagre.

– O quê?

– Que na sua vida você tenha arrumado uma esposa, sabia?

– Esse é um assunto em que não queria tocar. Perco a ironia.

– Tem razão, me desculpe. Porém, cá entre nós, pare de fumar baseado. E digo isso como amigo.

– Você não é meu amigo.

– Então como médico.

– Você nem é médico. Os médicos curam as doenças.

– E...?

– Me diga, quais são as expectativas de cura dos seus pacientes?

– Faça o que bem entender.

– E agora me diga o que tem de tão espantoso.

– É possível beber um café?

– Não. A máquina daqui é pior que aquela que vocês têm no hospital. Porém, espere um instante, por que não? – Rocco se levantou e abriu a porta da sala. – Pierron! – berrou.

Ele apareceu numa porta lateral.

– Diga.

– Pode pegar pra nós dois cafés no bar?

Italo olhou para Rocco sem entender. Ele nunca lhe pedira uma coisa desse tipo.

– Que parte da frase não ficou clara?

– Não pode pedir para o Deruta? – disse, sorrindo.

– Não. Estou pedindo a você. Espere! – voltou-se para Alberto. – Quer também alguma coisa pra comer?

– Não, obrigado, só o café.

– Então, Italo, só dois cafés. Mas não leve a vida toda nisso – e fechou a porta.

Voltou a sentar-se na frente de Fumagalli.

– Então, o que você descobriu?

– Em primeiro lugar, me diga por que não está conversando com o chefe de polícia. Seu agente me disse que ele tinha interceptado você.

– É verdade. Mas no fim eu encerrei o assunto porque sabia que você vinha.

– Vamos fazer uns cálculos. Para vir, eu não levei nem dez minutos. E você estava conversando com o chefe de polícia. Além do mais, você ainda teve tempo de fumar um baseado, digamos mais cinco minutos. Porém, sentindo o leve aroma que está aqui dentro, creio que você tenha terminado o baseado pelo menos uns sete ou oito minutos atrás. Então, você começou a fumar o baseado no momento em que o agente Pierron saía para ir me buscar. Terminando o raciocínio, você não conversou com o chefe de polícia, supondo que tenha conversado, nem um minuto. E sabe o que eu estou pensando? Que você nem mesmo viu o chefe de polícia, que inventou uma desculpa para não ir ao hospital. Para concluir, você é um mentiroso folgado.

– Terminou?

– Só se me disser que tenho razão.

– Tem razão. Vamos passar para as coisas sérias?

Alberto concordou. Então pegou um caderninho do bolso. Abriu-o. Olhou as anotações.

– Me escute com atenção. Vamos conversar sobre Ester Baudo.

– Pode começar.

– Mandei toda a papelada para o juiz; com você, no entanto, converso pessoalmente. Tem alguma coisa errada.

Rocco pegou um cigarro do maço sobre a escrivaninha.

– Se você fumar, me incomoda.

– Você me incomoda se eu não fumar. Continue. O que é que está errado?

– As fraturas.

O rosto de Rocco se transformou em um ponto de interrogação.

– Não aquelas causadas pelos golpes no zigoma, você lembra? Não. Estou falando de fraturas antigas. Encontrei uma na ulna e uma no rádio do braço direito. Umas costelas estão trincadas, isso também é coisa antiga. Assim como o zigoma direito. Tem a ver com uma fratura séria de... Olha, uns anos atrás.

Rocco deu uma tragada lenta. Soprou a fumaça para o teto.

– Em sua opinião?

– São duas as possibilidades: ou ela praticava um esporte radical...

– Não, não creio.

– Então só resta um acidente de carro. De outro modo, eu não saberia explicar por quê. Quer dizer, ficar com os ossos daquele jeito.

Rocco apagou o cigarro no cinzeiro. Levantou-se e deu dois passos na direção da janela. Mas não olhou a paisagem. Colocou uma das mãos sobre os olhos.

– Isso é uma coisa pavorosa, sabe?

– Você acha?

– Acho.

Italo Pierron entrou na sala com dois copos de plástico. Colocou-os na escrivaninha.

– Quanto de açúcar? – perguntou com um sorriso irônico para Alberto que, por sua vez, não respondeu e bebeu o café de um só gole. O agente percebeu que aquele silêncio, como um marca-texto numa página em branco, sublinhava alguma coisa muito importante que havia acabado de acontecer.

– O que houve? – perguntou, olhando para Rocco.

– Venha comigo, Italo. – Então o subchefe olhou para Fumagalli e disse: – Vou mandar o Deruta levar você ao hospital. Obrigado, Alberto, você foi espetacular. Como sempre. – E, passando ao lado dele, deu-lhe um tapa nas costas.

– Não vai beber o café?

Mas Rocco já tinha saído da sala, seguido por Italo. O legista sorveu também o segundo copo.

– Para onde estamos indo? – perguntou Italo.

– Charvensod, à casa da mãe de Patrizio Baudo.

– O que está acontecendo?

– Muitas coisas não estão batendo.

– Não, eu queria dizer, o que está acontecendo entre nós?
Rocco sorriu.
– Por que está me perguntando isso?
– Porque você está estranho.
– Ah, eu estou estranho? Você traça a Rispoli e eu fico estranho?
– Não, me desculpe, mas o que tem a Rispoli a ver com isso?
– Vi vocês dois na sala dos passaportes.
Italo reduziu a marcha e acelerou.
– E daí?
– Italo, você sabe que eu estava de olho nela.
– Mas você tem o *ius primæ noctis*?*
– E se tivesse?
Prosseguiram em silêncio por algumas curvas.
– Aconteceu quando estávamos de tocaia vigiando Gregorio Chevax, na outra noite.
– Você tomou a iniciativa, ou ela?
– Digamos que fiz de modo que ela tomasse a iniciativa.
– Quero os detalhes.
Italo inspirou.
– Eu começo e digo a ela: "E se o Chevax vir a gente?". Ela me responde: "Impossível". Eu então digo: "Vamos fazer como nos filmes? Fingimos ser dois amantes que se beijam, e assim não despertamos suspeitas". Ela me olha e diz: "Ah, mas que droga, vi a sombra de Chevax!". E me abraça. E nos beijamos. E demos risada.

---

* Na Idade Média, direito do senhor feudal à primeira noite de núpcias com as mulheres de seus vassalos. (N.T.)

– Só isso?

– Só isso.

– Caraca – disse Rocco –, que imaginação. Tecnicamente você começou a conversa, mas ela tomou a iniciativa.

– Sim, mas eu sabia que ela gostava de mim. Já faz um tempo.

– E não podia me dizer?

Italo freou na frente da casa da mãe de Patrizio Baudo. Rocco abriu a porta.

– De qualquer modo, não fique muito folgado. Vou fazer você pagar.

– Que falta de espírito esportivo – retrucou Italo, indo atrás dele.

– E alguma vez alguém disse que eu tinha? – deram uns passos na direção da casa quando a sra. Baudo apareceu na porta. Ela os vira chegando. O rosto preocupado. Segurava um pano de cozinha com as mãos sobre o peito.

– Doutor, aconteceu alguma coisa com meu filho? – foi a primeira coisa que disse.

Um montinho de neve ao lado da calçada atacou o Clark esquerdo do subchefe.

– Puta que... Não, senhora, não que eu saiba. Por quê?

– Estou angustiada. Ele foi hoje de manhã a Pila com o teleférico e desligou o celular.

– Pila?

– Disse que precisava ficar no meio das montanhas, longe deste... – e, com a mão direita, fez um gesto abrangendo tudo aquilo que se encontrava à sua frente.

– Não, senhora, vai ver que ele quer ficar um pouco sozinho. Viemos por outro motivo.

– Querem entrar? Posso oferecer alguma coisa?

Italo já ia entrando na casa. Rocco o segurou pelo braço.

– Talvez a senhora mesma possa nos dizer. É só uma pergunta. A Ester sofreu algum acidente grave de carro?

– Ester? Não. Uma vez, uma batida por trás; mas ela acionou o seguro e ficou tudo bem. Mas por quê? Tem algum problema com o seguro?

– Não, senhora – disse Italo –, não se preocupe.

– Era apenas uma formalidade – disse Rocco, olhando o sapato, que já havia mudado de cor.

– Não querem mesmo um café? O senhor deveria usar uns sapatos melhores para quando nevar.

Rocco olhou a mulher.

– Sabe de uma coisa? A senhora não é a primeira a me dar esse conselho. – Depois, com um sorriso, voltou para o carro. Italo levou a mão à cabeça rapidamente para cumprimentá-la e seguiu o chefe.

– O que quer que eu lhe diga? Teria de procurar no meio dos arquivos. – De má vontade, falava rápido, queria encerrar aquela visita inesperada da polícia em poucos minutos. – Percebe quanto tempo eu levaria?

O diretor administrativo do hospital parecia qualquer coisa, menos um diretor administrativo de um hospital. Malha de cashmere de gola careca, calças de veludo azul. Usava óculos de grau com lentes azuladas, como uma estrela de Hollywood. Os cabelos brancos e ondulados destoavam do rosto redondo e gordinho. Estava com os nós dos dedos apoiados na escrivaninha e não havia convidado Rocco, quanto menos o agente Pierron, a se acomodar nas duas pequenas poltronas de couro.

– O senhor não tem uma secretária, dr. Trevisi? – perguntou o subchefe.

– É quarta-feira. É um dia pavoroso. Entre consultas e ambulatório, tem uma bagunça que o senhor nem imagina. Ouça, façamos o seguinte: o senhor me deixa as informações e eu juro que em menos de... – olhou o relógio – seis horas eu lhe digo o que o senhor está procurando.

– Digamos três horas.

– Cinco.

– Quatro, combinado! – e Rocco estendeu a mão que o diretor apertou sem saber o motivo.

Pegou uma folha de papel e começou a escrever:

– Então, subchefe, por favor, me recorde...

– Certo. Quero saber se e quando Ester Baudo esteve aqui internada ou simplesmente no pronto-socorro. Baudo é o nome de casada. Quando solteira era...

– Sensini – respondeu na hora Italo.

Trevisi tomava nota sem tirar os olhos do papel, a boquinha murmurando as palavras que estava escrevendo.

– ...pronto-socorro, Sensini, casada Baudo...

– Se me permite um palpite, eu procuraria na traumatologia. Quero saber quando, como e por quê.

– ...como e por quê... bem! – o diretor ergueu os olhos. – Agora, se não tem mais nada...

– Não, tem mais uma coisa.

– Diga-me, dr. Schiavone.

– Se o senhor não der notícias em quatro horas, eu volto com uma linda carta assinada por um juiz.

– E posso saber o que estaria escrito nessa carta?

– Dr. Trevisi, não é que eu tenha vindo até aqui por não ter porra nenhuma pra fazer. Trata-se de um homicídio. Espero ter esclarecido definitivamente a questão. Meus cumprimentos.

Virou-se e, seguido por Italo, saiu da sala. Trevisi pegou na hora o telefone:

– Annamaria? Aqui, na minha sala... Você tem de fazer uma pesquisa... Sim, agora; senão quando, no fim do ano? E daí que é quarta-feira!

– Vamos visitar o D'Intino? – perguntou Italo, descendo as escadas do hospital.

– Mas que pressa é essa de ir vê-lo?

– Ele não tem ninguém aqui em Aosta. Nós nos revezamos para lhe levar água e biscoitos.

Rocco se deteve.

– E você costuma ir com Caterina ou sozinho?

Italo enrubesceu.

– Escute, Rocco, essa história da Caterina...

– Quer saber a verdade? A ideia era me vingar, e pegar pesado. Tipo escrever uma advertência sobre você, enviá-la ao chefe de polícia e mandar transferi-lo. Mas dei uma boa olhada em você. Não passa de um fracassado com a boca que mais parece um cofrinho, e quando é que vai arranjar outra namorada?

– E daí?

– E daí que eu te perdoo. Em nome do pai...

– Vá tomar no cu, Rocco.

– Mas, pelo menos uma vez, vai ter de me contar como ela trepa.

– Isso é coisa íntima.

– Já ouviu falar de um lugar chamado Scampia? Macomer? Ou Sacile del Friuli?

– Começo de quando a gente tirou a roupa?

– Ótimo. Enquanto isso vamos ao centro, porque temos de fazer uma visita. E mesmo sendo zona de pedestres, você vai com o carro. A gente é da polícia, porra!

– Você não me dá uma advertência nem manda ao chefe de polícia porque, sem mim, quem fica ao seu lado na delegacia? – disse Italo, sorrindo amigavelmente.

– Fica a Caterina. É mais que suficiente.

– Que filho da mãe.

– Você não sabe como. Vai, começa. Vamos falar dos mamilos.

O agente Italo Pierron entrou na loja Tomei seguindo seu chefe como um perdigueiro faz com o caçador. Só que o cachorro sabe o que está fazendo, conhece sua missão. Identificar as aves e tentar fazer com que saiam voando. Italo, por outro lado, se limitava a olhar ao redor e a verificar, desnorteado, o preço de um par de sapatos Church's.

No seu impecável terno de tweed Príncipe de Gales, o sr. Tomei, dono da loja homônima de artigos masculinos *very English*, com passinhos rápidos foi ao encontro dos dois policiais.

– Dr. Schiavone! Fico feliz de o senhor ter vindo. Como lhe disse ao telefone ontem, minha esposa tem algo a lhe dizer.

E, com um gesto teatral, apresentou Finola, sua esposa. A mulher com o queixo mais pronunciado que Rocco já vira na vida. Aquilo não era um queixo; para Rocco, parecia mais uma calha.

— Bom dia, comissário. — Seu sotaque inglês traía as origens.

— Subchefe — disse Rocco.

— Sim — disse ela. — Eu queria falar com o senhor. Porque... me lembrei de uma coisa importante.

— Sou todo ouvidos.

— Meu marido me contou... e eu comecei a pensar. Pensei e pensei, até que me lembrei. *A tie*!

— Não entendi.

— A senhora que morreu... veio comprar uma gravata para o marido. *A tie*. Era o que havia no pacotinho.

Rocco olhou para Italo, que não estava entendendo, mas fingia se interessar pela conversa.

— Posso vê-la?

— Claro. Comprou uma gravata regimental. Uma bela gravata. Cashmere e seda.

— Corrija-me se eu estiver errado, as gravatas regimentais são aquelas com as listras transversais?

— Exato! — disse Finola, que nesse ínterim havia tirado três gravatas luzidias de uma vitrine. — Está vendo? São assim...

— E se eu lhe pedisse para identificar aquela gravata, a senhora conseguiria?

— Claro — se intrometeu na hora o sr. Tomei. — Eu reconheceria nossas gravatas a quilômetros de distância. Sabe por quê? — sorriu, amistoso. Pegou uma gravata, virou-a. — Está vendo? Atrás, nós colocamos o logo da nossa loja. Facílimo!

Uma etiqueta pequena e branca, também de seda, costurada na gravata, trazia de fato o logo "Tomei" bordado em um oval de folhas de louro.

– É a nossa marca. São gravatas exclusivas. Vêm da Irlanda. Quer dizer, na verdade são feitas na Índia, mas o desenho e tudo mais são irlandeses.

– Mas a Irlanda é Grã-Bretanha ou é Irlanda? – foi a única coisa que saiu da boca de Italo, que, vai saber o motivo, se sentiu na obrigação de tornar sonora a sua presença, caso contrário seria inútil na loja. Tudo que recebeu foi um olhar desdenhoso de Rocco, mas acima de tudo de Finola, que não podia deixar a coisa passar em branco.

– A Irlanda é Irlanda, senhor, e se chama Eire. Ulster, a Irlanda do Norte, é Grã-Bretanha. A capital da Irlanda é Dublin. Belfast, a de Ulster. Se o senhor quiser saber mais, deve ler um livro sobre Michael Collins.

Rocco levou a conversa de novo para a gravata.

– Uma última coisa. Pode me dizer o preço?

– Daquela gravata? Coisa séria... – disse o senhor Tomei.

– Então?

– Cerca de setenta euros. Mas, sabe, é de seda e é um artigo quase único. Veja, a mistura de cashmere com seda é um procedimento que...

– O senhor não precisa me convencer a comprar, sr. Tomei, só preciso das informações.

– Desculpe, deformação profissional.

– Imagine. Sra. Finola, a senhora ajudou muito.

Finola Tomei sorriu, revelando uma dentadura especialista. No sentido de que na arcada superior faltava um canino, e na inferior, dois incisivos. Se a isso se acrescentasse que os dentes eram enormes e desordenadamente enfiados nas gengivas, a boca de Finola Tomei parecia o resultado de uma colisão com um bonde. Rocco ficou fascinado, olhando-a. Foi Italo que o fez tornar à realidade.

— Bem, doutor, vamos andando? – disse, sacudindo-lhe o braço.

Rocco sorriu, deu uma piscadela para o casal e saiu da loja escoltado pelo agente Pierron.

— Uma gárgula. Já viu, Italo? Parecia uma gárgula, uma daquelas de Notre Dame, em Paris.

Italo sorria.

— Uma coisa impressionante. Porém, mais que uma dessas gárgulas, acho que lembra um daqueles peixes abissais. Sabe, aqueles transparentes, com o corpo pequeno e a boca gigantesca?

— Sabe que você tem razão?

— Eu vi uns no Animal Planet que metem muito medo.

— É verdade, um peixe abissal. É a primeira vez que me acontece.

— O quê?

— De ligar o rosto de uma mulher a um animal. Nunca me aconteceu.

— É porque você nunca viu minha tia – disse Italo. – Um dia eu lhe apresento. Mas você tem de se preparar. Imagine que ela tem 82 anos e não sai de casa desde 1974.

— Não anda?

— Que nada, anda, e como. Só que resolveu que não estava mais com vontade de sair. Diz que na rua só tem maluco. Tia Adele, é o nome dela. Tem um metro e meio de altura e fala apenas à noite. Se você a vir, vai ficar impressionado.

— E por que eu deveria conhecê-la?

— Porque ninguém cozinha como ela em todo o vale, pode crer!

– Sabe o que a gente vai fazer agora, Italo? Vamos comer, você e eu, no Pam Pam, por minha conta. E leve a Caterina também.

– E por que essa generosidade?

– Porque estou triste, é 21 de março, a primavera chegou, é uma data importante e não estou com vontade de comer sozinho. É suficiente?

No fim, sempre ficava desse jeito. Cansado e enojado. O jantar com Italo e Caterina não tinha servido pra muita coisa. Tinha rido, bebido, resumindo, tinha tentado se distrair. Mas não conseguiu. No fim das contas, o vazio da morte pesava mais forte em seus ombros do que uma responsabilidade. Porque agora Rocco Schiavone já tinha identificado o culpado. Poucos dias tinham sido suficientes para que ele entendesse, perseguisse e fosse prender o assassino, o idiota, a pessoa que havia rompido o equilíbrio natural. Que havia acabado com uma vida, e por quê? Egoísmo? Raiva? Loucura?

Porém, para entender o egoísmo, a raiva ou a loucura, Rocco tinha de se ensimesmar, como fazem os bons atores antes de interpretar um personagem. E, para se ensimesmar, tinha de entrar na cabeça doentia daquela gente, entrar na pele imunda deles, se mimetizar e descer lá no fundo, na lama, procurando com uma lanterna a parte mais indigna e imunda de um ser humano. E lá no fundo da lama, no atoleiro, tinha de ficar agachado até que o culpado, o filho da mãe, viesse à linha de tiro. Depois finalmente podia subir para o ar e se limpar. Só que, para tirar toda aquela imundície, levava dias, até meses. E ela sempre ficava um pouco grudada na pele.

Sabia que, se continuasse nessa profissão, não se livraria mais da lama.

– Sabe? Passei em casa. Estão lá os móveis cobertos. Com lençol.

Marina dá uma boa risada.

– Os cupins vão atacá-los do mesmo jeito – me diz, e se apoia ao vidro da janela.

– E também fui te ver.

Me olha e não diz nada.

– Levei margaridas pra você. Aquelas grandes, de que você gosta.

– Você os encontrou, não é?

– Sim – digo, mas depois de um tempinho, não imediatamente.

– Estavam os dois?

– Os dois.

– Não falaram com você, não é?

– Não, Marì, eles não falam comigo. Se falam, é só pra me lembrar que não vão mais fazer isso.

Marina assente e vai se sentar no sofá.

– Você tem de entender os dois.

– Mas eu entendo. Não sou tonto. Mas esperava. Quer dizer, depois de cinco anos.

– Como está Roma?

– Fiquei pouco por lá. Não sei. Fede.

– O que você foi fazer lá?

– Tinha problemas com o advogado.

– Quantas vezes eu já te disse? Você é bom pra descobrir as mentiras, mas péssimo para mentir.

Será possível que eu nunca consigo enrolar a Marina?
– Tá bom, coisas do serviço.
– A vida dupla de Rocco Schiavone! – *e começa a rir.*
– Mas que vida dupla. A vida, só isso, Marì.
Me sirvo de vinho branco. Desde que Ugo me fez provar, só compro este Blanc de Morgex.
– Como estão o pai e a mãe?
– Magros.
Marina assente.
– Só me lembra de uma coisa. Aquele dia 7 de julho... que horas eram?
– Três e meia da tarde.
– Três e meia. Fazia calor?
– Muito. Tinha sol, coberto pelas nuvens, mas fazia muito calor.
– E onde a gente estava?
– Via Nemorense, na frente da confeitaria.
– O que a gente estava fazendo ali?
– Tomando sorvete.
Se levanta do sofá e vai para o quarto.
– Marina?
Ela se detém. Se vira e me olha.
– Também vou pra cama. Não estou com vontade de ficar em pé.
– De todo modo, você nunca fecha os olhos.
– E você continua falando comigo.

Estava apagando a luz da sala quando o celular tocou.
– Schiavone, aqui é o dr. Trevisi, do hospital Parini de Aosta. Desculpe-me a hora.

– Imagine, mas por que, que horas são?

– Meia-noite.

– E o senhor ainda está no hospital?

– Eu disse que quarta-feira é um dia puxado. Escute, aconteceu algo um pouco complicado. De qualquer modo, nós atendemos Ester Baudo no pronto-socorro duas vezes em 2007 e uma em 2009. Na segunda vez, nós a internamos na traumatologia.

– Sei.

– E depois também em 2010, sempre no pronto-socorro, nós lhe demos pontos internos na boca... E estou lendo aqui que em 2011 ela teve uma fratura no zigoma.

Rocco suspirou.

– E nunca passou pela cabeça de vocês que havia algo estranho?

– Veja, eu estou aqui apenas desde 2010, e a verdade é que Ester sempre justificava essas fraturas com acidentes de carro. A não ser da última vez; pelo menos então ela declarou incidente doméstico.

– Doméstico. Sim. Diria que é o caso de chamá-lo assim. Agradeço, dr. Trevisi. O senhor foi muito útil.

– Ora, é minha obrigação.

– Então? Vem pra cama? – me pergunta Marina.
Esta noite não fecho os olhos. Tampouco esta noite.

Quinta-feira

Quando se deu conta, estava na frente do apartamento dos Baudo. Alguém havia tirado os lacres de isolamento. A porta estava apenas encostada. Rocco só precisou empurrar para entrar.

Na sala, enfiado embaixo de um sofá, havia um homem.

– Foi você que tirou os lacres? – disse Rocco.

O homem se voltou. Era Luca Farinelli, o chefe substituto da polícia científica.

– Na verdade, não. Deve ter sido um dos seus agentes.

– Ou então um dos seus. Meus agentes nunca voltaram nesta casa.

Farinelli se levantou, tirando o pó das calças na altura dos joelhos.

– Sorte deles!

– Posso saber o que está fazendo aqui? – perguntou Rocco.

– Trabalhando. E você?

– Procurando uma gravata.

– Meus homens levaram todas para Fumagalli.

– Então foram eles que quebraram os lacres.

– Meus homens não fazem merda desse tipo. Isso é coisa que vocês fazem. Quando é que vão aprender a se comportar como se deve na cena de um crime?

– Tudo bem com você? Sua esposa está bem?

– Por que você me pergunta de minha esposa todas as vezes?

– Porque espero que um dia você me diga: "Não é mais minha esposa. Nos separamos".

– Isso nunca vai acontecer.

– Não tenha tanta certeza.

A história da esposa de Farinelli continuava a ser um mistério para Rocco Schiavone. Ela era linda; na rua, era de encher os olhos de homens e mulheres. Luca era muito feio, e a única coisa que ele enchia era o saco de Rocco Schiavone e de todos os agentes sob seu comando.

– Vocês fizeram a maior bagunça aqui... – disse Farinelli.

– Como sempre.

– Sei que você estava me procurando. Passe pros finalmentes, porque não tenho tempo e não gosto de ficar neste apartamento.

– Tenho de voltar rapidamente pra Turim. Duplo homicídio, uma coisa de arrepiar os cabelos.

– Para quem os tem... – disse Rocco, olhando os cabelos ralos que atormentavam Farinelli havia anos.

– Passei na delegacia. Deixei uma caixa pra você. Dê uma olhada, talvez tenha algo que sirva. Só digo duas coisas: a primeira, vocês colocaram o cadáver no chão antes da chegada dos meus homens, e tocaram na corda sem luvas. Alguém também fez xixi no banheiro.

– Como tem certeza?

– Examinamos a urina. É a segunda vez que pegamos o agente Casella.

"O cagalhão", pensou Rocco. Um mês antes, em Champoluc, já havia marcado o local do crime mijando em tudo quanto é canto, como um pastor alemão.

— Eu sei. Casella deve ter algum problema na bexiga. E a segunda coisa?

— Tinha um celular meio quebrado. Agora é inútil. E não encontramos o chip. Vai saber, talvez esteja debaixo da bota de um dos seus agentes.

Impotente, Rocco estendeu os braços.

— Que saco!

— Vocês andam como um bando de animais no pasto.

— Tem mais alguma coisa?

— Sim. Estou pensando em pedir ao chefe de polícia para fazer um treinamento de três dias com os seus agentes. Estou de saco cheio de correr atrás das idiotices que eles fazem. Não sabem se comportar na cena de um crime.

— Você ministra esse treinamento?

— Claro.

— Pode contar comigo entre os inscritos. Seja como for, este caso está resolvido. Só falta um detalhe.

— E posso saber qual?

— Uma gravata.

— Ainda? Nós levamos todas para Fumagalli.

— Todas menos uma.

Então Rocco olhou para a bicicleta de Patrizio Baudo, a Colnago de mais de seis mil euros. Aproximou-se dela. Começou a examiná-la.

— Está procurando a gravata aí?

— Não. Mas... me passou uma coisa pela cabeça.

Virou a bicicleta. A roda posterior começou a girar. Rocco a fez parar. Olhou atento a estrutura, os freios, o selim. Depois enfiou a mão no bolso e pegou seu canivete suíço.

— O que você vai fazer, rasgar os pneus? – perguntou Farinelli.

O subchefe não respondeu, concentrado em escolher o instrumento certo. Então optou pela serrinha e começou a trabalhar no selim da bicicleta. Cortou a borracha. Tirou uma mola. Depois um pedaço de estofamento e finalmente uma pequena etiqueta de tecido. Mostrou-a, sorridente, para o colega da científica:

— Olhe aqui!

— O que é?

Rocco estendeu-lhe o que achara. Farinelli o inspecionou. Era uma pequena etiqueta branca, na qual estava bordado um logo: dois ramos de louro envolvendo um nome, Tomei.

— E aí?

— Um golpe de sorte, Farine. – E pegou a tirinha de tecido. – Agora me despeço. E agradeço pelo ótimo serviço feito, e blá-blá-blá.

Sem lhe apertar a mão, Rocco passou por ele com os olhos grudados na etiqueta de tecido branco. Luca gritou:

— Dê uma olhada nas coisas que eu deixei pra você na delegacia.

— Pode contar com isso. Você põe os lacres no lugar?

Rocco Schiavone e o agente Italo Pierron bateram à porta da família Baudo em Charvensod, uma linda casinha com uma chaminé que cuspia fumaça cinzenta na direção de um céu da mesma cor. O vento frio havia descido ao vale, fazendo com que as agulhas dos pinheiros assobiassem e as janelas batessem. A mãe de Patrizio Baudo abriu a porta.

— Subchefe... por favor, entrem...

— Estava procurando o Patrizio – disse Rocco, limpando os pés no capacho.

A mulher sorriu e fez que sim.

— Deve estar lá embaixo, na garagem. Ele a usa como escritório e loja. Mas posso lhes oferecer alguma coisa?

— De jeito nenhum, obrigado...

Na casa, cheiro de cera para móveis.

— Por favor, sentem-se – disse a mulher, indicando os sofás de couro colocados na frente de uma bela lareira acesa. – Vou chamá-lo. – Afastou-se em silêncio. Abriu uma porta e desceu por uma escada de ferro em espiral.

— Linda casa – disse Italo, olhando ao redor.

A sala inteira era coberta por lambris de madeira, e nas paredes havia quadrinhos estranhos feitos com rendas antigas. Sinetas usadas em vacas e esquis de madeira antigos, duas paisagens alpinas e uma estante de livros no canto, que continha em sua maior parte livros de receitas. Havia um belo crucifixo de madeira em cima da porta da cozinha, e um quadro de uma Nossa Senhora com o menino ao lado da entrada.

— Venha, Italo, não estamos aqui para conversar – disse Rocco, ríspido. E desceu a escada de ferro que levava a uma salinha estreita repleta de jarros e pincéis. Havia uma porta encostada. Rocco a abriu, e se viu dentro de um cômodo construído no porão, de uns cem metros quadrados. A mãe de Patrizio estava no centro da peça.

— Ele não está – disse. – Deve ter saído.

Aquele loft subterrâneo estava cheio de artigos esportivos. Pendurados em cabides, protegidos por celofane, calças de esqui, de caminhada, malhas e casacos corta-vento. Pendurados em suportes, havia instrumentos para a montanha.

Objetos novos, em exposição. Equipamento para escalada, machadinhas, capacetes, arpões, cordas e mosquetões.

– Não estou entendendo... olhei até na garagem. O carro está ali – prosseguia a mulher, olhando os dois policiais.

Rocco se aproximou para observar a mercadoria.

– É o mostruário do meu filho. Eu coloquei aqui, ele não tinha espaço na casa dele. – A mãe continuava a olhar ao redor. – Talvez tenha ido dar um passeio. O senhor tentou falar com ele no celular?

– Está desligado – disse Italo, ao lado de rodas de bicicleta futuristas.

– Não sei o que dizer a vocês. Há uma meia hora ele estava aqui, arrumando as amostras. Amanhã volta a trabalhar. Mas posso saber por que estão procurando por ele?

– Não – disse o subchefe. – Até logo.

Voltou-se e se dirigiu para a escada em caracol. Italo cumprimentou a mulher e seguiu seu superior.

Foi uma senhorinha ocupada em limpar as velas votivas sob a efígie de Nossa Senhora na igreja de Sant'Orso quem esclareceu o mistério.

– Não, o padre Sandro não está. Foi acompanhar Patrizio Baudo ao cemitério, ao túmulo da esposa.

Bufando, Rocco saiu da igreja.

– Esta caça ao tesouro tá começando a me encher o saco. – Antes de sair da casa de Nosso Senhor, Italo fez o sinal da cruz. – Dá para andar mais depressa? – Rocco gritou na direção dele.

Não foi difícil reconhecer o túmulo de Ester Baudo. Era aquele cheio de flores e de coroas. Estava sufocado por elas. Isso porque Ester fora a última a chegar. As coisas são assim. Funeral recente, flores frescas e a escrita no cetim roxo com as bordas douradas ainda legíveis. Depois, com o passar do tempo, as cores ficariam desbotadas, as flores secariam, as coroas se desmanchariam e o túmulo ficaria como todos os outros. Um ou dois maços de flores nos vasos. Nada além.

Patrizio Baudo estava ali, sentado ao lado do padre, olhando a lápide. Rocco fez um gesto para Italo, que entendeu na mesma hora e ficou a uns dez metros de distância. O subchefe se aproximou do banco, então se sentou ao lado do viúvo. Não disse nada.

– Subchefe! – disse o padre Sandro.

– Pode me deixar um minuto a sós com o sr. Baudo?

O padre trocou um olhar rápido com seu paroquiano, acariciou-lhe a mão, se levantou e foi para junto de Italo.

Rocco esperou que o outro falasse:

– Bom dia, comissário – disse.

– Não sou comissário, e não é um bom dia. Principalmente para o senhor.

Patrizio Baudo, o coala de Ivrea, olhou para o policial com seus olhinhos pequenos e sem vida.

– Não está entendendo, não é?

– Não. Não estou.

Rocco enfiou a mão no bolso e pegou um cigarro. Acendeu-o. O barulho do rio Dora ali ao lado inspirava tranquilidade, bem como os pequenos ciprestes ao lado da ruazinha. Por sua vez, o que Rocco tinha dentro de si era um tornado prestes a explodir. Ele o havia formado durante toda a noite.

– Me diga uma coisa – começou, depois da primeira baforada de Camel. – O senhor sentia prazer em espancar sua esposa?

– Eu?!

– Não, eu. Vejamos. Quantas vezes o senhor a mandou para o hospital? Pelas minhas contas, foram cinco. Me corrija se eu estiver errado. – Pegou uma folha de papel com anotações. – Agora vou ler o seu currículo. Sua esposa sofreu fraturas na ulna e no rádio do braço direito. Depois fraturou o zigoma direito e duas costelas. – Dobrou a folha e a guardou no bolso. – E essas são as fraturas, ou seja, quando o senhor exagerou. Imagino que também tenha tido contusões e hematomas, não? O senhor tem muito o que aprender. Existem técnicas mais sofisticadas. Por exemplo, há golpes muito dolorosos que não deixam marcas. Alguma vez o senhor pensou em dar bordoadas nas plantas dos pés de sua esposa? Ou com a lista telefônica enrolada? Acredite em mim, machuca muito, e não deixa uma só marca. Podia tentar também com uma toalha encharcada. Nas pernas, ela deixa apenas marcas vermelhas, mas a dor é insuportável.

– Não sei do que o senhor está falando.

– Ah, não sabe? Faça-me um favor, sim? Tire as luvas.

– Por quê?

– Tire-as. Desde que o encontrei pela primeira vez na sexta-feira, não consegui ver suas mãos. Sou um pouco fetichista. – Jogou o cigarro no chão. Patrizio Baudo lentamente tirou uma das luvas. Depois a outra. – Mostre-as.

Patrizio mostrava as palmas. Rocco agarrou-lhe as mãos e as virou. Nos nós dos dedos havia muitas escoriações. Uma chegava a estar preta. E cortes.

– Ainda não sararam, desde sexta-feira? Passou um pouco de creme Nivea? – Rocco estava calmo. Patrizio, por sua vez, apavorado. Mais apavorado do que se o policial tivesse começado a gritar.

– Agora eu torno a perguntar, com gentileza. Se divertia espancando sua esposa?

O homem se voltou na direção de dom Sandro.

– Não peça ajuda para o padre, me olhe e me responda!

Porém, o padre havia conseguido entender o olhar de susto de Patrizio e se aproximou do banco.

– É possível saber o que está acontecendo? – disse.

– Padre, por favor, não se envolva.

– Patrizio, diga-me o que está acontecendo.

Porém, Patrizio baixara a cabeça.

– Eu lhe digo, dom Sandro. Este senhor, por sete longos anos, se divertiu massacrando a esposa, a ponto de mandá-la mais de uma vez ao hospital.

O padre arregalou os olhos.

– É... é verdade?

Patrizio fez que não com a cabeça.

– Não minta, Patrizio! – os olhos de dom Sandro, de azuis e conciliadores, haviam se transformado em duas verrumas. – Não para mim. Você fez o que subchefe falou?

– Não... não foi sempre assim. Às vezes, eu... – e se calou.

– Continue. Quero ouvir. O senhor o quê? – disse Rocco. Porém, Patrizio não abriu a boca. E Rocco continuou. – Agora vou lhe dar um panorama da situação, e o senhor vai me ouvir sem me interromper, ou então eu quebro sua cara aqui na frente do túmulo de sua esposa e de seu pai espiritual.

– Por favor, dr. Schiavone... – protestou o ministro de Deus.

— Dom Sandro, o senhor não pode nem começar a imaginar o esforço que estou fazendo para me manter calmo e tranquilo. E, para continuar em sua seara, creio que seja um milagre o que me impede de explodir e começar a dar chutes na bunda deste monte de merda. Então – prosseguiu Rocco, aumentando o tom de voz –, na manhã de sexta-feira, o senhor encheu sua mulher de porrada. O que o senhor encontrou, um sms no celular dela? Suspeitava de um amante?

— Eu não...

Com a velocidade de um trem-bala, Rocco atingiu com um tapa a cabeça de Patrizio Baudo.

— Eu disse para não me interromper.

— Dr. Schiavone! – gritou o padre, enquanto o viúvo tocava o rosto onde a mão do subchefe estava estampada como um adesivo num vidro.

— Nada de interrupções, me parece que acabei de dizer. Vamos continuar.

— Dr. Schiavone, eu vou impedi-lo de...

— Padre, não se envolva. Não se trata de uma ovelhinha desgarrada. Mas sim de um patife que, até agora, sempre se safou. Estou certo, Patrizio? Então, continuo, e sem interrupções. O senhor, na manhã de sexta-feira, espancou sua esposa, ela ainda estava com as marcas no rosto. Exagerou e a matou.

— Eu disse ao senhor que...

Desta vez, foi o cotovelo que atingiu o zigoma de Patrizio Baudo. O golpe fez com que ele virasse a cabeça 180 graus, e um fluxo de sangue saiu de sua boca e foi manchar o cascalho aos pés do padre.

— Oh, Deus do céu! – disse. – Dr. Schiavone, eu comunicarei às autoridades...

– Silêncio! – berrou Rocco, com a boca cheia de saliva. – Fique quieto.

Italo havia se aproximado. O que parecia uma conversa tranquila, ao menos lá do posto dele, estava se transformando em algo apavorante. Sabia que tinha de estar pronto para interferir.

O subchefe Schiavone voltou a falar, calmo, enquanto o viúvo cuspia saliva vermelha.

– E tudo isso aconteceu na cozinha. O senhor a estrangulou com a gravata. A gravata que sua esposa lhe deu de presente por seu dia onomástico. Assim, montou a cena do suicídio. Primeiro fechou as cortinas; em seguida, como não estava tranquilo, e para evitar que olhos estranhos, talvez um vizinho, vissem, baixou as persianas, cometendo um erro. Até porque, na frente de sua casa, nenhum olhar indiscreto pode ver o lado de dentro. Não há vizinhos, não percebeu? Porém, tinha de se apressar; às dez horas chegava Irina, não tinha muito tempo para pensar, e então baixou as persianas. Depois saiu de casa para andar de bicicleta. Se eu lhe perguntasse, teria alguém para confirmar o seu álibi? O senhor foi visto em sua... como a chama? Voltinha de bicicleta? O que me responde?

Patrizio nada dizia.

– Agora é a hora de falar. Eu lhe fiz uma pergunta. Alguém o viu andando de bicicleta?

O viúvo fez que não com a cabeça.

– Ótimo. E então o senhor se livrou da gravata, que era a arma do crime. Voltou para casa e fez a encenação. Ficou com as luvas a manhã toda, não as tirou nem um minuto. Até quando eu vim à igreja para lhe mostrar o broche, lembra? Estava sempre de luvas. Como hoje. Tinha medo de mostrar as mãos. Tinha medo de mostrar que essas mãos haviam espancado alguém. Neste caso, sua esposa, Ester.

Patrizio pegara um lenço para enxugar o lábio.

– Eu não a matei. Eu não a matei.

Rocco o olhou. Tinha de contrair a mandíbula e cerrar os punhos para manter a calma tanto quanto possível. Fixou os olhos na sua jugular. Ele a teria arrancado com uma mordida.

– Eu e Ester brigamos... brigamos, é verdade. Ela... ela me faz o sangue subir à cabeça. Eu juro, quando ela age assim, eu perco a razão. Ela queria ir embora, queria ir morar com aquela idiota da Adalgisa!

– Patrizio... – disse o padre. – Patrizio, por favor. Controle-se.

– Controlar o quê? – Os olhos do coala pareciam aumentar como uma mancha de tinta no papel. Agora estavam negros, e a esclera parecia ter sumido. – Ela não entendia, padre. Eu a amava, mas ela sempre me punha à prova. Todos os dias. Todo dia era um calvário. Mandava mensagens e depois apagava. Pra quem mandava? Eu queria saber. Eu era o marido, meu Deus, tinha o direito ou não?

O padre levou as mãos ao rosto. Patrizio prosseguiu:

– Ano passado, fui morar com minha mãe por duas semanas. E sabe o que a Ester me disse, padre? Sabe? As duas semanas mais lindas de minha vida! Foi isso que ela me disse. E a mesma coisa com o celular. Todas as mensagens para aquela idiota da Adalgisa, todas dizendo: as semanas mais lindas da minha vida! Mas o dinheiro ela queria, a senhora. E como queria! E eu? Eu tinha de trabalhar feito um escravo, para lhe dar o cartão do banco para comprar as porcariadas dela!

– Por que você nunca me procurou? Por que não me disse nada? – disse dom Sandro.

– E o que o senhor pode entender disso, padre? O que o senhor sabe sobre uma esposa? Alguma vez teve a experiência?

– Você tem razão; não sei nada sobre ter uma esposa. Mas sei alguma coisa sobre a alma humana – replicou dom Sandro.

– O senhor sempre serviu só pra me dizer: confie em Cristo. Confie em Cristo. E onde estava Cristo nesses sete anos? Onde estava? Eu digo pro senhor, padre. Em outro lugar. Sabe quando Cristo voltava? Quando eu a punia. Aí então a paz voltava, sabe? E acredite em mim, não tenho vergonha de dizer, mas bater nela era a única solução. Ainda que, às vezes, pudesse ser doloroso.

– Você quebrava os ossos dela!

O sorriso ensanguentado de Patrizio parecia uma máscara de horror.

– Às vezes acontecia. Sim, umas vezes... sabe? Às vezes eu não queria, mas às vezes basta usar um pouquinho mais de força e, tac! – estalou os dedos. – Se quebrava como um galho. Não que eu quisesse, mas acontecia... Tinha os ossos fracos, é claro. Aposto que, se eu nunca tivesse lhe quebrado nada, não estaríamos aqui discutindo, não é mesmo?

Rocco se levantou. Patrizio continuava falando com o padre, e agora parecia impossível detê-lo. "Normalmente, uma confissão pressupõe segredo", pensava Rocco. Além do mais, talvez não lembrasse bem, mas não era preciso fazer o sinal da cruz e dizer alguma frase feita antes de começar a jogar merda nos ouvidos de um padre?

– Eu sempre soube, mas em casa tem quem manda e quem obedece. E se isso pode levar alguém, às vezes, a tomar medidas duras; bom, padre, o que eu posso lhe dizer? Eu tomava. Dom Sandro, o senhor não é capaz de entender o que quer dizer viver ao lado de uma mulher que, de um minuto para outro, pode sair por aí e ficar fazendo sabe lá o que e com quem. Eu a peguei com a mão na botija, sabe? Eu a peguei com a mão na botija com um colega meu. No bar. Bebendo uma *granita di caffè*. Com chantilly. Em fevereiro!

– Você... fez isso com sua esposa... – disse dom Sandro, com os olhos baixos.

Patrizio Baudo continuava a gritar com os dentes sujos de sangue, enquanto lágrimas histéricas molhavam seu rosto.

– Ela ria pelas minhas costas, cada vez que nós saíamos. Até na igreja, dom Sandro, até ali. Uma vez, sabe o que ela me disse? Que era um pecado o senhor ter se ordenado padre, porque era um desperdício, um homem bonito assim. O que foi? O senhor também andou pensando na minha esposa, diga a verdade!

– Patrizio, você precisa se acalmar!

– Por que, está dizendo que o senhor não colocaria as mãos nela?

A direita de dom Sandro partiu com uma rapidez insuspeitada e se estampou no rosto de Patrizio.

– Padre – disse Rocco. – Por favor. Contenha-se.

Dom Sandro respirava com dificuldade e mantinha os olhos fixos em Patrizio Baudo. A mão que o havia atingido estava vermelha.

– O que foi que eu fiz... – disse o sacerdote. – O que foi que eu fiz...

Rocco olhou para Italo, que estava a dois metros do banco. O agente leu no olhar de seu chefe uma mensagem inequívoca. Então se aproximou de Patrizio Baudo, sacando um par de algemas.

– Mas depois a Ester entendia! – sussurrava Baudo para dom Sandro, enquanto Italo lhe punha as algemas nos pulsos. – Entendia, e me pedia desculpas. E, se eu agia assim, era por amar demais. Sim, talvez as pessoas não entendam, mas é verdade.

Com um repelão, Italo tentou afastar Patrizio do banco e levá-lo algemado para o carro. Ele continuava a falar:

– E ela entendia, padre, está me ouvindo? E ia para a cama comigo. E era doce e feminina como nunca. Por que ela nunca me denunciou? Hein? Me responda, por quê? O senhor me diga, dr. Schiavone. O senhor alguma vez a viu na delegacia?

Patrizio e Italo estavam então a uns vinte metros. O policial o conduzia com dificuldade.

– Porque, no fundo, para ela estava bom assim. Ela gostava assim! Era meu jeito de amar. Para ela, estava bom assim.

– Vai andando, porra! – gritava Italo.

Mas Patrizio não escutava.

– É só uma questão de força. Eu não soube dosar. É só isso. Mas para ela estava bom assim!

– Eu te encho de pontapés se você não se mexer!

– Mas acreditem em mim, tudo o que eu fiz, a Ester merecia. Ela merecia, tudo!

– Puta que pariu, você enche o saco! – Italo deu-lhe um empurrão com o ombro.

Patrizio caiu no chão, chutou o ar, depois se levantou.

— Eu não matei Ester. Eu só a puni, quando ela merecia. Eu era o marido, podia fazer isso, devia fazer. Está escrito nos livros, padre. Está escrito nos livros!

Finalmente, Italo conseguiu arrastá-lo e eles desapareceram por trás de um cipreste. Como por encanto, os gritos foram engolidos pelo silêncio do cemitério.

Rocco e dom Sandro se flagraram um na frente do outro. Dois sobreviventes depois de um ciclone que destruíra as casas.

— Da próxima vez eu seguro e o senhor bate, padre?

Dom Sandro se deixou cair no banco.

— Eu... não posso acreditar nisso. Eu os conhecia há tantos anos. E tudo isso sob os meus olhos.

— Sob os seus olhos e os dos vizinhos, os da cidade, os dos hospitais, e até os da delegacia. Não se culpe. O senhor não é o único responsável.

— Como pode dizer isso? Essa é uma culpa minha. O que um padre faz, então? Se nem consegue intervir para salvar uma família?

— Porque para salvar essa família só era preciso uma coisa, que o senhor, padre, nunca poderá aceitar. Chama-se divórcio.

— Veja, dr. Schiavone, o que Deus uniu ninguém pode separar, eu sei disso. Mas às vezes Deus não uniu ninguém, de jeito nenhum. E então não há nada que separar.

O juiz Baldi lhe dedicou exatamente o tempo de assinar os mandados, feliz por a história de Ester Baudo ter se encerrado em poucos dias.

— O senhor é um relâmpago – lhe dissera. – Agora me desculpe, mas estou atrás de uma das maiores sonegações fiscais do Vale de Aosta – e, acompanhado por dois homens da escolta, partiu velozmente da procuradoria em direção a Courmayeur.

Rocco Schiavone de repente se viu sem nada para fazer. Andava pelas salas da delegacia com as mãos cruzadas nas costas, como um aposentado que caminha sem rumo, fiscalizando as obras em curso nas ruas. Havia comprado dois cafés da máquina, um chocolate, e tinha até arriscado um salgadinho. É claro que havia jogado tudo no cesto de plástico que uma criatura prevenida colocara bem ao lado da máquina de chafé. Pela primeira vez desde que estava em Aosta, voltara para casa depois do almoço. Deitado no sofá, coberto com uma manta, resolveu começar a ler. Escolheu um livro de contos. Para recomeçar, tinha de fazer como com as atividades físicas. Depois de um período de longa inatividade, não dá pra correr durante uma hora. Os músculos não aguentam. Por isso, não podia enfrentar um romance. Além do fôlego, lhe faltava também a concentração. Se dormisse em cima de um conto, retomaria facilmente o fio da meada. A escolha havia recaído nos contos de Tchékhov. No quinto nome russo, Olga Mikhailovna, as pálpebras se fecharam como duas persianas.

Quem o despertou foi o chefe de polícia. Havia aproveitado a solução do caso para convocar uma coletiva de imprensa, seguro de dominar as perguntas dos jornalecos. Rocco havia sido intimado. Estava sonhando com as estepes russas, rublos, verstas e acres de terra. Sem uma desculpa pronta, capitulara. Não conseguiu, portanto, evitar aquela enchação de saco que ele promoveu naquele dia mesmo ao nono grau.

Estava à mesa da sala de reuniões da delegacia, na frente de um grande grupo de jornalistas armados de caderninhos, celulares prontos para gravar e câmeras montadas em tripés no fundo da sala. O chefe de polícia Andrea Costa falava sem parar fazia uns quinze minutos, e Rocco estava perdido em seus pensamentos, se limitando a olhar a plateia com o rosto falsamente concentrado e interessado. Era um truque com o qual se livrara de cinco anos de liceu. Bastava apoiar os cotovelos na mesa e manter as mãos na frente da boca, fechar os olhos um pouquinho e assentir de tempos em tempos, lento, profundo e pensativo.

Na verdade, os pensamentos não estavam naquela sala. Sua mente estava em outro lugar. Ainda aquela sensação incômoda de ter se esquecido de alguma coisa.

– Por outro lado, isso o meu subchefe, o dr. Schiavone, pode confirmar para os senhores – disse Costa.

E se viu no centro das atenções.

– Certo – disse, sem ter a mínima ideia do que acabava de confirmar. Todos o olhavam. Até o chefe de polícia. Devia acrescentar algo, mas o quê? O assunto decerto era a prisão de Patrizio Baudo, mas não tinha a menor ideia do que estavam falando especificamente. Ganhou tempo. – Certo, está de acordo com a casuística – disse.

– Qual casuística? – perguntou um jornalista de cabelos encaracolados.

– A baseada nos dados da delegacia – disse Rocco.

Erro. Viu os rostos dos jornalistas se contorcendo.

– Com licença – perguntou um sujeito jovem de cabelos brancos –, mas por que a delegacia estuda os preços das bicicletas de corrida?

"De que porra eles estavam falando, puta que pariu?", pensou Rocco. Mentir, sempre mentir.

– Certo. Até isso. O senhor sabe que a partir de detalhes talvez irrelevantes como o preço de uma bicicleta de corrida, por exemplo, o de uma Colnago, que gira em torno de seis mil euros, podemos entender uma porção de coisas? Dou um exemplo. O nosso Patrizio Baudo tinha ciúmes dela, óbvio, e a tratava como uma filha. Esses ciúmes fizeram com que a bicicleta em questão se transformasse em um Cavalo de Troia, porque exatamente sob o selim ele havia escondido a gravata, a arma do crime. Mas a etiqueta da loja havia caído e ficado presa entre as molas.

Continuavam a olhá-lo em silêncio. Sentiu a tentação de perguntar ao chefe em voz baixa do que estavam falando, mas sabia que essa pergunta teria se transformado em uma descompostura de no mínimo uma hora de duração na sala de Costa, e ele não tinha nervos para aguentar isso.

– Não consigo entender o que isso tem a ver com a Aosta–Saint-Vincent–Aosta – disse o jornalista de cabelos encaracolados.

Uma luz se acendeu na cabeça de Rocco. Estavam falando da bosta daquela competição beneficente, a Aosta–Saint-Vincent–Aosta, a ideia fixa do presidente da administração regional.

– Tem a ver, e muito – disse Rocco, fazendo uma tentativa desesperada. – Porque me ajudou a me concentrar no caso Baudo; até creio que ele quisesse participar da competição, e treinava todos os dias.

– Mas estávamos falando da bicicleta para dar em homenagem ao vencedor! – disse uma jornalista mais velha que, apesar da idade, parecia grávida.

— E eu confirmo que é uma Colnago de seis mil euros – revidou Rocco.

Costa o olhou, chocado.

— Verdade? – lhe perguntou.

— É uma ideia minha.

O chefe de polícia retomou a palavra, para consertar a situação. Desta vez, Rocco ficou escutando. O assunto era, de novo, o homicídio de Ester Baudo. Ele foi introduzido por uma moça elegante e agressiva, que disse:

— Estamos aqui perdendo tempo com essa história de competição e, por outro lado, temos pela enésima vez um caso de feminicídio?

A sala explodiu. Costa tentava acompanhar as perguntas dos jornalistas.

"Por que a delegacia não se organiza e cria uma força-tarefa para essa chaga social?" "Por que uma mulher tem de ficar nesse estado antes de ser ouvida?"

Costa havia se preparado mostrando, com dados nas mãos, que a delegacia atuara diversas vezes lutando contra os maus-tratos infligidos às mulheres no seio familiar, trabalhava lado a lado com as associações no local, estava presente e alerta.

— Então por que Ester Baudo agora está descansando no cemitério?

— Não tínhamos nenhuma denúncia da sra. Baudo. Infelizmente, este é o verdadeiro problema da violência doméstica. Sem denúncia, não podemos fazer nada, porque de nada sabemos.

— Santo Deus – disse, abrupta, a morena –, uma mulher dá entrada no hospital cinco vezes, repito, e vocês não suspeitam de nada?

— Mas veja, senhora...
— Me chame de doutora – disse a jornalista.
Costa ficou vermelho como um pimentão. Corrigiu-se.
— Doutora, se não chega até nós uma notificação por parte das autoridades sanitárias, quer dizer, dos diretores ou cirurgiões, ou quem sabe uma palavra dita por um médico, não ficamos sabendo de certas coisas.
— No entanto, eu tenho conhecimento de casos denunciados e nunca escutados. É verdade que, enquanto o marido não trucidar a esposa, vocês não podem interferir? Que primeiro é preciso ir parar no hospital, para só depois ser ouvida? Vocês já ouviram falar de violência psicológica?
Rocco voltou a mergulhar em seus pensamentos. Sempre aquela sensação de que qualquer coisa lhe tivesse escapado. Um detalhe. Um nome. Alguma coisa. Depois viu um rosto familiar na sala. Havia acabado de se sentar ao lado das câmeras. Era Adalgisa, a amiga de Ester, e procurava o olhar dele. Deu-lhe um sorrisinho, mal erguendo os cantos da boca. Rocco respondeu com um leve aceno. Os olhos de Adalgisa estavam úmidos, e um sorriso doce iluminava seu rosto. Estava lhe agradecendo.
— Esse homem, Patrizio Baudo, durante anos espancou a esposa, que nunca teve coragem de ir até vocês ou aos *carabinieri*. Eu me pergunto como é possível algo assim acontecer em 2013.
Costa estendeu os braços.
— Doutora, não posso responder a essa observação. Posso apenas lhe dizer que eu e meus homens fazemos o possível para tornar a cidade um lugar melhor.

— Talvez um de seus homens possa nos dizer algo a esse respeito? — disse a jornalista que parecia grávida.

— E que não tenha nada a ver com as bicicletas — acrescentou o encaracoladinho, e todos começaram a rir.

Touché. O subchefe só podia engolir calado.

— Qual é a pergunta específica? — disse Rocco, abrindo uma garrafinha d'água. Não era o caso de repetir o papelão de pouco antes.

— Por que não se consegue deter esses mecanismos destrutivos na vida de uma família?

— É uma bela pergunta, senhora. — E despejou a água no copo plástico. — Mas, sabe? Não sou sociólogo, muito menos um psiquiatra. Sou apenas um subchefe de polícia. Um tira, como dizem nos filmes.

— Mas, com base em sua experiência? O senhor trabalha na área, não é um burocrata — insistia a jornalista de idade.

Rocco bebeu, colocou o copo na mesa.

— Há dois tipos de criminosos. Os bandidos, e esses são fáceis de enfrentar. E tem gente como Patrizio Baudo. Pessoas normais, com as quais talvez a gente divida o local de trabalho, lado a lado. Aí elas voltam para casa e espancam a esposa, violentam crianças. Se perguntarem aos vizinhos, são todas pessoas de bem. E são as piores. As pessoas de bem são as que mais me assustam. Não tenho medo dos criminosos empedernidos, mas das pessoas de bem, sim.

— Como dizia um grande escritor norte-americano, "cuidado com o amor dos homens comuns. O deles é um amor comum que visa a mediocridade".

Quem tinha falado era Adalgisa, e todos se voltaram para olhá-la.

– A senhora modificou um pouco a citação, mas digamos que sim, o conceito é esse – acrescentou Rocco, sorrindo.

Costa interferiu, peremptório.

– Bem, antes que esta coletiva de imprensa se torne um simpósio de literatura, há mais alguma pergunta?

Três braços ainda se ergueram.

– Acham que Patrizio Baudo vai ser declarado doente mental? – disse o jovem de cabelos brancos.

– Isso o senhor precisa perguntar ao juiz e ao psiquiatra forense.

– Mas, me desculpe, então o que podemos perguntar a vocês?

– Para nós, podem perguntar como o capturamos, quando o capturamos, com quais provas o incriminamos. Sobre a doença mental de Patrizio Baudo não podemos dizer nada, está fora da nossa competência – respondeu o chefe de polícia.

Rocco se levantou de repente.

– Desculpem-me, estou com falta de ar e crise de pânico. Tenho de ir.

– Está se sentindo mal? – perguntou, assustado, um jornalista.

– Digamos que estou de saco cheio.

Ágil, desceu as escadas para ir respirar ao ar livre. Ainda que tivesse voltado a chover, era uma chuvinha fina e suportável. De qualquer forma, era melhor do que voltar à sua sala para quem sabe ouvir as lamúrias de Deruta ou o histórico das costelas de D'Intino, ou a fabulosa história de amor de Italo e Caterina.

– Dr. Schiavone! – uma voz de mulher o fez se virar.

Era Adalgisa.

– Dr. Schiavone, só um instante.

Aproximou-se dele.

– Não nos tratávamos por você?

– Tem razão. Eu queria agradecer, é sério. E estou me sentindo muito mal.

– Por quê?

– Pelas coisas que foram ditas ali dentro.

– Está se referindo à bicicleta?

Adalgisa sorriu.

– Não. Mas posso lhe oferecer um café? – e abriu a sombrinha.

Rocco pegou-a, Adalgisa segurou o braço dele, e juntos se dirigiram ao bar mais próximo.

O café era decente, e até o biscoitinho de cortesia não era ruim. Muita manteiga, mas às vezes Rocco gostava de uma porcaria hipercalórica. Ajudava a aguentar um dia horrível e um céu que continuava vomitando água havia meses. Fosse ela líquida ou congelada.

– Eu é que deveria ter feito alguma coisa. Porque eu sabia, sabia de tudo, e não movi um dedo.

– O que você sabia?

– Que Patrizio espancava Ester. Cinco vezes no hospital! Mas é verdade?

– Infelizmente, sim.

– Eu só soube quando ela foi por causa do braço. Me disse que tinha caído da escada. Quando aquele imbecil a espancava, ela não aparecia por semanas. Eu disse mil vezes para ela: "Ester, vamos fazer uma denúncia. Você não pode continuar assim". Em vez disso, ela sempre encontrava justificativas para o comportamento dele. Era só ciumento, dizia; e, além disso, Ester tinha medo.

– De quê? – perguntou Rocco.

– De ficar sozinha. Não tinha emprego. E Patrizio talvez a maltratasse. Não sei; Ester era órfã e só tinha uma irmã na Argentina, elas não se falavam há anos.

– Posso? – Adalgisa assentiu e Rocco comeu o biscoitinho dela. – Por que não me disse nada?

– Pensei nisso muitas vezes. E se eu lhe dissesse essas coisas sobre Patrizio e depois se provasse que ele era inocente? Teria sido uma coisa horrível. Acusar uma pessoa de homicídio não é brincadeira.

– Quando nós nos vimos, você me disse: mais cedo ou mais tarde iria acontecer, pensando no suicídio de Ester.

– Ela estava cada vez pior. Quase não conversávamos mais. Não me falava mais das suas coisas, da sua vida. Passava o dia em casa, na frente da televisão, ou cozinhando para o marido. Cada vez que ela saía, ele a interrogava como se fosse a polícia. Ele não a matou na sexta-feira passada, Rocco. Ele a matou por sete anos seguidos.

– Sete anos de agonia. Não dá pra desejar a ninguém.

Adalgisa ergueu a bolsa do chão e colocou-a sobre as pernas.

– Tenho uma coisa para lhe dar. – Pegou um caderninho preto e o passou ao subchefe.

– O que é?

– Algo que Ester tinha me dado. Pensamentos, um diário; eu gostaria que você o lesse. Mas só se me prometer que depois me devolve.

– Por que quer que eu o leia?

— Porque agora que conheço você melhor, sei que posso fazer isso com toda a tranquilidade. Porque Ester está aí dentro. Porque você não a conheceu. Porque o que você fez por ela ninguém mais fez.

— Eu não fiz nada por ela.

— É o que você diz, Rocco. Mas, pelo contrário, fez muito.

Adalgisa o deixou com um beijo no rosto. Sentado no bar, pediu outro café. Tinha nas mãos o caderno preto de Ester. Abriu-o. Começou a ler.

Coisa engraçada e estranha é o tempo. Dá pra medir com um relógio, com um calendário ou com um cronômetro. Mas é relativo. Enquanto olho pela janela e observo um floco de neve caindo, não se passou nem um minuto. Nada. Um minuto de nada. O mesmo minuto para um bebê que nasce, é o começo da vida. Para um nadador, esse minuto vale anos de treino. Para mim, era só um floco de neve que caía. E me pergunto qual será o meu minuto. A minha hora. Ou até o meu dia. Que, para alguém, vai ser um dia passado na frente da televisão assistindo ao canal de vendas. Para um cachorro, as duas rações diárias. Para um apenado, um dia a menos de encarceramento. E, no entanto, para mim, esse dia vai ser aquele em que minha vida vai mudar. E quando ele vai chegar? E como será? Breve? Ensolarado? Vai fazer sol ou vai chover? Vai chover, com certeza. Nunca tive muita sorte.

Círculo de leitura. Discutimos Assassinatos na Rua Morgue. *Só um macaco poderia ser o culpado. Fantástico. Adalgisa* e seus jogos literários. Eu não gostava de romances policiais. Ela me fez entendê-los. Quanto esforço ela faz. Vale a pena? Para quem hoje nem consegue se levantar da cama? Porém, gosto do projeto dela. Claro, é fantasia, mas Adalgisa tem um cérebro que corre a mil por hora. Se fosse possível, na vida real, fazer de um macaco um assassino... mas é impossível. Impossível? Por quê? Depende de quem é o macaco.

Tentativa de um romance autobiográfico. Gostaria de chamá-lo de Penélope.

Ela caía lentamente, plainava rumo ao fundo enquanto o ar saía dos pulmões com um sibilo. Por trás das pálpebras, só vermelho, e o som do coração cada vez mais fraco nos ouvidos. Caía lentamente como uma folha de carvalho vermelha do outono, que voa sinuosa antes de tocar o chão. Não conseguia mais abrir os dedos das mãos, e tudo era calmo. Calmo e bonito. Era como cair no sono. Ou como depois de fazer amor com Enrico, quando ainda se amavam, quando eram jovens e pareciam ter todo o tempo deste mundo. Porém, agora o tempo estava se esgotando. E, no fundo, não era assim tão ruim. Os barulhos da rua eram abafados. Os músculos se dilatavam e se expandiam na cerâmica da banheira. Frio repentino. Depois uma última respiração ínfima, a última batida do coração, mais leve que a de um canarinho. E tudo se acabou...

...Não é em mim que penso, à noite. E não é nele. Ele é pouco mais que um trato digestivo. Mas não posso sujar estas páginas com ele. Não há lugar... penso nos jogos de Adalgisa. Quem sabe. Pode estar neles a solução? Outra eu não vejo.

Um moço na rua me olhou. Devia ter uns vinte anos. E eu baixei o olhar. Ele foi embora. Eu me vi refletida no vidro do portão. Eu estava ali. Duas sacolas em cada mão. Os cabelos emaranhados como uma meada de lã. O que ele viu? Em que pensou, ao me olhar? Pena. Uma pena infinita. Em que eu penso ao me olhar refletida no vidro do meu portão? É isto a vida? É isto que eu esperava de mim? Vale a pena enfrentar mil dias assim?

Domingo, fui à igreja. Não queria assistir à missa. Queria olhar a igreja. Fui no horário errado. Entrei e havia uma missa. O padre leu Gênesis, 2: 21-23. Eu o reli em casa. Diz: "Então Iahweh Deus fez cair um torpor sobre o homem, e ele dormiu. Tomou uma de suas costelas e fez crescer carne em seu lugar. Depois, da costela que tirara do homem, Iahweh Deus modelou uma mulher e a trouxe ao homem. Então o homem exclamou: 'Esta, sim, é osso dos meus ossos e a carne da minha carne! Ela será chamada 'mulher', pois foi tirada do homem!'".

Comecei a pensar. De acordo com a historinha, a mulher nasce do homem, ou melhor, é exatamente um pedaço dele. E o homem enlouquece por causa da mulher, a ama. Na verdade, ama a si mesmo. Ama um pedaço de si mesmo, não alguém diferente dele. Vive e faz os filhos e faz amor com ele mesmo. Um amor concentrado na própria pessoa que não tem nada a ver com amor. Acho que é a coisa mais perversa que já li. O homem está apaixonado apenas por si mesmo. Isso é o que dizem as Escrituras Sagradas. A inferioridade da mulher não aparece aí. É apenas um jeito de encobrir todo o resto.

O pertencimento. Uma pessoa pertence a outra. Por decreto divino. Ou seja, a minha vida tem valor porque pertenço ao homem. Animais, casas, terrenos e mulheres. Pertencem.

...Eu nunca vou ter filhos.
Porque nasceria uma mulher.
E ela não merece isso. Basta sua mãe.
Onde quer que você esteja, minha filha, me perdoe. Perdoe sua mãe. Ela não se sentiu à altura disso. E nunca estará à altura. Nunca...

...não sou mais eu. Não sou mais eu. Não sou mais eu.

...é um mecanismo a ser lubrificado, melhorado. Porém, o jogo vai funcionar... não há alternativas. Não tenho alternativas.

No centro da última página, havia uma frase de Perrault: "*O Pequeno Polegar não se afligiu muito com isso, certo de poder encontrar o caminho de casa com a ajuda das migalhas de pão*".

Rocco fechou o caderno. E só então entendeu o que não estava batendo. O que havia esquecido. Qual era o detalhe que lhe escapava, que se escondia nos recônditos de sua mente. Quando tudo se esclareceu, foi como levar um soco no plexo solar. Forte e poderoso, daqueles que tiram o fôlego e deixam as pernas bambas. Tinha de ir correndo para a delegacia.
– Era fácil demais – disse, abrindo a porta do bar. – Tudo era fácil demais. Cagalhão, cagalhão, cagalhão!

Escancarou a porta e se embarafustou em sua sala. Na mesa, um bilhete de Italo com todos os telefonemas recebidos, três do chefe de polícia e, acima de tudo, os três de Luca Farinelli. Ao lado, uma caixa de papelão. O agente da polícia científica deixara para ele. Dentro, saquinhos plásticos com papéis. Por cima, um bilhetinho:

Tudo o que estava no chão no quarto do cadáver. Veja se pode ser útil a você. Depois de examinar, por favor, me telefone, porque vai tudo para o arquivo.

Começou a olhar saquinho por saquinho. Duas contas de um restaurante, listas de compras, uma conta de gás por pagar, um tíquete de estacionamento. Nada demais. Porém, os olhos haviam registrado algo que a mente levou alguns segundos a mais para perceber. Tornou a pegar o tíquete do estacionamento.

Hospital Parini. Hora de saída: oito e dez da manhã. Dia: sexta-feira, 16 de março.

Quem havia saído às oito e dez do estacionamento do hospital Parini no dia da morte de Ester? E por que o tíquete estava no quarto do cadáver?

– Uma gravata... – As nuvens se dissiparam e o sol apareceu. – A luz! – berrou o subchefe.

Italo Pierron veio correndo.

– Que luz? O que está acontecendo?

– Sou um cagalhão, Italo, um cagalhão! Feche a porta.

O agente obedeceu na hora. Em seguida se sentou na frente do subchefe.

– O que está acontecendo, faça o favor de me explicar?

– Ester Baudo. Me fez chegar aonde ela queria.

– O que está dizendo?

– Eu não tinha entendido porra nenhuma! Italo, me acompanhe com atenção. Nós pensamos que foi o marido, certo?

— Sim, que a estrangulou com a gravata e depois fingiu o enforcamento com a corda no gancho do lustre.

— E uma coisa não bate. A luz. Lembra? Quando entramos, eu acendi a luz do quarto, e houve um curto-circuito. O que isso te faz pensar?

— Não sei.

— Nós já tínhamos entendido; cagalhões, é o que a gente é! É claro que o assassino fechou as persianas depois. E saiu do quarto. Ela se enforcou com a gravata, a corda foi usada depois. Lembra o que o Alberto disse?

— Não, eu não estava na sala de autópsias. Estava do lado de fora, vomitando.

— Que tinha uma contusão de dois dedos de largura causada pelo objeto que estrangulou a vítima, ou seja, a gravata, e depois em volta do pescoço uma menor, que é a marca da corda. Ora, nós dissemos que o marido, após estrangular a esposa, a puxou para o alto como uma polia, usando o gancho do lustre. Depois ele teria amarrado a corda na perna do armário, fechado as persianas e saído. Está me acompanhando?

— E aconteceu assim, não?

— Não! Porque o curto-circuito fomos nós que provocamos quando acendemos a luz. O que isso significa? Que os fios elétricos estavam desencapados e se tocando, e mal nós apertamos o interruptor, a corrente de luz caiu. A corda estava presa no gancho do lustre, os fios mal a tocavam. E agora esses malditos fios elétricos, como é que eles entraram em contato, porra? Com o primeiro enforcamento.

— O primeiro? – perguntou Italo, de queixo caído.

— O primeiro. Sim. Quando Ester pegou a gravata do marido, amarrou-a ao redor do pescoço e se deixou cair.

– Não estou acompanhando. E a corda?
– Alguém agiu depois da morte dela. E sabe como? Passando a corda ao redor do pescoço, passando-a no gancho do lustre, cortando a gravata e deixando Ester Baudo balançando.
– Alguém fez isso? E quem?
– Um aliado. Uma amiga? Uma que, às oito e dez, estava saindo do estacionamento do hospital Parini?
– Então alguém ajudou Ester depois que ela estava morta, entendi direito?
– Perfeitamente. É um mecanismo que a amiga e Ester aperfeiçoaram com o tempo. O crime perfeito, talvez fosse só um jogo intelectual. Se suicidar e fingir um homicídio. O que elas deixam pra gente? Deixam a sacola da loja com a conta, e o bilhetinho de felicidades para o marido, fazendo a gente entender que aquela gravata, o presente, é a arma do crime. Na verdade, nós não encontramos aquela gravata. Encontramos só o logo da loja Tomei na etiqueta de tecido, exatamente sob o selim da bicicleta de Patrizio Baudo. E já era uma coincidência estranha. Ela não deu o presente para o marido. Ele nunca viu a gravata. Servia só pra gente, tá entendendo?
– Espere, Rocco, espere e me explique. Vamos recomeçar. Ester e Patrizio brigam.
– Digamos que, naquela manhã, Patrizio faz um escândalo e a espanca pra valer. De qualquer modo, tudo acontece na cozinha. Eis por que ela estava revirada. Ester não aguenta mais e decide que aquele é o dia certo. Já organizaram tudo faz tempo, ela e a amiga. Falta a oportunidade. Ela telefona para a cúmplice, infelizmente nós não encontramos o chip da Ester. Só o celular em mil pedaços. Deve ter sido um telefonema alucinante. Imagine só! Ela diz para a cúmplice: "Chegou a

hora. Vou fazer hoje. Você sabe como agir!". E talvez o jogo literário de repente tenha se tornado realidade!

– E ela executa o suicídio. Quer dizer, ela se enforca com a gravata...

– Exato. Aí a cúmplice chega, passa a corda, corta a gravata e a leva embora, e o corpo morto de Ester cai no laço daquela corda amarrada ao armário. A aliada abaixa as persianas, fecha a porta do quarto às escuras e vai embora.

– Abaixa as persianas e não acende a luz?

– Não. Não acende. Eu já disse isso pra você. O curto--circuito aconteceu porque no primeiro enforcamento os fios puxados pela gravata se descobriram e entraram em contato. Ou então a aliada, a cúmplice, arrumou a confusão elétrica exatamente pra dizer pra gente: é um homicídio! Ninguém se enforca no escuro. Entende?

– A aliada é esperta.

– Não, é uma cretina. Porque pensa que a gente acreditaria na burrice desse assassino. Burras foram ela e a Ester por pensar nisso.

– Nem tanto, Rocco. Você enfiou o marido na cadeia.

Rocco fingiu não escutar, mas Italo acabara de dizer uma santa verdade.

– Um homicídio disfarçado de enforcamento. Entende, Italo? Fez com que passasse por um homicídio disfarçado de enforcamento. Mas tem uma coisa errada. A aliada claramente está perturbada, faz tudo dominada pela dor e deixa escapar uma coisa preciosa. – Rocco estendeu o saquinho que continha o tíquete do estacionamento. – Uma coisa importante, está vendo? Os indícios de sua presença na casa. Depois ela sai e, sem ser vista, vai embora. As luzes, eu e você tornamos a acender algumas horas depois.

– Resumindo, Ester e a aliada deixaram indícios pra você...

– Para fazer com que o marido fosse preso. Para puni-lo. Você se lembra da história do Pequeno Polegar?

– A das migalhas de pão?

– Isso mesmo. Elas fizeram isso com a gente.

– Quem é a aliada?

– Alguém que, todas as manhãs, vai ao hospital Parini para ver a mãe que quebrou o fêmur. Alguém que queria se tornar uma escritora.

– E quem é?

– Adalgisa Verratti. A única amiga de Ester. Que confia tanto no plano que não diz uma palavra sobre o relacionamento alucinante de Ester com o marido. Deixa isso em nossas mãos. Sabe que, mais cedo ou mais tarde, nós o pegaremos.

– Então Patrizio Baudo é inocente?

Rocco olhou para o agente Pieron.

– Tecnicamente, sim. Não matou a esposa. Não em 16 de março, pelo menos.

– Mas a estava matando fazia sete anos, é isso que você quer dizer?

– Sim. É isso que quero dizer.

– O que vamos fazer?

O subchefe se levantou da cadeira. Foi olhar pela janela. Encostou a testa no vidro.

– Sete anos é muita coisa.

– Sete é um número e tanto, Italo.

– Bem... sim? Depende. Sim, seja como for, são muitos.

O subchefe voltou rapidamente para a escrivaninha. Tirou o tíquete do hospital do saquinho. Olhou-o.

— O que você quer fazer, Rocco?

Pegou o isqueiro e queimou o tíquete no cinzeiro. O papel ficou preto com a língua de fogo e, da prova, não sobrou mais que um montinho de carvão no meio das bitucas de Camel e de Chesterfield.

— Tô contigo — disse Italo, que estava começando a usar algumas expressões da capital. — Tô contigo, mesmo.

Rocco não disse nada. Fechou a caixa de papelão.

— Esta nós devolvemos a Farinelli. Assim ele a arquiva.

Italo pegou a caixa e se aproximou da porta.

— Italo?

— O que foi?

— Fica entre nós.

— Como sempre, Rocco. Como sempre. — E saiu da sala.

Rocco sentou-se à escrivaninha. Abriu uma gaveta. Olhou seus baseados prontos. Fechou a gaveta.

Andava pelo centro sem ter rumo certo. Quase por acaso, se viu na frente da livraria de Adalgisa. Ele a vira não fazia nem uma hora, mas talvez fosse o caso de encerrar a história e evitar mais complicações. Entrou.

Procurou entre as prateleiras. E encontrou o livro que procurava na seção de literatura infantil. Aproximou-se do caixa. Lá estava um homem de barba.

— Adalgisa está?

— Não veio hoje. São dez euros e cinquenta.

Rocco pagou e saiu da loja.

Percorreu os trezentos metros que separavam a livraria da casa de Adalgisa. No interfone havia vários sobrenomes. Mas não Verratti. Apertou um botão ao acaso.

– Sim? – respondeu uma voz de velha.

– Correio.

O portão se abriu. Olhou as caixas de correspondência. Ali havia o sobrenome Verratti. Apartamento 6, fundos. Olhou o corredor. Havia três apartamentos, e fez um cálculo rápido. Subiu até o segundo andar a pé. A porta do apartamento 6 estava entreaberta. Rocco a abriu devagar. No corredor estava Adalgisa, que avançava na direção dele, uma mala com rodinhas na mão direita e a bolsa no ombro esquerdo. Mal viu o policial, empalideceu.

– Está de saída?

Ela engoliu em seco. Rocco fechou a porta do apartamento. Olhou o corredor. Branco. Com uma estante cheia de livros.

– Não há necessidade – disse para ela. Colocou a mão no bolso e lhe estendeu o caderno de Ester.

– Você... você leu?

– O suficiente para entender.

Ela colocou na bolsa o diário de Ester.

– Estive na livraria. Olhe o que eu comprei – e lhe mostrou o livro de contos de fadas. – Resolvi voltar a ler. Vou começar do início, uma bela fábula. É um bom método, não?

Adalgisa apoiou o peso do corpo no pé direito. A mão soltou a mala.

– Qual é seu conto de fadas favorito, Adalgisa?

– Não... não saberia dizer.

– O meu é *O Pequeno Polegar*. O das migalhas de pão. Para reencontrar o caminho. Às vezes são migalhas, às vezes pedras. Às vezes, gravatas.

Adalgisa engoliu em seco.

– Não se preocupe. Eu queria dizer que nós encontramos o caminho para casa. Graças também a você.

– O que você pretende fazer?

– Não sei. Dar uma voltinha. E tentar entender se ainda há sentido em fazer o que eu faço.

– Eu não...

– Sabe? – Rocco a interrompeu. – Quando eu conversava com você, tinha a nítida sensação de estar sendo examinado sob um microscópio. Você foi excelente. Era eu quem deveria examinar você. Mas você foi mais habilidosa. E sabe por quê? Porque nesse caso você empenhou seu coração. E eu, só a profissão.

– Não é verdade. Encare a situação, você tem um coração.

– Porém, tem uma coisa que me deixou mal. Você pensou que eu fosse um cretino. E que engoliria com casca e tudo. – Rocco começou a rir baixinho. Era uma risada aos soluços, daquelas contagiosas, tanto que Adalgisa também deu um sorriso. – E meu agente Pierron tem razão. No fundo sou um cretino, porque engoli. E engoli porque estava cego, minha amiga. Porque fiz os nervos trabalharem, e não o cérebro. A frustração em vez da calma e da frieza. E você sabia disso. Acho que você sabia que, na frente do cadáver de Ester, alguma coisa ia acontecer dentro de mim. Alguma coisa que me deixaria cego. Você me conhece bem melhor do que podia ler nos jornais. É uma loucura pensar que você conseguiu isso com uma conversinha num bar. Se você escreve como estuda as pessoas, tem um futuro radiante pela frente. Como conseguiu descobrir meu ponto fraco?

– Está falando de sua esposa?

Rocco assentiu.

– Andei perguntando por aí. Até na delegacia. Tenho um amigo policial.

– Vai me dizer que é o Deruta.

– Não. Se chama Scipioni.

– Cuide-se, Adalgisa, e fique em Aosta. Ninguém vai vir te incomodar.

– Obrigada – a vendedora de livros tinha os olhos úmidos.

Rocco deu meia-volta e fez que ia sair. Chegando à porta, pareceu pensar no assunto. Voltou-se de novo para Adalgisa.

– Duas coisas. Jogue fora as chaves do apartamento de Ester. Agora não são mais úteis pra você. E quando tirar o lacre das portas, coloque-o no lugar. Ou então deixará marcas indeléveis. Lembre-se disso em seu próximo romance. – E, dizendo isso, saiu do apartamento.

Usado. Manipulado como uma marionete por uma mulher morta e a amiga dela. Uma mulher que havia encontrado naquele suicídio o ato extremo para encerrar sua vida e punir definitivamente quem a tinha destruído.

"Um jogo que, da fantasia, passou para a vida real", pensava o subchefe.

Quantas vezes, com seus amigos, tinham experimentado esse jogo. Mais ou menos assim: "Você está sozinho em uma ilha povoada de ratos e gaivotas. Não tem armas. Como sobrevive? O que você faz?".

Ele as via, Adalgisa e Ester, no círculo de leitura, planejando um falso suicídio com muitos detalhes. Talvez, para deixar o jogo mais interessante, mais real, o tivessem ambientado exatamente entre as quatro paredes de Ester.

E depois o colocaram em prática.

Rocco nunca vira um desespero assim. Total e sem possibilidade de retorno. Era um plano tão absurdo e complicado que só uma mulher poderia planejar. E colocar em prática.

E quem era ele para destruir tudo isso? Nada, uma pecinha. Uma marionete, e só.

Passou na frente da loja de Nora. Parou a uns dez metros para olhar. Tinha mudado a vitrine. Agora havia um vestido de noiva sóbrio e elegante, algo no estilo Grace Kelly. Uma risada ressoou entre os prédios. Reconheceu-a. Nora. Estava na outra calçada e se dirigia à loja junto com Anna e o arquiteto Bucci-qualquercoisa. Riam bastante, estavam tomando sorvete. "Um sorvete com este frio", pensou Rocco, sorrindo. Ergueu a gola do casaco. Eles o viram. Os três pararam no meio da rua. Nora estava com os olhos arregalados. Anna e seu sorrisinho de canto de boca. O arquiteto, por sua vez, piscava, constrangido. Rocco se encostou à parede. Um menino com uma bicicleta de rodinhas passou concentrado nas pedaladas, acompanhado pelo pai. Nora se afastou do grupo e se aproximou do subchefe. Rocco deu meia-volta e desapareceu virando a esquina, desejando-lhe tudo de bom que há no mundo. Ela o merecia.

Apesar do frio, estava sentado à mesa do chalé-bar na Piazza dell'Arco di Augusto. O bar estava fechado. Ficou ali, em silêncio, ouvindo o barulho do vento e dos poucos carros que passavam. Pensava em Roma, em sua casa empoeirada com os móveis fantasmagóricos. Olhava a calçada molhada da chuva que parara de cair. As montanhas ao redor, ainda com a roupagem de inverno. As nuvens corriam e se divertiam, de vez em quando, despindo os cumes nevados. Uns transeuntes apressados viravam a esquina na direção de Sant'Anselmo.

— *Não tem por que se alegrar — me diz Marina.*
— *O que você está fazendo aqui? — lhe pergunto.*
— *Vendo o pôr do sol.*
— *Não tem. Está tudo encoberto.*
— *Tenha fé. É uma cidade fria. Mas é linda.*
— *Sim. É linda.*
— *Você não é um juiz.*
Nunca foi assim tão direta.
— *Eu sei. Não sou.*
— *Não pode agir sempre como quer.*
— *Também sei disso.*
— *Vai deixar tudo desse jeito?*
— *Vou deixar desse jeito.*
— *Não acha que ele é inocente?*
— *Não, Marina, não é.*
— *Olhe! — diz Marina. — Veja só. É como o dilúculo. A primeira luz. A da esperança. Você não vê que, mais cedo ou mais tarde, ela aparece?*

Bem ali, no meio do céu, as nuvens haviam se dispersado. Um raio de sol tinha conseguido penetrar aquela camada grossa e passou bem no meio do arco de Augusto, iluminando a praça e a rua.

Rocco se levantou. Devagar, se dirigiu para aquele raio de luz clara. Ele a seguiria, sem pensar, pelo menos uma vez, aonde ela o levasse.

Para casa, talvez.

Agradecimentos

Acima de tudo, meus sinceros agradecimentos a Piero e Luciano, da livraria Aubert, de Aosta. Sua gentileza e disponibilidade são quase comoventes.

E depois a Paola e suas "diretas".

Não posso deixar de agradecer a Mattia e seu apego a Rocco Schiavone, Maurizio, Floriana, Francesca, Marcella e a toda a editora Sellerio.

Um agradecimento à minha família que, de modo surpreendente, continua ao meu lado: Toni "se-tem-uma-coisa--que-me-dá-nos-nervos", Giovanna "veja-se-eles-voltaram", Francesco "ele-me-passou-a-perna", Laura "espera-aí-que--vou-pôr-os-fones-de-ouvido", Marco "que-é-que-estão--falando-no-quarto", Jacopo "nota-dez-com-louvor", Giulia, "Ideiafix" e por fim, só por ser o mais jovem, Giovanni "profe--este-ano-eu-passo-com-certeza!".

Um agradecimento de coração a Fabrizio, que agora conhece Rocco melhor que eu.

A Nanà, Smilla, Rebecca e Jack Sparrow, que se "hospedou" em minha casa trazendo um sopro de amor.

Muito obrigado mesmo.

Até o dia 21 de novembro de 2013, ano em que escrevi o livro, eram 122 os casos de feminicídio na Itália.*

Enquanto esse número não chegar a zero, não podemos nos definir como um país civilizado.

A.M.

---

* Fonte: Casa Internazionale della donna di Roma.

lepmeditores

www.lpm.com.br
o site que conta tudo

Impresso na Gráfica BMF
2020